KB032847

WISHBOOKS FUSION FANTASY STORY
지갑송 퓨전 판타지 장편소설

레벨업하는 몬스터 4

지갑송 퓨전 판타지 장편소설

초판 1쇄 찍은 날 | 2018년 1월 9일
초판 1쇄 펴낸 날 | 2018년 1월 16일

지은이 | 지갑송
펴낸이 | 예경원

기획 | 위시북스
편집책임 | 이규재
편집 | 이즈플러스

펴낸곳 | 예원북스
등록번호 | 제396-2012-000132호
등록일자 | 2012. 7. 25
KFN | 제1-203호

주소 | 경기도 고양시 일산동구 호수로 646-24 위너스21 II 빌딩 206A호 (우)10401
전화 | 031-819-9431 팩스 | 031-817-9432
E-mail | yewonbooks@naver.com

ⓒ지갑송, 2017

ISBN 979-11-6098-753-9 04810
         979-11-6098-621-1 (set)

레벨업하는 몬스터 4

WISHBOOKS FUSION FANTASY STORY

지갑송 퓨전 판타지 장편소설

레벨업하는 몬스터

CONTENTS

21장
준비(2)

이튿날 김세진은 비밀리에 용병단 매니저 김유손을 불렀다. 열 세 명의 용병과 스무 명의 첩보원이 소속되어 있는 용병단의 활용을 의논하기 위해서였다.

"물론 저야 어떻게 할지 단체장님의 결정에 맡길 테지요."

김유손이 인자한 미소를 지었다.

현재 몬스터 용병단은 밀려드는 임무로 인해 과열되고 있다. 일단 제대로 된 용병단은 전 세계적으로 이곳 하나밖에 없으니 자연적으로 '세계 최고'라는 타이틀을 획득하게 된 탓이다.

"그럼 용병은 일단 차치하고 첩보원들의 교육은 어떤가요?"

"잘되어가고 있습니다. 암행과 은닉은 물론 신분 위조 기술까지. 단체장님께서 지하에 마련한 몬스터 정보국에서 열심히 트레이닝하고 있습니다."

몬스터 정보국이라 하니 왠지 쑥스럽고 멋쩍고 그렇지만 그래도 지금의 김세신에는 꼭 필요한 기관이다.

"……실전 투입이 가능한가요?"

"스무 명 중 여섯 명 그러니까 단체장님께서 말씀하신 '황금색 아우라가 진한 첩보원'은 이미 그 정도로 숙달되었습니다. 게다가 실전 투입이라고 해보았자 아직은 호텔 탐색밖에 없을 테니 걱정하지 말고 기회를 주는 것도 나쁘지는 않겠지요."

개인적으로 첩보 체계를 조성하는 건 엄연한 불법이라 조심스러웠다, 하지만.

"그래요. 그럼 일단 그 여섯 명을 투입합시다."

"예."

목적은 흡혈귀의 차기 제왕이 도사린다는 호텔을 찾아내는 것. 망설일 수는 없다.

강원도에서도 손꼽히는 고급 호텔 중 하나인 'Romance of dawn'의 최상층인 60층은 오직 하나의 객실로써 사용된다. 그런 만큼 하루를 투숙하는 데에도 거금이 필요하니 일반인은 꿈에도 못 꾸는 오직 부르주아만을 위한 장소라 하겠다.

그러나 지금 그런 호텔의 최상층은 단 한 사람만을 위한 진지(陣地)로 변모되어 있었다. 60층은 물론이거니와 그 아래

5층인 55~59층까지. 수백의 마법 함정과 감지 결계, 무형(無形)으로 어둠 속에 녹아 있는 언데드는 혹시나 있을 침입자를 호시탐탐 기다리고 있다.

겉보기에는 너무나도 평범한 이곳은, 혹시라도 침입한 누군가를 살해하기 위해 조성된 하나의 완벽한 '요새'였다.

"준비는 다 되었니?"

그리고 이 요새의 주인은 가장 고귀한 혈족 '프릴라니 폰 바토리'.

뱀파이어의 시조라 일컬어지는 바토리 가문의 마지막 후계자이자 차기 제왕으로 가장 유력한 그녀. 암암리에 개설된 뱀파이어 커뮤니티에서는 바토리가 머리만 좋았더라면 아니, 무엇인가를 배울 욕구만 있었다면 이미 자신들은 아주 오래전에 고향으로 돌아갔을 거라 한탄하곤 한다.

"예, 거의 완료가 되었습니다. 자꾸 하찮은 잡종들이 달라붙기는 하지만 당장 다음 주부터 원활하게 '축출' 작업을 시작할 수 있을 것 같습니다."

축출은 통로 속의 몬스터를 끄집어내는 작업을 일컫는다.

"그래, 좋네."

그에 바토리가 음산한 미소를 지었다.

"아, 그런데 엘 라스는 지금까지 도대체 뭘 하고 있는 거야? 여태 연락이 없네."

멀지 않은 과거, 종족말살 작전 때 가장 최우선 척살 대상이 되었던 '고귀한 가문' 중에서 지금까지 그 명맥을 유지하는 가문은 오직 둘, '바토리'와 '엘 라스'뿐이다.

물론 가문의 맹위는 엘 라스가 바토리에 비할 바가 안 되고 엘 라스의 지도자는 아직 꼬맹이에 불과히다지만 섣불리 맘 놓고 있어도 될 정도로 우스운 가문은 아니다.

애초에 뱀파이어의 '제왕'이란 모든 뱀파이어를 발밑에 굴복시키는 존재이지만 그 제왕의 자격은 무력의 강함이나 두뇌의 영특함 따위가 아닌 법이니.

"놈들은 과거 통로를 열 시도를 한 전적이 있지만 모두 수포가 되었기에 그들보다 빨리 성공한 저희들의 눈치를 보고 있는 것 같습니다. 그게 아니면 아직 엘 라스의 지도자는 너무 어리니 잡아먹힐까 봐 두려워하고 있는지도 모르지요."

"흐음…… 그러니? 그네들은 이미 겁쟁이가 다 됐구나…… 안타까워. 그렇게 살 거면 왜 아직까지 살아 있는 걸까?"

바토리의 섬찟한 물음은 정체모를 한기가 되어 남자 뱀파이어의 몸을 에워쌌다.

"……오, 옳으신 말씀입니다……."

"아 맞다. 그…… 떨거지들은?"

바토리는 '떨거지'라는 족속을 떠올릴 때면 가슴 속에서부터 응어리진 분노가 치솟았다. 뱀파이어보다는 몬스터와 더 가까이 맞닿아 있는 추악의 잔존물들. 가능하다면 인간 놈들보다 먼저 멸족시키고 싶은 빌어먹을 괴물들.

"아…… 떨거지 놈들은 요 근래에 생츄어리에 틀어박혀 활동이 없습니다만 오히려 그것이 더욱 불안합니다."

떨거지들, 일명 '노스페라투'.

핏줄 자체가 지닌 능력이 뛰어남에도 뱀파이어가 아닌 '몬스터'의 분파이고, 아주 머나먼 과거 종족을 배신한 전력이 있어 결코 뱀파이어라고 인정받지 못하는 비운의 일족.

흡혈귀 중에서도 가장 악질인 노스페라투는 일종의 자격지심 혹은 피해의식 탓에 종족을 가리지 않고 음험한 수작을 부린다. 그렇기에 과거 펼쳐진 '종족 말살 작전'도 놈들이 인간을 충동질하여 발생했던 것이라고 대부분의 뱀파이어들은 그렇게 확신을 하고 있다.

수많은 뱀파이어가 사망하고 고귀한 가문이 멸족했음에도 노스페라투는 그 어떤 피해도 입지 않아 오히려 차기 '제왕'의 자리를 노릴 만큼 성장했다는 점이 그 주장을 뒷받침했다.

"하, 그 빌어먹을 놈들은 또 무슨 수작을 준비하고 있길래……."

떨거지가 제왕이라니 웃기지도 않는 소리. 바토리는 치를 떨 정도로 분노했다.

"수장(首長) 수테르데가 무슨 수작을 부리고 있는 것 같긴 한데…… 저희 정보원의 역량으로는 그놈들을 이겨낼 수 없었습니다. 발견한 거라곤 생츄어리의 위치와 내부 환경뿐입니다."

"흐음…… 근데 너 혹시 정면 승부 말고 고안한 방법은 없니?"

"……예?"

"없구나?"

바토리가 남자를 한심하다는 듯이 노려보았다.

"너, 혹시 이이제이(以夷制夷)라는 말 들어봤니?"

"……예?"

바토리가 갑작스레 사자성어를 들먹이자 남자는 잠시 어벙한 표정이 되었다. 평생 책이라곤 단 한 권도 읽어 본적 없는 무식한 여자가 갑자기 무슨 바람이 불었기에…….

"그 눈빛은 뭐니? 혹시 죽고 싶은 거니?"

"아, 아닙니다! 그저 무슨 뜻인지 몰라 곰곰이 생각했을 뿐입니다!"

바토리는 머릿속에 든 건 없지만 눈치는 빨랐고 남자는 다급하게 정수리를 바닥에 처박으며 사죄했다.

"……그래? 그럼 됐어. 모를 수도 있는 거니까 봐줄게."

그녀는 이이제이의 그 뜻은 물론 역사적 유래까지 모조리 설명했다. 물론 절반 이상이 틀린 내용이었지만 남자는 그것을 지적할 만큼 간덩이가 붓지 않았을 따름이다.

"그러니까 내가 왜 이이제이 얘기를 꺼냈냐면…… 나도 요즘 TV를 많이 봐서 알거든?"

그 바토리가 무려 TV라니. 남자는 약간 감격한 표정으로 그녀를 올려다보았다.

"라이칸이라고 알지? 우리를 들쑤시고 다닌다는 놈. 그놈이 용병단을 하나 설립했다 하더라고. 게다가 여기는 유백송이라는 하얀 호랑이도 날뛰고 있다면서?"

"……아."

남자는 그 즉시 납득했다. 물론 계획의 허점은 많았지만, 몹시 좋은 방법인 척 짐짓 놀란 표정을 지었다.

"어차피 놈들이 싹 사라져도 우리 계획에 득이 되면 되었지 손해는 없잖니?"

바토리의 입가가 섬뜩하리만치 청아한 호선을 그렸다.

"알겠습니다. 즉시 꼭두각시를 이용해 일단은 라이칸에게만 임무 의뢰를 한 번 해보겠습니다."

"좋아. 아는 건 없어도 이해는 빠르니 좋네."

바토리가 만족하며 손을 내젓자 남자는 뒷걸음질을 치며 그녀의 시야에서 멀어졌다.

해가 끝나기 사흘 전, 12월 29일.

심세신은 하젤린을 찾아왔다.

"……성욕을 줄이는 마법이나 물약……?"

요즈음 가장 심한 문제다. 수련이나 대련을 할 때도, 이혜린이나 유세정을 비롯한 여인들과 이야기를 할 때도 시도 때도 없이 들끓는 성욕.

"네."

하지만 성욕을 줄이는 물약은 고블린의 머릿속에 없었다. 애초에 이성이 없는 몬스터이니 당연한 소리겠지만.

"어…… 들어본 적은 없긴 한데……."

하젤린이 세진의 눈치를 슬쩍 살피며 옷깃을 여몄다. 그에 그가 어이없다는 표정으로 노려보자 그녀는 괜히 헛기침을 했다.

"큼. 큼. 요즘 많이 힘들어요? 그…… 부분이?"

"……네, 조금 많이 힘드네요."

"아, 정 그러시면 한번 찾아는 봐 드릴게요. 워낙 기상천외한 물약이 많았으니 아마 있을지도 몰라요."

하젤린이 초소형 노트북을 꺼냈다.

"……기다리고 있을까요?"

"네? 아뇨, 바쁘면 가셔도 돼요. 조금 오래 걸릴 테니까."

김세진은 고개를 끄덕이고서 자리에서 일어났다.

–드디어 한 해가 가고 새해가 시작되었습니다~!

새해의 시작을 알리는 종소리와 폭죽소리가 요란하게 울려 퍼졌다.

하나 그 즐거운 웃음소리와는 달리, 흑색늑대폼의 김세진은 복잡한 혼란에 갇혀 있었다.

당장 어제 '탁기의 고리'를 완료하자마자 떠오른 시스템창 때문이다.

[라이칸 슬로프로 진화하기 위한 조건을 모두 충족했습니다. 이제 라이칸 슬로프로 진화가 가능합니다.]

[주의: 라이칸 슬로프는 인간임과 동시에 몬스터입니다. 그에 따라 만약 진화를 선택하신다면 '인간' 폼과 '흑색늑대' 폼이 합쳐지게 됩니다. (다만, 다른 몬스터 폼은 그대로 유지됩니다.)]

[라이칸 슬로프로 진화하면 인간으로 있을 수 있는 시간이 최소 12시간으로 증가합니다.(기력수치에 따라 상승 폭이 조정됩니다.)]

"……후."

인간과 흑색늑대가 합쳐진다는 것은 즉, 지금의 김세진은 없어진다는 뜻과 일맥상통.

그따위 결정을 내릴 수 있을 리 없다.

애초에 그저 막연히 진화가 모든 걸 해결할 거라 생각한 게 잘못이었다.

정말 문자 그대로 진퇴양난이다.

시간이 흐르면 흐를수록 오크의 본능은 더욱 끓어오르지만 그걸 해결하고자 진화를 한다면 본래 인간 김세진이 어떻게 될지 예측조차 할 수 없게 된다. 또한 진화를 한다 하더라도 그때는 이제 라이칸 슬로프라는 종족 자체의 본능이 문제가 되겠지.

물론 가상 최선의 방법은 인간 김세진을 오크 대전시와 대적할 수 있을 정도로 발전시키는 것이다. 하지만 이것 또한 최근에 더욱 심해진 오크의 빌어먹을 본능이 문제가 된다. 몸을 썼다 하면 욕구가 끓어오르는 노릇이니…….

─디링링링링!

깊어 가는 고민은 어디선가 들려온 핸드폰 벨소리에 의해 산만해졌다. 김세진은 미간을 좁히고서 핸드폰의 액정화면을 노려보았다.

─유세정.

"아 맞다."

성년식, 그제야 생각이 났다.

"……하아."

그는 한숨을 내쉬며 전화기를 들어 올렸다.

─오빠~ 나 드디어 어른 됐어~

"……그래? 축하해."

유세정의 목소리는 유난히도 밝았다.

그러나 머릿속이 복잡하게 꼬인 김세진은 그런 그녀가 단지 귀찮기만 할 뿐이었다.

"······금강산 지하요?"

오후 6시, 김세진은 유세정의 성인식에 참가하기 전에 더 몬스터에 잠시 들렀다. 김유손의 다급한 전언 때문이었다.

"그렇습니다. 익명의 제보자가 말하길, 그곳에 흡혈귀들의 지하 소굴이 있다고 하더군요. 확실하지는 않지만 설득력 있는 증거 또한 동봉되어 있었습니다. 단체장님, 첩보원을 한번 보내 볼까요?"

김세진은 동봉된 증거 자료를 살폈다. 정체모를 지하에 건설된 마을의 사진이었다. 햇볕이 한 치도 들지 않는 잿빛 도시.

"······특수경찰국에서는 모르는 눈치입니까?"

"예, 알았다면 벌써부터 난리가 났을 테지요. 그리고 사실······ 특수경찰국이 뱀파이어 청정지대가 아닌 것 단체장님도 알고 계시지 않습니까? 그래서 이 익명인도 특수경찰국이 아닌 우리에게 먼저 임무를 의뢰했다고 사료됩니다."

김세진이 만든 도구와 유백송의 코는 뱀파이어를 걸러낼수 있다. 하지만 뱀파이어의 수준 높은 현혹 마법에 걸려든 사람들은, 자기가 현혹 마법에 걸려 있다는 사실조차 눈치채지 못하고 뱀파이어의 꼭두각시가 되어버린다.

"후······ 알겠습니다. 일단 제가 유백송과 대화를 한번 나누어 보죠. 위험하니까 첩보원은 일단 보류해 주세요."

"예, 그리고 단체장님, 일단 이 익명인도 한번 추적해 보도록 하겠습니다."

"제보자를요?"

김유손이 고개를 끄덕였다.

유세정의 성년식은 새벽 일가의 대저택에서 열렸다.

역시 새벽다운 성대한 연회였다. 정재계의 거물은 물론 저명한 기사와 연예인들까지 대한민국의 실세가 모두 모였다 해도 과언이 아닐 정도의 자리.

그러나 유세정은 그저 딱 한 사람이 오기를 전전긍긍하며 기다리고 있을 뿐이었다.

"현오 오빠, 오빠는 아직 안 왔어?"

"어. 조금 늦겠지만 그래도 참석은 꼭 한다고 연락왔으니까 걱정하지는 마."

"……."

세정이 입을 꾹 다물었다. 성년식의 중심 행사는 끝났다. 비녀는 이미 머리에 꽂혔고 사람들은 제 잇속을 챙기기 위한 인맥 다지기에 여념이 없다.

그러니까, 이 성년식은 그 남자가 없다면 하등 무가치한 자리일 뿐이다.

"안녕하십니까, 유세정 기사님."

느글느글한 미소를 지으며 다가오는 남자는 새벽 다음가는 기업이었던 '대현'의 삼남 김종혁이었다. 평소 망나니 같은 행실로 유명한 병신인데 쓸데없이 정중한 척을 하고 있는 게 정말 같잖다.

"예."

세정이 퉁명스레 대답하자 김종혁의 눈썹이 살짝 경련했다. 하나 그는 별다른 내색 없이 다음을 이었다.

"한데 그분은 성년식에 참석하지 않는가 봅니다? 유세정 씨와 각별한 사이라는 소문이 돌기에 많이 기대하고 있었는데. 야밤에 같은 차에서 내리신다는 소문도 있더군요? 물론 그 이상은 그분이 거부하시는 것 같지만."

이번에는 유세정의 얼굴이 굳었다. 이 새끼를 누가 초대했지? 순간 예의상이라도 초대장을 보내야 한다던 아버지를 원망하고 싶었다.

"쓸데없는 소리는 안 하셔도 되고, 그분은 곧 오시니 걱정하지 않으셔도 됩니다."

"흠. 확실히 요즘 상당히 바쁘실 테니까요. 특성뿐만 아니라 사업 수완도 범상치 않다고 소문이 나셨던데."

더 몬스터의 주가가 날로 치솟자, 세간은 김세진의 능력을 칭찬했다.

물론 김세진이 한 거라곤 그저 재능이 넘치는 사람들'만'

뽑아 그 잠재력을 만개할 수 있도록 환경을 조성해 주었을 뿐이다.

그 환경의 도움을 받아, 번뜩이는 직감과 출중한 재능을 십분 발휘해 더 몬스터를 이끌어가는 대단한 역군이 되어준 많은 직원들. 그들이야말로 더 몬스터가 발전한 진정한 원인 이다.

하나 본래 사업이 잘 되든 안 되든 대외적인 스포트라이트 는 오롯이 사장이 받는 법. 그래서 어느 순간 김세진은 대한 민국에서 주목하는 천재적인 사업가 되어 있었다.

"……저도 알고 있습니다. 늦게나마 와주신다 하셔서 감 사할 따름이지요."

"예? 그런 것치고는 너무 안절부절못하시던데, 제가 혹시 잘못 본걸까요?"

김종혁이 명백한 조소를 머금자 세정은 두 주먹을 움켜쥐 고선 열기가 다분한 숨결을 뱉어냈다.

하나 그는 그녀가 마음을 진정시키기도 전에 다시 한번 도 발을 해왔다.

"아쉽네요. 한번 얘기를 나눠보고 싶었는데 영영 오지 않 을 것 같으니 원……."

유세정이 이를 꽉 깨물었다.

그리고 바로 그때.

연회장의 거대한 문이 벌컥 열렸다.

벌컥 열린 연회장의 대문 사이로 한 사내가 등장했다.

큰 키와 다부진 체격에 어울리는 정갈하고 장려한 정장, 남자다운 이목구비가 돋보이도록 깔끔하게 위로 올린 머리, 날카로운 눈매와 얼굴형은 한 마리의 늑대를 연상시킨다.

주위를 두리번거리던 그는 이내 유세정을 발견하곤 그쪽으로 천천히 발걸음을 움직였다. 그가 한 발자국 한 발자국씩 다가올 때 마다 유세정의 양 볼이 붉은색으로 물들어갔다.

"세정아."

마침내 유세정의 발치에 멈춰선 김세진 그는 그녀와 마주하며 진한 미소를 지었다.

"미안, 좀 늦었지?"

매력적인 중저음이 연회장을 울리고 유세정은 멍하니 고개를 끄덕였다.

"이미 다 끝난 건가?"

"예? 아…… 아니에요. 아직 안 끝났어요…….."

유세정은 그와 1년 이상을 알고 지내왔으면서도, 정장을 입은 모습을 보는 것은 처음이었다.

그렇기 때문일까. 오늘 이 남자는 도통 적응이 되지 않을 정도로 멋져서 그녀는 시선을 아래로 내리깔 수밖에 없었다.

"오호, 당신이 그 유명한 김세진 님이군요?"

두 사람을 흥미진진하게 지켜보던 김종혁이 세진에게 악수를 청했다.

"저는 '대현전자'의 이사 김종혁이라고 합니다."

"아, 예. 반갑습니다. 김세진입니다."

김세진은 악수를 하며 그의 심성을 파악했다. 그리고 그 순간 뒷걸음질을 칠 뻔했다. 김종혁이라는 남자에게서는 너무나도 탁한 암기가 풍겨졌다. 이토록 짙은 암흑은 처음이었다.

"하하하. 실제로 보니 화면이나 사진으로 보는 것보다 멋지시군요."

김종혁이 뭐라뭐라 씨부렸으나, 김세진은 굳이 그와 오랫동안 함께 있고 싶지는 않았다. 그래서 그를 무시하고서 유세정과 이야기를 나누려고 했지만.

"어~ 이거이거, 대현기업의 삼남이 아니신가."

"오, 장관님이 아니십니까? 오랜만입니다."

자꾸만 사람들이 몰려들었다. 그들은 김종혁을 핑계 삼아 다가와서는 김세진의 호감을 사기 위해 입에 발린 말을 건넸다.

그러나 유유상종인지 아니면 근묵자흑인지 그들의 심성은 모두 하나같이 악(惡) 쪽으로 무게추가 기울어 있었다. 물론 김종혁만큼 악한 심성을 지닌 사람은 없었지만.

"이분이 그 김세진 씨인가? 안녕하시오. 나는 내무부 장관……."

"예, 안녕하십니까. 근데 옆에 분은 누구시죠?"

어느샌가 바글바글한 사람들의 중심이 된 세진, 그는 방금 자신을 장관이라 소개했던 남자의 비서를 가리켰다. 악인의 옆에 있기에는 너무 착하고 재능도 뛰어난 사내였기에.

"아, 김호형이라고 내 비서인데 일을 뭐 그렇게 잘하는 건 아니야. 그냥 오랫동안 내 집에서 일했던 가정부 아들인데 앞길 책임져 준다는 명목으로 같이 가고 있지."

이름 모를 장관이 그렇게 말하며 너털웃음을 터뜨리자 주변의 사람들도 모두 따라서 웃었다. 모조리 가식적인 웃음이었다.

김세진은 도저히 이곳에 오래 있고 싶지가 않았다. 그는 고개를 살짝 돌려 유세정의 눈치를 살폈다.

그녀도 그와 비슷한 마음이었는지. 고개를 살짝 끄덕여 주었다.

"아, 근데 저 머리가 조금 아프군요. 요즘 일이 너무 많아서 그런가……."

김세진이 짐짓 머리를 문지르며 연기를 했다.

"하하, 확실히 그럴 만도 하지. 요즘 더 몬스터가 안 끼는 곳이 없으니까 말이야. 각하께서도 언급을 하셨을 정도니까."

"혹시 각하라면……."

"대통령님이지 누구겠는가!"

저들끼리 웃고 떠드는 속에서 김세진은 안주머니를 뒤적여 번쩍이는 물체를 하나 꺼냈다.

'더 몬스터 단체장 김세진'이라는 문자가 음각된 명함 그러나 결코 평범한 명함이 아니다. 무려 순금을 아주 얇게 펴서 만들었기에, 하나당 거의 70만 원은 가벼이 넘길 만큼 값비싸다.

단지 허세를 부리기 위함은 아니고, 자신에게 도움이 될 것 같은, 또는 도움이 될 만한 사람에게만 명함을 주기로 마음먹고서 만든 것이다.

"오호? 그게 뭔가?"

그 명함을 발견한 장관의 눈에는 어느새 탐욕이라는 이채가 서려 있었다.

"명함입니다."

"아하. 그게 그 명함이구료. 나도 신문에서는 조금 봤지. 아무한테나 주는 물건이 아니라더니만…… 근데 그거 진짜로 순금이오?"

장관은 당연히 자신이 받을 것이라 착각을 한 듯, 의기양양하게 어깨를 폈다.

"네, 순금입니다."

주변 사람들이 감탄사를 내지르며 명함을 응시했다.

그리고 장관은 괜히 헛기침도 하고 넥타이의 매무새도 가다듬으며 그 명함이 자신의 손에 쥐어지기를 고대했다.

"부럽습니다, 장관님."

김종혁이 가식적인 미소로 장관의 비위를 살폈다. 장관 또한 호쾌한 웃음으로 화답했다.

"허허허. 역시 요즘 가장 뛰어난 젊은이답게, 사람 보는 눈이 있구먼."

그러나 바로 다음 순간.

김세진은 장관이 아닌, 뒤에서 멀찍이 떨어져 있던 그의 비서에게 명함을 건넸을 따름이다.

"이름이 뭡니까?"

"……예, 예?"

"이름, 혹시 명함 있으세요?"

"아…… 김호형이라고 합니다. 그, 며, 명함은 없습니다만……."

김세진은 고개를 끄덕이고서 명함을 그의 손에 쥐어주었다.

"나중에 연락하세요."

그렇게 한마디를 남긴 채.

김세진은 고작 20분 만에 연회장을 나섰다.

"……."

장관은 그 뒷모습을 멍하니 좇다가, 김호형의 손에 쥐어진 순금명함을 날카롭게 응시했다.

어떤 의미가 담긴 눈빛인지는 알아챌 만 했으나 호형은 그 명함을 슬그머니 자신의 정장 품속에 집어넣었다.

"저 가정부 아들놈이……."

장관은 그런 그를 죽일 듯이 노려보았다.

그러나 이렇듯 많은 사람들이 모인 자리에서는 이 이상의

화를 표출할 수는 없었다.

연회장에서 나온 김세진은 곧바로 집으로 돌아가려 했으나 어느새 뒤따라온 유세정의 아련한 눈길을 저버릴 수 없었다.

"뭐, 혹시 가고 싶은 곳 있어?"

"나는 오빠 집에 한번 가보고 싶은데."

"……."

그는 자동차의 핸들을 움켜쥔 채 그녀를 노려보았다.

"왜요? 나 어차피 드레스 차림이라 쪽팔려서 어디 가지도 못하는데……."

유세정이 제 드레스 자락을 살짝 들어 보이며 말했다. 그 새하얀 속살에 얼굴이 살짝 붉어진 김세진은 일단 남은 시간을 확인했다.

3시간 03분 59초.

하나 이제 3시간만 지나면 자정이 되어 시간이 초기화된다.

그 말인즉 시간은 충분하다는 뜻.

"이제 저 성년식도 한 성인인데…… 그냥 저녁만 같이 먹어요."

유세정은 김세진이 고민하는 틈을 놓치지 않고, 그의 손을 부드럽게 감쌌다.

"와. 깔끔하고 좋네."

드디어 꿈에도 그리던 김세진의 집에 입성하게 된 유세정, 그녀는 눈을 동그랗게 뜬 채 집 내부를 둘러보았다.

"확실히 말하는데, 잠은 너희 집에 가서 자야 된다."

"아, 알았다니까요. 무슨 내가 신데렐라도 아니고…… 자정 지나면 가지 말라고 해도 갈 거야."

그녀는 세진을 한번 흘겨보고선 거실의 소파에 앉았다.

"푹신푹신하네. 오빠 뭐해? 불편하게 있지 말고 여기 앉아요."

유세정이 제 옆자리를 팡팡 두드리며 말했다. 김세진은 약간 어기적거리며 다가갔다.

"짜자잔."

그가 앉자마자, 그녀는 차에 타기 전부터 들고 왔던 종이백을 자랑스레 꺼내 들었다.

"그게 뭔데?"

"양주요."

"……어?"

순간 김세진은 미간을 찌푸렸지만, 유세정은 더욱 환한 미소를 지을 뿐이었다.

　그렇게 난데없는 음주가 시작된 지 한 시간, 도수가 57도에 달하는 양주 한 병은 벌써 동이 나버렸다.

　"……오빠는 진짜 너무한 것 같아. 오빠, 내가 왜 성년식 1월 1일에 하기로 했는지 알아요?"

　얼굴이 붉어진 유세정이 한숨을 푹 내쉬었다. 얼마나 마셔 댔는지, 숨결에서 알코올의 향기가 다분했다.

　"오빠도 알죠? 내가 오빠가 좋아 하는 거. 모를 리가 없지, 모를 리가 없어…… 나, 오빠가 만날 성인, 성인 노래를 부르기에 성년식을 1월 1일……."

　"이제 집에 가라. 데려다 줄게."

　"내 말 끝까지 들어요. 나도 내가 왜 오빠를 좋아하게 됐는지는 잘…… 꺅!"

　김세진이 그녀의 손에 들린 잔을 뺏었다. 그녀는 짜증난다는 듯 주먹 쥔 손으로 그의 가슴팍을 살짝 가격했다.

　"씨! 집에 안 갈 거야. 평생 여기서 살 거야. 알면서도 모르는 척하는 게 짜증 나서라도 여기서 살 거야."

　"……후."

　이번에는 김세진이 한숨을 내쉬었다.

더 이상은 안 된다. 지금 당장 보내야만, 나중에 후회하지 않게 된다.

그가 몸을 일으켰다.

"나 진짜 오빠가 해달라는 거 다 해줬는데. 도와달라는 거 다 해줬는데. 내가 그동안 아빠랑 할아버지한테 얼마나 졸랐는지 모르지? 오빠, 나 없었으면…… 읏."

"가자."

그가 유세정의 손목을 잡아끌었다.

이상하게도 그녀는 별다른 저항 없이 그에게 이끌렸다.

그렇게 거실을 지나 차가운 복도,

"오빠."

등 뒤에서 힘없는 목소리가 들려왔다. 그에 김세진이 뒤를 돌아보았다.

그때 유세정이 온 힘을 다해 세진의 손을 뿌리쳤다.

그러곤 그의 목에 자신의 두 팔을 두르더니…….

"……끙."

입맞춤을 하려했다.

하지만 키가 모자랐다.

185와 160. 25㎝는 결코 여자의 까치발로는 닿을 수 없는 차이였다.

"……씨이."

회심의 반격이었는데 울상이 된 유세정은 울먹이면서 어

쩔 수 없이 그의 목에다가 자신의 입을 맞췄다.

"알죠……? 나, 오빠 많이 좋아하는 거. 그러니까…… 오빠도 나 좋아해 주면 안 돼요?"

그러곤 간절하고 애틋한 고백이 이어졌다.

"오빠는 아직 아니어도 괜찮아요. 나, 기다릴 수 있으니까."

물기어린 눈빛에 담긴 감정은 너무나도 애절했다.

그다음은 김세진의 차례였다.

이성이 반쯤 날아간 그는 유세정의 뒷목을 강하게 붙잡고서, 그녀의 입술을 탐하기 시작했다. 하지만 사랑을 교류하는 행위는 아니었다. 너무나도 거칠어 그저 욕구를 해소한다는 형언이 알맞을 정도.

"읍…… 으읍……."

김세진의 억센 손길에 드레스의 자락이 찢겨 나갔다.

유세정은 그의 갑작스러운 돌변이 무서웠다.

"오빠, 잠깐…… 으읍!"

하지만 그는 집요했다. 그의 설육이 자신의 입속을 유린하듯 헤집고 손은 자신의 온몸을 거칠게 더듬는다.

유세정은 자신도 모르게 눈물을 한 방울 흘렸다.

겁이 났다.

물론 거부하고자 한다면 거부할 수 있다. 마나는 알코올을 몰아내는 효과도 있으니. 그러나 그렇게 해서 만약 김세진이 자신을 싫어하게 된다면…….

그녀는 그게 겁이 났다.

"아…….."

그리고 그 눈물 덕택에 김세진은 가까스로 이성을 되찾을
수 있었다.

거칠게 찢겨나간 드레스의 조각들과 거의 반쯤 옷이 벗겨
진 유세정.

"……미안."

그는 머리를 감싸 쥐며 그녀에게서 등을 돌렸다.

이런 자신이 너무 한심했다.

이렇게 될 걸 알고 있었음에도 그녀를 집에 들여 버렸다.

한데, 그럼에도 빌어먹을 몬스터의 본능 탓을 하고 있는
자신이…… 너무 가엾고 한심했다.

"……아니, 나는 그게……."

그에 당황한 건 오히려 유세정이었다.

그녀는 괴로워하는 그의 뒷모습을 멍하니 바라보다가, 이
내 천천히 다가가 그 다부진 등을 껴안았다.

"저는 괜찮아요."

김세진은 아무런 반응도 하지 않았다.

"그냥 깜짝 놀라서 그래요."

유세정이 그의 허리를 더욱 진하게 감쌌다.

"그럼…… 오늘은 이만 갈게요. 이거 하나만 알아두고 내
일 다시 얘기해요. 아, 꼭 내일이 아니어도 돼요. 언제든 준

비가 될 때."

허리에 감긴 팔이 스르륵 풀렸다.

"저는 오빠를 아주 좋아해요. 이런 감정, 난생 처음이에요."

그녀는 가장 중요한 고백을 남겨두고서 김세진의 집을 나섰다.

이틀 뒤.

"무사(武士)의 타입에는 교본형과 감각형, 둘로 나뉩니다."

더 몬스터의 훈련실 내부. 김세진은 칠흑기사단에서 초빙된 기사에게서 개인강습을 받고 있다.

"교본형은 말 그대로 교본에 충실하여 정석적인 무술을 구사하는 타입입니다. 이러한 무술에는 많은 유파가 있습니다만 현재에는 김현석 칠흑기사단장님의 특성으로부터 탄생한 현서(賢壻)파가 가장 뛰어나다고 칭송을 받고 있습니다."

강력한 기사와의 진지한 대련은 예상을 아득히 뛰어넘을 정도의 숙련도와 성장을 선사했기에 인간으로서의 역량과 스킬의 숙련도를 동시에 발전시키기 위함이다.

"그리고 그 유파를 따르는 대표적인 기사는 고위 기사 김유린 님 그리고 저, 상급 기사 진이한이 있지요."

자신을 진이한이라 소개한 상급 기사가 자랑스레 말했다.

"또한 감각형은 말 그대로 자신의 감각대로, 본능과 센스를 십분 활용하는 타입을 뜻합니다. 이 부문에서는 새벽기사단장 유수혁 님이 단연 돋보이시지요. 이혜린 중상급 기사에게 들어보니 김세진 단체장님은 이 감각형인 듯하더군요."

김세진이 고개를 끄덕였다. 물론 패시브 스킬의 덕이지만, 일단 자신이 구사하는 무기술의 베이스는 본능과 직감대로 무기를 휘두르는 것이니.

"그럼 일단 가벼운 실력 테스트부터 해보겠습니다."

진이한은 연습용 검면을 손가락으로 쓰윽 훑고는 감탄한 표정을 지었다. 고작 연습용 무기일 뿐인데 거의 상품에 가까운 수준이 아닌가.

"……혹시 이거 연습용 무기라면 제가 딱 하나만 가져가도 될까요?"

"예? 아, 예. 마음대로 하시지요."

"감사합니다."

진이한이 고개를 꾸벅 숙였다.

"그럼 이제 전력을 다해 오시지요."

비무(比武)는 꽤나 격렬하게 진행되었으나 마지막은 간단했다.

쏴아아아.

진이한의 마지막 검격이 날카로운 선풍을 일으키며 세진의 검을 두 동강내고 그는 그 충격파에 의해 노면을 나뒹굴었다. 명확한 격의 차이. 역시 상급 기사는 달랐다.

"대단하시군요."

"아니요, 그건 오히려 제가 하고 싶은 말입니다."

진이한이 엎어진 김세진에게 다가가 손을 건넸다. 패배하긴 했지만, 세진은 만족스러워하며 그 손을 붙잡고 일어섰다.

[전사의 특질-숙련도 98.99%]

이번 대련으로 인해 무려 3%의 숙련도가 올랐기 때문이다.

"이 정도 감각이면 마나를 다루지 못하시더라도 충분히 중급 기사까지는 이겨내실 수 있으실 것입니다."

"그렇습니까?"

"예."

진이한이 미소를 지었다.

'그래도 다행이네.'

이 정도면 '레드문'이 뜨기 전에 전사의 특질을 한 단계 업그레이드 시킬 수 있을 것 같았다. 무슨 효과가 더해질 지는 가늠도 되지 않지만, 어쨌든 도움은 확실히 되겠지.

"아, 저기 유세정 씨가 기다리고 계시는군요."

진이한이 훈련장의 입구를 가리키며 말했다.

그곳에는 환한 미소를 머금은 채 이쪽을 향해 손을 흔드는 유세정이 있었다.

이튿날. 이른 오전부터 TV 뉴스에서 급보를 쏟아냈다.

―레드문의 징조가 포착된 것으로 보아, 적어도 사흘 뒤에는…….

'레드문'이 발현될 징조가 포착되었다는 소식 때문이다.

레드문.

말 그대로 달에 핏빛이 스며드는 현상. 현대 과학도 아직까지 그 원인을 밝혀내지 못한 레드문은 5~6년의 주기로 지구에 닥쳐오는 하나의 '재앙'이다

정체모를 원인에 의해 붉어진 보름달이 비추는 달빛은 몬스터의 공격성과 위력을 평소보다 강력하게 증폭시킨다.

그렇기에 이 레드문이 발현되는 일주일 동안은 전 세계적으로 비상상태가 선포되고 기사는 물론 사냥꾼과 마법사까지 모두 국가의 통솔을 받으며 이 사태에 대비해야만 한다.

한데 다른 누구보다 특히 김세진에게만큼은 레드문은 재앙을 넘어선 대재앙이나 마찬가지였다.

사실, 레드문의 징조를 발견했다며 제보한 사람도 김세진

본인이다.

–최초 제보자는 전설적인 용병 '라이칸'으로, 투명한 햇볕에서 일어난 미세한 변화를 눈치채고 국방부에 알린 것으로 알려졌습니다. 이에 국민들은 전 세계적인 위협을 미연에 알아챈 라이칸을 칭송하며…….

때마침 앵커가 그것과 관련된 얘기를 했다. '라이칸의 명성이 치솟았습니다.'라는 상태창이 떠오른 듯한 착각이 일었다.

어쨌든 김세진이 이 레드문의 세계최초 제보자가 될 수 있었던 이유는 단 하나.

[경고: 늑대의 눈썰미가 레드문의 징조를 발견했습니다! (레드문의 영향 아래에는 인간으로 있을 수 있는 시간이 평소의 10%로 줄어듭니다.)]

이 상태창 덕분이다.

레드문이 발현되는 동안엔 인간이 될 수 있는 시간이 10%로 줄어든다는 것은 곧, 하루에 겨우 45분만을 인간으로 활동할 수 있다는 뜻. 인간 사회에서 살아가기에는 엄청난 리스크다.

그래서 세진은 결정을 내렸다.

차라리 강원도의 몬스터 필드에서 생활하며 성장을 도모

함과 동시에 금강산 근처의 뱀파이어 은신지까지 조사하는 게 나을 것 같다고.

"식수, 통조림, 포션, 야영텐트……."

그는 확장 주머니에 레드문이 지속되는 동안의 노숙을 버텨낼 수 있게 해줄 준비물을 쑤셔 넣었다.

이미 단체일은 조한성에게 임시로 위임해 놓았고 어찌어찌 그때의 키스로 인해 관계가 이상해진 유세정에게는…… 어떻게든 둘러대는데 성공했다.

"됐다. 으쌰!"

세진은 거진 총합 300㎏ 이상의 물건들 들어간 확장주머니를 들쳐 메고서.

집을 나섰다.

22장
레드문

　몬스터 필드를 목전에 두고 김세진은 마지막으로 핸드폰을 꺼내 들었다.

　어느새 100여 명으로 불어난 연락처 중. 먼저 조한성, 소여진, 주지혁, 이혜린, 김유손 순으로 간단한 안부 전화를 하고서,

　"여보세요?"

　―……또 뭐야.

　유백송에게 전화를 걸었다. 요즈음 세진의 독촉 전화에 많이 시달렸기 때문일까, 그녀의 목소리에는 다분한 한숨이 묻어나왔다.

　"아니, 오늘은 그냥 잘 지내나 궁금해서 전화했어요."

―……잘 지내.

너만 아니면.

뒤에서 아주 작은 중얼거림이 들려온 것 같긴 했지만, 세진은 무시하기로 했다.

"근데 너무 귀찮아하시는 거 아닌가? 저희 덕분에 실적도 올랐잖아요. 레드문 예측."

약 1주 전 김세진은 특수경찰국에게 라이칸이 레드문의 징조를 발견했다고 전했고, 그에 특수경찰국이 자체적인 조사를 통해 확실한 통계자료를 들고 관련 부서를 찾아갔다.

즉 징조를 가장 처음 제보한 건 라이칸이지만, 실제적인 물증을 얻어낸 건 특수경찰국이라는 뜻. 정부도 특수경찰국의 그런 공로를 인정하여 그간 잃었던 신뢰의 회복은 물론 성과금까지 하사했다고 하던데. 이런 태도는 너무 야박한 것이 아닌가.

―아니야. 안 귀찮아. 오히려 반가운걸.

그제야 유백송의 목소리가 억지로나마 밝아졌다.

―근데 왜? 뭐 때문에 전화한 거야? 네 어머니와 아버지에 관련된 정보는 최대한 안 들키는 선에서 조사하고 있다고 저번에 말했잖아.

"아니, 그게 아니라…… 제가 그때 전했던 정보에 대해서 어떻게 생각하세요?"

그는 오직 유백송에게만 '금강산에 뱀파이어가 산다.'는 정보를 전했다. 당시 그녀는 고민해 보겠다 말했지만, 2주가 지난 지금까지도 여전히 그 고민의 결과를 함구하고 있었다.

─그건…… 나중에 알려줄게. 나 혼자서 생각하려니깐 머리가 아파서 힘들어.

"그래요?"

─어, 미안하다.

"……일단 알았어요. 근데 라이칸이나 제가 나중에 다시 한번 조사해 볼 건데, 그때도 결과가 확실하면 함께 하시는 겁니다?"

유백송은 바로 대답하지 않고 잠시 동안 머뭇거렸다.

"대답은?"

김세진이 재촉하자, 유백송의 맥아리 없는 목소리가 들려왔다. 상당히 의외의 답변이었다.

─……아, 근데. 그러다 나 잘리면 어떻게 해? 요즘 안 그래도 혼자서 이상한 거 한다고 의심 많이 받고 있는데.

"……예?"

─아니, 네가 정보 주면서 아무한테도 말하지 말라고 했잖아. 사실 그거 자체가 나한테는 규율 위반이야. 나는 내 상관인 대통령에게 업무와 관련된 모든 정보를 알게 되는 즉시 제출하겠다는 서약을 했다고.

그녀의 목소리는 떨리고 있었다.

─그리고 내가 전에도 말했잖아. 나는 상관(上官)이 없는 게

아니야. 그 정보가 네 말대로라면 1급 기밀로 분류될 테고 1급 기밀은 대통령이 직접 허가를 내리지 않는 이상 나도 나서지 못한단 말이야.

"허가 없이 나서면 잘려요?"

―당연히 그렇지!

유백송이 소리쳤다. 김세진은 잠시 동안 멍하니 있다가, 이내 짧은 웃음을 터뜨렸다.

"알았어요. 그럼 무리는 하지 마세요. 근데 만약, 혹시라도 유백송 씨가 잘리게 된다면 제가 고용할게요. 몬스터 용병단장으로 지금 받는 연봉 10배 정도 주고서."

―……어?

"그러니까 걱정하지 마요. 비록 명예는 잠시 실추될지도 모르지만 그것도 제가 어떻게든 다시 되살릴 수 있으니까."

김세진의 말이 끝났음에도 유백송은 한참 동안이나 대답이 없었다. 그렇게 약 5분 간 침묵이 계속되었을까.

그녀는,

―……필요 없어. 됐고 나중에 네 엄마랑 관련된 정보 찾으면 연락할게.

한마디를 남기고서 전화를 끊었다.

그 이후 김세진은 유세정과 김유린에게까지 마지막 통화를 하고서 몬스터 필드 내부로 진입했다.

김세진은 그저 몬스터 필드의 아무 동굴에서나 머물 계획이었지만 필드를 거닐다 보니 갑자기 호기심이 생겨났다.

　그때 자신이 거둬주었던 두 오크는 약 두 달여가 지난 지금 어떻게 발전해 있을지.

　당장 3일 전에 두 영웅 오크가 출몰해서 기사들과 함께 싸웠다는 소식을 들었으니 전사하지 않았음은 확실하다.

　그렇다면 차라리 그 부락에서 10일 동안 생활해야겠다. 몬스터들의 틈바구니 속이지만, 오히려 수발을 들어줄 놈들이 있어 더욱 편한 생활이 될지도 모르니까.

　그런 생각으로 몬스터 필드를 헤매기 시작한 지 어언 30분.

　김세진은 다행히 길을 잃지 않고, 저 멀리 높이 솟은 토벽을 하나 발견할 수 있었다.

　그는 오크들의 냄새가 풀풀 풍겨오는 쪽으로 발걸음을 옮겼다.

　"……와?"

　김세진이 오크 대전사폼을 취하고 있기 때문일까 그가 다가서자 굳게 닫혔던 토문(土門)이 스르르 열리기 시작했다.

　그렇게 활짝 열린 대문 사이로 시끄러운 소리가 들려왔다. 짐승의 울음소리 같기도 했으며 인간의 환호소리 같기도 했다.

그는 천천히 토문 안으로 발걸음을 옮겼다.

"구아구아."

먼저 남자 오크가 자신을 맞이했다. 그때에 비해서 머리카락이 길어지고 근육이 더욱 튼실해진 등 신체의 변화가 확눈에 띄었다.

세진은 자신보다 한 뼘 정도 작은 오크의 머리를 한번 쓰다듬어 주고는 주위를 천천히 둘러봤다.

두 오크의 자녀로 추정되는 오크는 약 21개체 정도 있었다. 오크는 보통 태어난 지 4개월은 지나야 성체가 되기에 아직까지는 몸집이 모두 작았으나, 신기하게도 모두 파란 피부를 지니고 있었다.

이건 세진이 문신에 '유전적 계승'이라는 성질을 추가한 덕분이다. 애써 부모 오크를 강하게 만들었는데, 그 아랫것들이 유약하면 성장 혹은 발전할 가능성이 아예 없어지니까.

"……좋아."

만족스레 고개를 끄덕인 그는 일단 자신이 머물 장소를 마련하기 위해 발걸음을 움직였다.

그의 듬직한 등 뒤로 수십의 오크가 따라붙었다.

"이제 내일이면 레드문이 뜰 거라고 합니다."

부하 기사가 보고를 해오자 김유린은 결연한 눈빛으로 하늘을 올려다보았다. 아직 보름달은 하얗고 창천엔 짙은 남색이 덧칠되어 있다.

하지만 저 달에 핏빛이 스미는 순간. 세상은 진한 적색으로 반전하겠지.

"그래, 정부의 계획은?"

"일단 몬스터 필드 내부에 1차 방어선을 구축했습니다."

"내부에?"

김유린이 미간을 좁힌 채 그 저의를 고민했다. 물론 몬스터 필드의 내부에 방어선을 구축하면 방어해야 하는 범위가 좁아진다는 장점이 있긴 하다.

하지만 만약 귀퉁이 하나라도 먼저 뚫려 버린다면 그곳에서부터 몬스터들이 밀고 들어와 순식간에 모든 방어 병력이 포위당할 수 있어 위험도 또한 높다.

"예, 하지만 그리 깊은 곳은 아니니 걱정하지 않으셔도 될 것 같습니다."

"지도는?"

"여기 있습니다."

그녀가 지도를 자세히 훑어보기 시작했다.

한데 약간 의아한 장소가 하나 있었다. 방어선의 한쪽 귀퉁이 지반이 융기하여 생겨난 가파른 절벽 바로 안쪽의 '주의 요망'이라는 붉은 글씨가 써져 있는 정체불명의 위치.

"……이건 무엇이지?"

"아, 거기는 영웅 오크의 부락지입니다. 약 한 달 전에 발견된 장소인데 레드문의 영향 하에서 이들의 행동이 어떨지 예측이 되질 않아 주의 지역으로 분리해 놓았습니다."

"예측이 안 된다고?"

"네, 이들이 붉은 달빛을 받으면서도 저희와 함께 싸워줄지 아니면 이성을 잃고 완전한 몬스터로 돌변할 것인지 그에 따라 전략에도 약간씩의 수정이 가해질 예정입니다."

김유린은 검집을 매만지며 잠시 생각에 빠졌다.

몬스터에게 '이성을 잃는다.'라는 말은 모순이나 다름이 없었다. 애초에 몬스터에게는 이성이 없으니까.

하지만 그 전제를 깨부순 몬스터가 요 근래에 나타났다.

이른바 '영웅 오크'라는 새로운 오크. 왠지 모르게 낯 뜨겁지만 이것은 세간이 지은 별명이 아니다. 전 세계 몬스터 도감에 정식으로 게재된 학명이 바로 '영웅 오크(Hero orc)'다.

오크의 새로운 속(屬)으로 분류된 영웅 오크는 몬스터 필드로 사냥을 나간 기사들이 위험에 처할 때면 우레와 같은 함성을 내지르며 달려온다 하여 '영웅'이라는 별호가 붙여졌다. 또한 대한민국에서 최초로 탄생 혹은 발견된 오크라 하여 '대한민국 오크'라고 불리기도 한다.

"만약 이 오크가 평소처럼 인간을 도와준다면 오크를 방어에 활용하겠다는 생각인가?"

"예, 그런 것 같습니다."

"……흐음."

약간 불안하기는 하지만, 확실히 그렇게만 된다면 영웅 오크만큼 확실한 원군도 없겠지.

김유린은 과거 자신과 함께 바실리스크에 대적했던 오크 대전사의 무위를 떠올리며 고개를 끄덕였다.

"일단 기사들을 대동하여 필드 내부로 진입한다. 방화나 벌목을 통한 방어선 구축은 이미 완료했겠지?"

"예, 물론입니다. 바리케이드는 물론 마법사들이 안전하게 머무를 결계와 망루까지 완벽히 구비해뒀습니다."

"좋아."

김유린을 비롯한 수많은 기사들이 곧 도래할 레드문의 방비를 탄탄히 하고 있던 그때.

[전사의 특질이 한 단계 상승합니다.]

[관련 특질 '마나와 친한 육체'를 습득합니다.]

김세진은 사냥을 통해 '전사의 특질'의 새로운 단계를 해금했다.

하지만 그게 끝이 아니었다.

[특질 '마나와 친한 육체'가 나약한 바다 괴수 고유의 특성 '물의 지배자'와 반응합니다!]

[특질이 '마나 지체'로 격상되었습니다.]

[특질-마나 지체] [숙련도 0.01%]

-극도로 마나 친화적인 육체.

-숙련도에 따라 몸에 닿는 상대방의 마나 혹은 마법을 무효화할 수 있습니다.

-숙련도에 따라 체내에 축적된 마나를 자신의 의지대로 다룰 수 있습니다. (여러 스킬과 연동할 수 있습니다.)

-숙련도 100%를 달성하면 새로운 특질이 해금됩니다.

"흐음."

그는 방금 막 쓰러뜨린 오우거의 사체를 깔고 앉아, 마나 지체라는 새로이 얻은 특질을 살펴보기 시작했다.

'마나를 자신의 의지대로 다룰 수 있다.'

참 듣던 중 반가운 문장이 아닌가. 자신은 마나와 관련된 교육을 받지 못해, 마나를 어떻게 움직이는지 그 방법조차 모르니까.

"……흠.'

근데 뭐 어쩌라는 건지 잘 이해가 되지 않았다.

그는 일단 손을 쫙 뻗고 주먹을 꽉 움켜쥐었다. 하나 별다른 반응이나 감각은 느껴지지 않았다.

"……흐음?"

이번에는 한 지점을 눈으로 응시했다. 눈이 충혈될 때까지 해봤으나 역시 특별한 일은 생겨나지 않았다.

"흠……."

그렇게 한참 동안 앵무새가 되었던 김세진, 그러나 그는 생각지도 못한 지점에서 그 사용법을 알게 되었다.

'의지라고 했으니 그냥 생각에 따라 움직이는 건가? 근데 들었던 거랑은 좀 다른데?'

의지만으로 움직인다, 는 것은 기사나 마법사들이 말하던 원리가 아니다. 그들은 혈관을 순환하는 마나를 '직접' 움직여 체외로 방출하는 것이라 했다. 고작 생각 따위로 움직일 수 있는 것이 마나라면, 왜 기사나 마법사가 귀하디귀한 전문직이겠는가.

'생각이면 그냥 팔 밖으로 솟아올라라 이러면…….'

그의 팔에 두툼한 마나가 솟아올랐다.

"어억!"

순간 김세진은 진심으로 깜짝 놀라 뒤로 나자빠졌다.

"뭐야!"

황급히 몸을 일으킨 김세진은 팔에 아른거리는 마나를 바라보며 기함했다.

생각으로 마나를 조정한다. 그따위 소리는 어디에서도 들어본 적이 없었다.

꿀꺽.

그는 침을 삼키고서 마나에 의념을 흘려보냈다.

넓게 퍼져라, 길게 솟아라, 낮게 가라앉아라 따위의 간단한 것은 물론.

'불타올라라.'

화륵─ 마나가 넘실거리던 허공에서 별안간 불이 활활 타올랐다.

'흙이 되어라.'

투두둑─ 하늘에서 타오르던 화염이 갈색의 토양이 되어 노면으로 떨어졌다.

'눈이 되어 내려라.'

새하얀 함박눈이 바삭바삭 가라앉기 시작했다.

'검이 되어라.'

['오크의 단조기술'과 연동시키기 위해선 50% 이상의 숙련도가 필요합니다.]

이건 아직 불가능했지만, 숙련도가 높아지면 가능하다.

"와……."

그는 멍하니 감탄했다.

과연 스킬이 아니라 '특질'이라는 항목으로 구분된 이유가 바로 여기에 있었다.

레드문을 대비한 기사들의 방어선이 구축되었다. 위치는 이 근방.

김세진은 집에서 챙겨온 휴대폰을 통해 그 사실을 알아낼 수 있었다.

'잠깐 이 오크들은 안 미치겠지?'

그러다 문득 레드문의 영향력이 걱정되었다. 아마 레드문과 자신의 스킬 간의 상하관계에 따라 오크들이 무엇을 따를지 결정되겠지.

하나 레드문은 천재지변 중 하나라 불리는 광역현혹현상. 과연 일개 오크들이 그 재해를 견뎌낼 수 있을까.

"……남은 오크들을 다 데리고 오너라."

김세진-오크 대전사의 낮고 웅대한 목소리가 넓게 울려 퍼졌다.

그러자 금강산 주변으로 정찰을 나간 네 마리의 날렵한 오크를 제외한 모든 오크가 모여들었다.

"모두 모여뜹니다. 대저사님."

"……."

지도자 격의 오크가 말했다. 세진은 미간을 살짝 좁혔다. 아무리 생각해도 '인면 구조' 스킬은 괜히 이식한 것 같았다.

의사소통의 편리함을 위해서라고는 하지만 오크의 몰골과 저런 혀 짧은 목소리는 끔찍할 정도로 안 어울린다.

"모두 들어와라."

그는 고블린 형태를 취한 채 오크들을 하나둘씩 불러들여 문신시술을 시작했다. 자신의 피를 재료로, 그 효과는 간단 했다. 레드문을 견뎌낼 수 있게 해줄 '마법저항'.

B+등급에 다다른 고블린의 손재주로는 머릿수 당 1분씩, 총 30분이면 충분했다.

신속하게 시술을 마친 그는 오크들을 돌려보내고서 다시 금 '마나 지체'의 숙련도를 높이기 위한 훈련에 돌입했다.

마나 지체는 그 자체로도 대단하긴 하지만, 활용할 수 있 는 한계 시간이 고작 15분에 불과하여 실전에 사용하기에는 무리가 컸다. 게다가 인간폼으로는 그보다 더욱 줄어들은 5 분이 최대 그 이상을 사용하면 머리가 찔찔해지면서 곧바로 기절하게 된다.

'허공으로 떠올라라.'

그러니 적어도 인간폼으로 15분 이상은 운용할 수 있을 정 도로 숙련시키자는 것이 김세진의 생각이었다.

하나 숙련도를 높일 수 있는 시간은 그리 충분하지 않 았다.

갑자기 세상에 붉은 빛이 가라앉기 시작했다.

수많은 기사와 마법사들이 구축한 방어선에는 무거운 전운이 감돌고 있었다.

있어봤자 거치적거리기만 할 군부대는 이미 멀찌감치 뒷전으로 빠져 남은 것은 기사와 마법사들뿐. 하나 그들 대부분은 대전(大戰)을 목전에 두고 긴장을 했거나 겁에 질린 상태였다.

레드문은 오늘이 처음이 아니지만 아마 이번 레드문은 과거보다 훨씬 막아내기 힘들 것이었다. 약한 몬스터에서 강한 몬스터 순으로 순차적으로 밀려오던 그때와는 달리 이제는 어떠한 구분도 없기 때문이다.

과장해서 말하자면 첫날부터 바실리스크나 맨티코어, 와이번 따위의 상급 혹은 그 이상의 몬스터가 등장할지도 모르는 노릇.

김유린은 걱정과 불안에 떨고 있는 이들의 모습이 진심으로 이해가 되었다. 무엇보다 당장 제 자신의 심장박동도 심상치 않으니.

"괜찮은가?"

그럼에도 그녀는 제 옆에서 여타 기사들처럼 긴장하고 있는 유세정을 진정시키고자 했다.

"예? 아, 예. 괜찮습니다."

머리를 위로 질끈 동여맨 유세정의 뒷목에는 살색의 아름다운 문신이 희미하게 엿보였다. 저게 아마도 김세진이 자랑하는 마력문신이라는 것이겠지.

혹자는 저 문신을 오직 더 몬스터의 단체원들에게만 시술을 해준다 하여 독점이라 비판하기도 하지만, 뭐 어쩌겠는가. 김세진의 마음이 그러한 것을.

"단체장님이 해주셨습니다. '절대 죽지 말라'면서요."

그 시선을 눈치챈 유세정이 자랑하듯 혹은 수줍은 듯 얼굴을 붉혔다.

김유린은 그런 풋풋한 감정이 아주 살짝 부러워졌다.

"그렇군. 그럼 그 말을 따라야겠지?"

"예, 물론이죠."

유린과 세정, 둘이 마주보며 미소를 지은 그때.

별안간 방어선에서 소란이 일었다.

그에 두 사람은 동시에 하늘을 올려다보았다.

새하얀 보름달에 스며든 핏물이 마치 잉크처럼 번져 나가고 있었다.

"시작이군요."

유세정이 말하자, 김유린이 무겁게 고개를 끄덕였다.

"끼에에에에엑!"

어둠으로 가물가물했던 시야가 적색으로 물드는 것은 순식간이었다.

몬스터의 광기 어린 비명이 산세를 울렸다. 전의를 상실케 하는 괴수들의 포효가 얽히고설켜 하늘로 치솟아 붉은 보름달에 닿았다. 쿵쿵쿵쿵. 흡사 대지진을 연상시키는 거대한 진동이 밀려들었다.

"전투태세!"

통신용 수정구에서 남자의 강단있는 외침이 들려왔다. 김유린의 아버지, 김현석의 목소리일 것이었다. 그녀는 그의 음성에 따라 검을 뽑았다.

저 멀리에서 몬스터 하나가 거대한 본체를 꿈틀거리며 그 모습을 드러냈다.

붉은 안광과 집게와 흡사한 이빨. 토양에 수많은 다리를 비비며 이쪽으로 다가오는 놈은 '자이언트 센테피'라는 웅대한 몬스터였다.

처음부터 까다로운 상급 몬스터다. 게다가 그 크기와 그로테스크한 형상은 아직 어린 기사들을 겁먹게 만들기에 충분할 터.

김유린이 힐끗 옆을 바라보았다. 검을 움켜쥔 세정의 손이 안쓰럽게 떨리고 있었다.

"겁먹지 마렴."

유린이 그녀의 손을 부드럽게 감싸주었다.

"……네."

유세정은 그녀를 보며 고개를 끄덕였다.

바실리스크, 자이언트 센테피, 와이번, 그리핀, 플래쉬골
렘 등등…… 평생 한 마리도 볼까 싶은 상급 몬스터들이 해
일처럼 밀려들었다.

최소 일주일은 지속될 레드문의 고작 '첫 번째 날'이라고
하기에는 너무 험악하고 두려운 몬스터들이었다.

도망치는 기사가 많았다. 등급이 낮고 나이가 어려 이런
경험을 단 한 번도 하지 못한 기사들이 그러했다.

"으허어어엉……."

사지 중 한쪽을 잃고 흐느끼는 기사들도 많았다.

전황은 명백한 열세(劣勢)였다.

그럼에도 김유린은 검을 휘둘렀다.

검에 서린 푸른 검강은 마나의 선풍이 되어 수많은 몬스터
를 쓸었다. 몬스터의 해일이 갈라져 확 트인 시야 속, 아스라
이 먼 곳에서 마법을 시전하는 리치가 보였다.

예로부터 기사들의 최우선 척살대상은 마법사였다. 놈을
발견한 즉시, 그녀는 검을 역수로 움켜쥐고서 대지에 꽂아
넣었다.

'목적'을 담은 일격이었다.

순간 리치가 서 있던 창천에서 마나의 대검이 생성되어 노
면으로 가라앉았다. 몸이 이분된 리치는 뒤이어 발생한 2차

폭발에 의해 한 줌의 먼지로 산화했다.

그렇게 그녀는 그녀 나름대로의 분전을 거듭했다.

하지만 전체적인 전세는 열세, 방어선은 붕괴가 되기 직전이다. 절체절명이었다. 그러나 결코 뚫려서는 안 된다.

저 멀리 부하 기사들의 검강이 오우거의 손목을 잘라내는 모습이 보였다. 그 속에는 왠지 모르게 자신의 어린 시절이 생각나게 하는 소녀, 유세정도 있었다.

김유린은 다시금 힘을 내어 검을 움켜쥐었다.

———!

그때 어디선가 거센 진동이 전해졌다. 뒤이어 창천을 들끓는 함성도 들려왔다.

이건 인간의 목소리가 아니었다.

쿵쿵쿵쿵.

점차 발소리가 가까워지기 시작했다.

기사들은 절망 속에서 그 근원지를 응시했다.

그곳엔 오크의 무리가 있었다. 그리 많은 숫자는 아니었다. 하지만 가장 선두에 선 오크의 풍채는 감히 일 천 이상의 몫을 할 수 있노라 단언할 정도로 위압적이었다.

그렇게 등장한 '오크 대전사'는 긴 머리를 흩날리며 마치 빛살처럼 혹은 야수처럼 돌진해 와 허공에 메이스를 휘둘렀다.

콰아아아앙—!

가공할 만한 충격파가 격랑처럼 꿈틀대며 대지를 휩쓸었다.

붉은 안광을 증거로 영웅 오크의 무리는 확실히 레드문의 영향을 받고 있었다.

하지만 그들의 공격 대상은 사람이 아닌, 몬스터였다.

오크 대전사의 메이스는 한 번 휘둘러질 때마다 마치 천지가 개벽하는 듯한 파공음을 내며 몬스터들의 사지를 폭발시켰다. 그 메이스가 닿는 지점에는 때로는 불길이 치솟았으며 때로는 대기가 얼어붙을 정도의 혹한이 엄습했다.

쾅-! 쾅-! 쾅-!

그리고 그러한 자연 변화를 일으키는 주체는 역시 메이스에 둘러져 있는 '마나'였다.

대전사는 압도적인 무위를 선보이며 달렸다. 그의 메이스 앞에서는 모든 몬스터가 차별이 없었다. 오크든, 오우거든, 놀이든, 용아병이든. 그 흉악한 궤적에 닿는 만물은 먼지처럼 찢겨나갔다.

대전사의 완벽한 육체는 어떠한 물리적 공격도 불허했다. 수백의 몬스터에 둘러싸였음에도 피해는 전무. 대전사는 공격을 방어하거나 회피할 생각 따윈 없이 오롯이 파괴에만 집중했다.

앞을 가로막는 오우거의 배를 폭발시키고 목 없는 기사 듀라한을 얼어붙게 만들며, 하늘을 배회하는 와이번에게는 파괴적인 검강을 쏘아 보낸다.

혼자서 수백 수천의 적을 상대하는 저 위용이야말로 문자 그대로의 '대전사', 혹은 무신(武神).

전장에 나선 기사들은 그 패악적이지만 아름다운 모순적인 무도(武道)를 멍하니 감상했다.

"그아아아아!"

대전사가 전신에 피를 뒤집어쓴 채 야성의 포효를 내질렀다.

두려워해야 할 포효였지만 이번만큼은 그 누구보다 믿음직스러웠다. 전황을 역전할 수 있다는 자신감을 얻기에 충분했다. 그래서 몇몇 기사들은 함성을 내지르며 몬스터를 향해 돌격했다.

그중에는 김유린과 유세정도 있었다.

그렇게 2차전이 시작되었다.

달이 저물고 해가 밝아오기 시작했다.

오늘의 레드문이 끝났다. 사상자는 많았다. 사지가 찢겨나가 혼절한 기사는 물론 안타깝게 그 생명을 잃은 기사도 있었다.

"……."

하지만 이곳에 모인 기사들은 감히 슬픔을 표현할 수 없었다. 오크의 사체를 내려다보며 쓸쓸한 표정을 짓는 대전사를 보고 있노라니 차마 그럴 수 없었다.

레드문의 영향 아래에서도 자신들을 도왔던 용맹한 영웅 오크들. 하지만 30에 달했던 무리는 이제 절반으로 줄어들어 있었다. 원체 개체수가 적었던 만큼, 영웅 오크를 이끄는 대전사 아니, 그 족장의 슬픔은 이루 헤아릴 수 없겠지.

"……수겸아."

그런 그를 쓸쓸하게 바라보던 김유린이 제 부하 기사인 김수겸을 불렀다.

"예?"

"이거 잠시만 맡아주렴."

그녀는 그에게 자신의 보검을 맡기고서 천천히 영웅 오크에게로 다가갔다.

저벅저벅.

토지에 말라붙은 혈흔을 밟아가며, 그녀는 오크 족장 앞에 멈춰 섰다.

"……저기."

유린이 손을 조심스레 뻗어 오크의 어깨를 쓰다듬었다. 오크는 그 미묘한 감촉이 느껴진 쪽으로 고개를 돌리더니,

"으허헉!"

깜짝 놀라며 뒷걸음질을 쳤다. 얼마나 놀랐는지 거의 백덤블링의 수준이었다.

"어······."

그에 김유린은 약간 상처받은 표정이 되었다.

'······뭐야.'

그러나 김세진의 황망은 쉬이 가시지 않았다.

"혹시 나, 기억······ 나니?"

"······."

그러는 와중에 유린이 다시금 말을 걸어왔다. 이 여자는 몬스터한테 말을 거는 게 취미인가, 세진은 진심으로 당황해 그저 그녀를 바라보기만 했다.

"기사님! 뭐하세요!"

뒤쪽에서 기사들의 기겁한 외침이 들려왔다.

아무리 방금 전까지 함께 싸웠다 하더라도, 상대는 절반에 달하는 동족을 잃은 오크다. 혹시라도 심기를 거스른다면 무슨 일을 당할지 모르는데······.

"······."

하지만 그 우려는 대전사가 고개를 끄덕임과 동시에 불식되었다.

"아. 그렇군요. 다행이네······ 요."

유린은 저도 모르게 존댓말을 사용했다. 왠지 자신의 말을 알아듣는 것 같기에.

"그······ 유감입니다."

김유린이 바닥에 널브러진 오크의 사체를 가리키며 말했

다. 그러나 대전사는 한참 동안이나 그녀를 쳐다보기만 할 뿐 아무런 반응도 내보이지 않았다.

그러다 돌연.

대전사가 손을 높이 치켜세웠다.

"기사님!"

한 번의 주먹질로도 지금의 김유린에게는 치명적인 상처가 될 수 있다.

순간 기사들이 기겁하며 쇄도했다.

"……어?"

그러나 다음 순간 기사들은 우뚝 멈춰설 수밖에 없었다.

대전사는 치켜든 손을 김유린의 머리에 가볍게 내리고서는 쓱쓱- 그 정수리를 쓰다듬어 주었다.

"큼."

쑥스러운 듯한 번의 헛기침하고선 대전사는 몸을 돌려 어딘가로 떠나갔다. 다른 오크들이 그런 그를 따랐다.

"……응……?"

유린은 그 뒷모습을 눈으로 좇았다. 그녀의 두 볼에는 이상하리만치 발그레한 홍조가 올라 있었다.

레드문이라는 격랑이 휩쓸고 지난 자리에 남은 것은 오직 적막과 고요함뿐이었다.

이른 오전의 어스레한 햇볕 아래 부상당한 기사들은 뒤쪽에 마련된 임시 초소로 실려 갔고 전투의 피로에 시달리던 기사들은 막사까지 걸어갈 여력도 없어 대충 노면에 자리를 잡고 누웠다.

이렇듯 가느다란 숨소리와 이따금씩 앓는 소리가 새어 나오는 수라장에서도, 그러나 몇몇 기사들의 우선순위는 휴식 따위보다는 누군가를 놀리는 일이었다.

"……그런 거 아니라고 도대체 몇 번을 말해야 하니."

그래서 막상 가장 피곤할 김유린은 휴식할 시간도 없이 변명을 해야만 했다. 역시 영웅 오크를 두고 얼굴을 붉혔던 것이 문제였다. 그 발그레한 홍조는 과거 김유린의 발언 '고블린이 이상형이에요'와 겹쳐, 그녀를 이상성애자로 몰고 갔다.

"아니라고 하기에는 너무…… 저 대장님 그런 표정 처음 봐요. 괜찮아요, 대장님, 저한테만 말해주세요. 저는 비밀을 잘 지키니까요."

그중 특히 이혜린은 한쪽 팔에 심각한 자상을 입었음에도 발랄함을 잊지 않고 그 누구보다 열심히 김유린을 놀렸다. 사실 혜린은 이러지 않고서는 작금의 현실을 버텨낼 수 없었는지도 모른다.

"아니, 진짜 아니라니까. 그냥 단지……."

오크에게서 쏴아아 풍겨졌던 남자다운 향기에 잠시 당황했을 뿐이야.

하나 거기까지 생각이 미치자 별안간 유린의 머릿속에서

뭔가 기묘한 스파크가 튀겼다.

오크의 향내는 분명 어디선가 맡았던 것과 비슷한 냄새였다. 피비린내, 쇠 비린내와 섞여 그렇게 똑바로 와닿지는 않았으나, 감각이 워낙 예민한 그녀는 그 향기로부터 모호하지만 확실한 공통분모를 느낄 수 있었다.

"……단지 그 다음은……? 아~ 진짜 어떡해 우리 대장님 취향 왜 이래!"

"아, 아니라니까!"

"아앗! 대장님 그거 때문에 그 동안 연애…… 으읍!"

유린이 황급히 달려들어 혜린의 입을 틀어막았다.

그렇게 얼마 남지 않았던 기력마저 쓸데없는 일에 쏟아붓고 있자니 향기의 출처에 대한 의문은 자연스레 잊히게 되었다.

살아남은 열댓 명의 오크와 함께 부족으로 돌아온 김세진은 일단 편안한 수면을 취했다. 하나 잠을 자는 시간은 고작 4시간이면 충분했다. 대전사의 몸은 그 이상의 휴식을 원하지 않았다.

그렇게 세진은 정확히 태양이 하늘의 중심에 떠오른 정오에 깨어나, 가장 먼저 핸드폰을 찾았다.

"아, 머핀이는 그럼 아무 이상 없는 거죠?"

─예, 붉은 달빛을 받지 않아 갑작스러운 발작을 일으킨다
거나 하지는 않았습니다.

레드문은 피부에 직접 닿는 식으로 작용하는 광분·현혹
현상이었고, 다행히 깊은 지하에 숨겨둔 머핀이에게는 아무
런 이상이 없었다.

"네, 그럼 앞으로도 단체일도 잘 관리해 주세요. 뭐 엄청
큰일 아니면 한성 씨 선에서 처리하셔도 돼요. 아, 물론 직원
을 뽑으려면 저한테 그 직원의 얼굴은 꼭 한번 비춰주셔야
하고요."

─예, 단체장님.

조한성이 힘차게 대답했다. 그러나 세진은 아직 할 말이
남아 있었다.

"제 말 잘 이해하셨죠? '앞으로도'에요. '앞으로도'.

─……예?

"당장 이번 주뿐만 아니라 앞으로도 단체 좀 잘 관리해 달
라고요."

요 근래 생각한 게 있다. 단체는 발전할수록 더욱 전문화
되어갈 텐데 최종 결정권자가 사회 전반에 관련하여 무지하
고 시간이 없다는 것은 너무나도 치명적인 단점이 아닐까.

그러니 차라리 다른 사람에게 자신의 업무를 총괄하는 게
나을지도 모른다. 아니, 나을 것이다. 어차피 지금 자신이 하
는 일은 그저 최종결재밖에 없으니까.

─……단체장님, 어디 멀리 떠나십니까?

"아뇨, 그런 건 아닌데 귀찮아서요. 게다가 조한성 씨가 저보다 배는 똑똑하잖아요? 아, 그렇다고 완전히 물러나는 건 아니고. 한성 씨는 CEO로, 저는 대주주로. 뭐 이거랑 비슷한 식으로요."

─그…… 그건.

"네, 알아요. 전화로 하기에는 조금 애매하니까. 나중에 직접 만나서 얘기합시다. 일단 끊을게요. 제가 지금은 시간이 없어서."

─예, 예.

조한성은 갑작스러운 초고속 승진에 멍한 정신 추스르면서도 용케 대답을 했다.

세진은 피식 웃고서 전화를 끊었다.

이제 다시 훈련을 해야 할 시간 그는 오크 대전사폼으로 변화했다.

이튿날.

오우거 이상의 중상급 몬스터가 마치 개미처럼 밀어닥쳐 왔던 첫날의 끔찍한 기억이 가시기도 전에 다시금 두 번째 레드문이 떠올랐다. 하지만 우려와는 달리 이번에는 다소 헐거운 몬스터 웨이브였다.

게다가 아무래도 첫날이 특별했던 듯. 그다음 날, 그다음 날도 마찬가지였다.

출중한 기사와 마법사 또한 이제는 익숙해진 용맹스러운 일당천의 우군 '영웅 오크'까지 가세하니 레드문을 견뎌내는 것은 상당히 쉬웠다.

물론 레드문이 지속될 최소 일주일 동안 이런 쉬운 몬스터 웨이브가 전부이지는 않겠지만 기사들은 적어도 여유를 가지고 체력을 비축할 수 있었다.

"왜요, 아예 데이트 신청이라도 하시지~?"

5일 째 전투가 끝난 지금. 김유린이 영웅 오크의 뒷모습을 하염없이 바라보기만 하자 이혜린이 짓궂은 너스레를 떨었다.

"푸훗."

그 옆에서 검신에 묻은 피를 닦아내던 유세정도 웃음을 터뜨렸다. 하나 뒤이어 유린의 날카로운 시선이 번뜩였고 세정은 그 즉시 고개를 아래로 처박아야만 했다.

"상황을 유념해라. 지금 이혜린 기사와 나는 수평적인 관계가 아니다. 내가 친구로 보이나?!"

"……죄송합니다."

역시 여태 유순하게 받아줬던 게 문제였다.

김유린이 짐짓 얼굴을 굳힌 채 크게 소리치자, 그제야 이혜린도 놀림을 그만두었다.

"저는 그저 대장님의 눈빛이 너무 아련하시기에⋯⋯."

"이, 이놈이 지금!"

⋯⋯그만둔 것처럼 보였다.

"그렇잖습니까. 요 근래 4일 동안 매일 전투가 끝나면 물 떠다 주고~ 집에 갈 성싶으면 배웅까지 하고~ 완전 수줍은 처녀가 첫눈에 반한 남자한테 할 행동이더구만요. 처음에는 장난이었지만 지금은 진짜 걱정되어서 이러는 거예요, 대장님. 제발 정신 좀 차리세요."

이혜린의 말이 속사포처럼 이어졌다.

그에 김유린은 살짝 당황한 표정을 지었다. 오크의 냄새를 탐색하려 했을 뿐이었지만 이렇게 들어보니 충분히 오해의 소지를 일으킬 만한 행동이지 않은가.

"⋯⋯이종 교배 안 돼요. 도의적이든 법적이든 과학적이든. 전부 안 돼요."

"이⋯⋯ 이익! 그런 거 아니라고. 아니라고 몇 번을 말해. 아니란 말이야!"

이혜린이 순도 100%의 진실 된 걱정을 담아 말하자, 김유린이 얼굴을 붉힌 채 소리쳤다.

대국민의 걱정거리였던 레드문이 발현된 지도 어느새 일

주일이라는 시간이 흘렀다. 하나 대한민국은 여타 국가들과는 그 피해의 정도가 판이했다.

서유럽과 북미쪽의 선진국들은 레드문 사태에 의해 막대한 금전적·인명적 피해를 입은 반면, 한국은 1차 방어선도 뚫리지 않았을 정도로 대단히 선전했다. 그리고 그럴 수 있었던 이유는 역시, '영웅 오크'와 영민한 기사들 덕택이었다.

또한 어느 익명의 기사는 자신이 녹화한 레드문 방어 과정이 담긴 영상의 일부분 영웅 오크가 활약하던 부분을 세간에 공개했다. 그것에는 오크 대전사의 압도적인 무위가 오롯이 찍혀 있었다.

영상은 순식간에 전 세계로 퍼져 나갔고, 국내는 물론 국외도 영웅 오크에 관한 이야기로 들끓었다.

그렇게 오크 대전사의 인지도는 고작 일주일 사이 정말 모르는 사람이 없을 정도로 치솟게 되었다. 심지어 해외에서는 한국 정부에게 영웅 오크 분양 문의까지 해왔다. 암수 두 놈을 데리고 와서 자신들의 몬스터 필드에 키우고 싶다며······.

그렇게 레드문은 여러 가지 화젯거리와 슬픔거리를 동시에 안겨주었는데 레드문이 발현된 지 딱 8일이 지난 오늘. 꽤 기분 좋은 소식이 들려왔다.

"드디어 내일 모레가 끝이랍니다!"

이곳은 거의 황무지로 변모한 1차 방어선.

어디선가 전화를 받고 온 주지혁이 갑자기 싱글벙글한 표정으로 소리쳤다. 그에 앓는 소리를 내며 휴식을 취하던 기사들이 눈을 번쩍 떴다.

"……어? 진짜?! 누가 그래?!"

가장 먼저 이혜린이 헐레벌떡 달려왔다. 뒤이어 김유린과 유세정도 슬그머니 주지혁의 뒤축에 섰다. 하나 그들 이외의 다른 기사들은 감히 저 '몬스터 패밀리'에 끼어들 용기가 안 나, 멀리서 귀를 쫑긋할 뿐이었다.

"단체장님께서 라이칸이 알려줬다고 하시는군요."

주지혁의 만면에는 미소가 가시질 않았다.

"와 그럼 확실한 거네. 아싸~!"

이혜린이 크게 기지개를 켰다.

요즈음 라이칸은 거진 '신앙' 혹은 '진실' 그 자체가 되어 있었다. 뱀파이어를 잡은 공로도 물론 있으나, 레드문의 징후를, 그것도 무려 발현되기 일주일 전에 포착한 '사람'은 라이칸이 역대 최초였기 때문이다.

"……잠깐 오빠한테 전화가 왔다고요?"

하지만 유세정은 뭐가 그리도 불만스러운지. 표정을 굳히고서 주지혁을 노려보았다.

"예? 아…… 예."

"근데 왜 나한테는 안 왔지."

그녀가 투덜거리며 주머니에서 핸드폰을 꺼냈다. 물론 김세진에게서는 아무 연락도 없었다.

"아, 곧 연락한다고 하셨습니다."

"……그래요?"

딩딩딩.

때마침 핸드폰에서 벨소리가 울렸다. 유세정이 기대했지만 기대한 것을 표출하지 않으려는 애매한 표정으로 액정 화면을 확인했다. 그리고 그 즉시 그녀의 입가에 아주 환한 미소가 걸렸다.

"저, 잠깐 어디 좀 다녀올게요."

세정은 사뿐사뿐, 날아갈 듯한 발걸음으로 인적이 드문-맘 놓고 통화할 수 있는-곳으로 향했다.

그리고 그 뒷모습을 남자 친구는커녕 좋아하는 남자도 없는 이혜린과 김유린이 부럽다는 듯이 좇았다.

하늘이 어스름으로 물들어가자 기사들은 무기를 움켜쥐었고 마법사들은 체내의 마나를 예열하며 전투를 기다렸다.

임전(臨戰)의 태세는 만전(萬全). 오늘과 내일만 무사히 지새우면 이 지긋지긋한 전쟁도 끝이라는 일념이 사기를 고양시켰다.

"크아아아아!"

어디선가 괴수들의 굉음이 드높이 울렸다.

저 멀리 신화 속 괴수 바실리스크가 보였다. 오우거 중에서 가장 강력하다는 외눈박이 오우거 '사이클롭스'도 있었다.

모두 첫날에도 나타나지 않았던 몬스터들, 쉽지 않을 것이었다. 모두가 긴장했다. 하지만 흐트러지지는 않았다.

7일간의 전투에서 살아남은 자신들은 정서적·육체적 성장을 거듭했을 것이라는 자신감과 이 뒤에는 강력한 우군이 한 명 더 있다는 사실이 뒤늦은 안심을 전해주었다.

"전군 전투태세!"

김유린이 크게 외쳤다.

수많은 기사와 마법사들이 뿜어낸 마나가 웅웅 하며 울었다.

오크 대전사, 김세진은 수라장 같은 격전 속에서 메이스를 휘두르고 또 휘둘렀다. 형형한 마나가 서린 메이스에서 몬스터를 찢어발기는 충격파와 마나 검강이 연신 쏘아졌다. 대지가 흉악하게 갈라지고 피 보라가 분수처럼 솟아 적색(赤色)의 달을 더욱 붉게 가렸다.

오크 대전사의 무위는 압도적이라는 형용이 알맞았는데 이러한 가공할 만한 강함의 원천은 다수의 몬스터를 도륙함으로써 발생한 '선순환' 덕택이었다.

스킬 포식자는 몬스터를 쓰러뜨릴 때마다 본신의 위력을 강맹하게 만들어준다. 그러니 지금 몬스터가 드글드글한 이곳에서 몬스터를 쳐죽일 때마다 김세진은 성장을 한다. 그러므로 그는 오늘 죽이지 못한 몬스터도 오늘의 성장을 밑거름 삼아 다음 날에는 죽일 수 있게 되는 것이었다.

마나석을 흡수하는 행위 또한 마찬가지다. 마나석을 흡수하려면 자신이 직접 심장에 박힌 마나석을 꺼내야 하기에 사람의 이목이 집중된 곳에서는 꺼려졌지만, '마나 지체'를 활용하니 그 과정이 훨씬 편해졌다. 몬스터 사체의 표피 속으로 마나를 집어넣어 마나석을 동화하기만 하면 되었으니.

그는 전투를 하면서도 이 평지에 널브러진 수많은 몬스터 사체의 마나석을 게걸스럽게 흡수했다.

그러니 김세진에게 이 '레드문'은 어제보다 오늘, 오늘보다 내일 그 강함의 격 자체가 달라지게 해주는 최고의 '이벤트'나 다름이 없었다.

"그어어어어!"

하지만 지금 자신의 성장세에 도취하고 있을 시간은 없다.

저 멀리 칼날 도깨비를 상대하며 고전하는 김유린이 보였다. 이미 전투가 무려 4시간가량 지속되었기 때문일까 그녀의 검에 서린 마나 강기는 그 빛이 점점 희미해져 가고 있었다.

오크는 그 즉시 지면을 박차고 그쪽으로 돌격했다. 사방에 회오리를 일으키며 그녀에게 도달한 오크는 메이스를 하늘

높이 쳐들었다. 그러곤 그 어느 무엇보다 패악적인 파괴력이 담긴 '강타'를 내려친다.

쾅아아아앙-!

칼날도깨비는 자신의 두 팔을 들어 메이스에 대항해보려 했으나 역부족이었다. 아다만티움에 준하는 강도를 지녔다 는 칼날도깨비의 두 팔은 유리창처럼 으스러졌다.

우지끈-!

두 팔이 박살 난 칼날도깨비는 발걸음을 돌려 도망치려 했 다. 하지만 오크는 당연 도주를 용납하지 않았고, 그 뒤통수 에 둔기를 냅다 후려갈겼다.

둔탁한 파쇄음과 함께 놈의 머리가 토마토처럼 으깨졌다.

"끄읏!"

하지만 김유린은 오히려 오크가 일으킨 충격파에 몸이 휘 말려 바닥에 엎어지고 말았다.

"⋯⋯그으."

오크는 그런 그녀에게 다가가 손을 내밀었다. 김유린은 오 크를 멍하니 바라보다가 이내 그가 건넨 손을 붙잡고서 몸을 일으켰다.

"⋯⋯앗."

유린이 일어서자 오크는 또다시 그녀의 머리를 쓱싹쓱싹 해주었다.

그녀는 왠지 어린아이가 되어버린 것만 같은 기분이 들었다. 하지만 그렇게 나쁘지만은 않았다. 오히려 좋다고 하면 알맞을 것이었다. 듬직한 남자에게 보호를 받는 기분은 아주 어렸을 적 아버지를 제외하고는 이게 처음이었으니…….

"……하압!"

하나 김유린은 일부러 오크의 손을 거칠게 쳐내고선 크게 기합을 내질렀다. 괜히 얼굴이 화끈해졌다. 고작 오크 따위가 어디서 인간을 아랫것 보듯이 한다는 말이냐…….

"죽어!"

그녀가 마나를 담아 검을 휘둘렀다. 마나의 선풍이 마치 창파(滄波)처럼 넓게 퍼져 나갔다.

하나 바로 그때. 별안간 거센 마나의 기류가 대지에서부터 솟아올랐다.

이건 범상치 않은 '마법'의 기운이었다.

"……모두……!"

김유린이 경악한 표정으로 부하 기사들에게 고개를 돌렸다. 그와 동시에 그녀가 딛고 있던 땅이 와르르 무너져 내렸다.

엄습하는 한기와 제 몸을 투두둑 두드리는 물방울에 의해, 김유린은 눈을 떴다.

온 사위가 새까맸다. 잇새로 퍼진 숨결이 하얗게 번져 올랐다. 추웠다. 몸에 마나 강기를 두르려 했다. 하나 체내의 마나가 반응하지 않았다.

그런 상황의 심각함과 의아함에 몽롱했던 의식이 번쩍 깨어졌을 때.

"……크으."

낮게 그르렁거리는 소리가 들려왔다. 깜짝 놀라 고개를 비틀어보니 예의 '영웅 오크'였다. 순간 심장이 덜컹 내려앉았다. 손을 살짝 뻗으면 닿을 생각보다 가까운 자리에 오크가 있었다.

그녀는 거칠게 박동하는 가슴을 쓸어 넘기며 몸을 일으켰다. 떨어질 때 부딪힌 건지 무릎 관절이 시렸다. 하지만 고통보다는 지금 이 공간의 탐색이 더욱 우선이었다.

주변을 한번 둘러보자.

지반이 그대로 무너진 것 치고는 상당히 인위적인 동굴이다. 게다가 왜 인지는 모르겠으나 체내의 마나도 움직이지 않는다.

'결계인가?'

그녀가 짐짓 심각한 표정으로 동굴의 새까만 벽면을 훑었다. 그 새까만 면에 손가락이 닿자 이상하리만치 차가운 기운이 전신으로 스며들었다.

"으으으으……."

그녀는 순간적인 한기에 몸을 바들바들 떨며 바닥에 주저앉을 수밖에 없었다.

그리고 그런 그녀를 지켜보던 김세진은 소리 없이 한숨을 내쉬었다. 마나를 많이 사용해서인지 졸려서 쓰러질 것만 같은데, 또 무슨 이런 귀찮은 상황인지…….

'근데 진짜 여긴 어디야?'

늑대의 동공을 발현시키고 나서야 선명하게 보이는 동굴 내부 그러나 이 동굴의 끝은 보이지 않았다. 오직 한줌의 빛도 없는 까마득한 어둠뿐.

답답함과 짜증남에 오크는 자신의 미간을 짓눌렀다

"결계 마법입니다."

그때 김유린이 말했다.

"그냥 지반을 무너뜨리기만 하면 '강기'를 활용하는 기사들을 확실히 죽이지 못할 가능성이 크니 특수한 결계를 쳐 놓은 것 같습니다. 하지만 리치는 이런 복잡한 이중 삼중 결계를 사용하지 못합니다."

그녀가 고개를 돌려 오크를 바라보았다. 제 말을 알아듣는 건지 아닌지는 모르겠지만 그래도 자신을 가만히 응시하는 걸 보아하니 알아듣는 것 같았다.

"이성이 없는 리치들은 단순 파괴적인 마법만을 사용하기 때문이지요. 그러니 이건 분명 사람의 짓입니다."

"……."

그리고 오크는 말없이 고개를 끄덕였다.

'답답해 죽겠네.'

김세진, 오크는 입이 근질근질했다. '인면 구조'는 숙련도가 쓸데없이 잘 올라 벌써 B등급에 달했기에 오크폼으로 언어를 구사하는 데에는 무리가 없다. 그러나 말하는 오크는…… 좀 그렇지 않은가. 물론 김유린은 말하는 고블린을 만난 전적이 있긴 하지만.

"그러면…… 일단 걸을까…… 요?"

김유린은 이 오크가 정말 사람의 말을 알아듣는지 반신반의하며 손짓을 했다. 그러자 정말 오크가 동굴을 앞서가기 시작했다.

"허어……"

그녀는 입을 떡 벌린 채 그 뒷모습을 멍하니 바라보기만 하다가 이내 퍼뜩 정신을 차리고서 그의 뒤를 빠른 걸음으로 따라갔다.

아무리 걸어도 동굴의 끝은 보이지 않았고 김유린의 얼굴색은 점차 보랏빛으로 질려갔다. 심각한 저체온증이었다.

옆에서 바들바들 떠는 유린을 바라보며 김세진은 잠시 고민했다. 지금 자신의 몸속에는 영체 상태로 스며든 코트형 방어구가 하나 있다. 그걸 실체화해서 건네주면 적어도 이렇게 떨지는 않겠지.

"……하아……"

얼어붙은 숨소리가 들려왔다. 어찌 보면 당연했다. 이 동굴은 오크인 자신도 으슬으슬한 한기가 느껴질 정도로 추위가 사무치다. 그런 혹한 속에서 기사의 전부나 다름없는 마나 갑옷, 일명 '강기'를 사용할 수 없으니…….

"……하아, 웃."

탁.

발이 돌부리에 걸린 것을 계기로 결국 김유린의 발걸음이 멈췄다. 그녀는 흐려지는 의식을 부여잡으려 노력했으나 이 이상 혹한을 견뎌낼 여력이 없었다.

그렇게 그녀의 눈이 스르르 감겨졌다.

"후."

오크는 어쩔 수 없이 자신의 몸속에서 방어구 하나를 끄집어냈다.

명품의 등위에 다다른 검은색 코트형 방어구. 온도조절 따위의 효과는 넣지 않았지만 이 코트의 주재료가 된 '적암석'은 자연적으로 발열이 되는 암석이라 괜찮다.

"하아…….."

오크는 김유린이 눈을 살짝 감은 틈을 타, 그 코트를 실체화하여 코트가 아닌 '담요'의 형태로 순식간에 변환시켰다. 그리곤 연신 두 다리를 비틀거리며 쓰러지기 일보 직전인 김유린에게 뒤집어 씌웠다.

"……어어?"

그 즉시 담요에 내재된 적암석의 따스함이 유린의 전신을 파고들었다. 혹한 속에서 전해지는 따뜻함에 그녀는 순간 다리에 힘이 풀려 앞으로 고꾸라지고 말았다.

"끄앗!"

"……크음."

오크는 그런 그녀를 어이없다는 듯 바라보다가 이내 그 가녀린 어깨를 붙잡고서 몸을 일으켜 세웠다.

"아…….."

일어선 그녀는 제 몸에 둘린 따스한 담요를 힐끗 바라봤다. 어디서 난 건지는 모르겠지만 추위가 눈 녹듯 사라지니 마냥 좋을 뿐이었다.

"그…… 감사합니다."

그녀는 오크의 단단한 팔에 붙들린 채 감사를 표했다. 참 이상하게도 그런 그녀의 두 볼에는 발그레한 홍조가 올라 있었다.

갑작스러운 지반의 붕괴에 방어선은 궤멸에 가까운 타격을 입었다. 수십에 달하는 기사가 실종되었고, 그중에는 전력의 상당 부분을 차지하는 고위 기사 김유린도 포함되어 있었다.

"……어떻게 된 걸까요."

칠흑기사단의 상급 기사 박현이 까마득한 아래까지 가라 앉은 지반을 가리키며 물었다.

"마법으로 지반을 붕괴시킨 후 미리 작성되었던 마법진을 이용해 소환과 결계 마법을 발동시킨 것이겠지. 그 탓에 우리가 역소환을 노릴 수도 없어. 어쩔 수 없지만, 결계 내부에서 직접 역소환을 해낼 것을 기대하는 수밖엔 없다."

칠흑기사단장이자 이 방어선의 지휘관 김현석이었다. 그는 자신의 딸이 사라졌음에도 치밀한 냉정을 유지하고 있었다.

"……그럼 이제 어떻게 할까요, 지휘관님. 선두에 나섰던 김유린 기사님과 그 부하 기사들 대부분이 실종되셨습니다. 이대로 두고 떠나기에는…….'

"평생을 독하게 살아왔던 아이다. 어떻게든 살아 돌아오겠지. 일단 우리는 최종 방어선까지 물러서서 마지막 하루를 대비하도록 한다. 더 이상 1차 방어선에서 버틸 수는 없다."

만약 이 방어선을 포기한다면, 이곳에서 실종되었던 많은 기사들을 되찾기 더욱 힘들어진다. 이성적이지만 그렇기에 너무 냉정한 결정이었다.

하지만 부하 기사는 감히 어떤 토도 달지 못했다.

이 지반 아래에는 혹은 결계 속에는 김현석의 딸이 있다.

이건 실종된 기사를 그 누구보다 되찾고 싶어 할 사람이 내린 결정이었다.

"……예, 알겠습니다."

같은 시각. 한 명의 오크와 한 명의 여기사는 여전히 정체불명의 동굴 내부를 거니는 중이었다.

"동굴 곳곳에 마법 문양이 새겨져 있습니다. 역시 이곳은 인공적으로 조성된 결계가 맞습니다. 게다가 저희 쪽의 마법사가 많음에도 아무런 조치가 취해지지 않는 걸 보면, 저희는 아마 '소환'의 형식으로 결계에 끌려온 것일 겁니다."

김유린이 동굴 벽면에 새겨진 파란 문양을 주의 깊게 살피며 읊조렸다. 그러자 오크도 그녀의 옆으로 다가와 그 문양을 함께 살펴보았다.

김유린은 그런 오크를 힐끗 곁눈질로 살펴보더니 슬그머니 옆으로 몇 발자국 더 물러났다.

'오크치고는 진짜 사람처럼 생겼네.'

그러다 속으로 떠올린 생각에 괜히 얼굴이 붉어졌다.

이 영웅 오크는 하는 행동은 물론이거니와 외관부터가 특이하다.

오크 특유의 거대한 덧니 혹은 돌출이도 없고 눈매를 비롯한 이목구비는 또렷하고 날카롭다. 말총처럼 묶은 머리카락도 쓸데없이 길고 윤기 나서 피부색만 하얗게 바꾸고 넙대대한 얼굴만 좀 어떻게 하면 충분히 멋진…….

"으으으……."

하지만 그녀는 곧 고개를 거칠게 저었다. 왜 자꾸 이런 생각이 떠오르는지 인간으로서 자기 자신의 가치관이 스스로 의심될 지경이다.

"크릉!"

그때 동굴에 새겨진 문양을 지켜보던 오크가 별안간 메이스를 강하게 움켜쥐었다.

갑작스러운 상황변화에 김유린이 놀라기도 전에 그는 메이스로 벽면을 강하게 가격했다.

콰앙-!

가공할 충격과 굉연한 파열음이 동굴 내부를 진동시켰다.

"끅!"

김유린은 손으로 귀를 막았다. 그럼에도 머릿속에 댕 하니 기묘한 종소리가 울렸다.

하지만 그녀는 불평 따위는 하지 않았다. 다만 방금 오크가 메이스를 내려친 곳으로 서서히 다가가 그 벽을 유심히 살펴볼 뿐.

"……달라진 건 없습니다."

"큥."

오크가 불만스러운 콧김을 내뿜었다. 유린은 엷은 미소를 짓고는, 오크의 팔을 툭툭 두드렸다.

"다시 걸읍시다. 그래도 왔던 길이 계속 반복되지는 않으니 계속 걷다 보면 답을 발견할 수 있을 것 같군요……?"

하나 말과는 달리 뒤이어 확연한 변화가 느껴졌다. 시리도록 차가웠던 동굴의 기온이 살짝 올라간 것이다.

"……아, 아니 잠깐. 변화가 있습니다. 저…… 오크 씨?"

김유린이 이상한 호칭을 사용하여 오크를 불렀다. 오크는 그저 고개를 끄덕였다.

"예, 갑시다."

두 사람은 발걸음을 빠르게 했다.

쾅– 쾅– 쾅.

그 이후로 마나 문양을 발견할 때마다 오크는 그것을 두들겨 팼다. 본래 이런 마나 현상은 물리적 피해로는 타격이 가지 않는 법이지만 오크의 무기에 새겨진 '성질'이 그것을 가능케 했다.

"결계가 점점 불안정해지고 있습니다!"

그렇게 거의 5개 정도를 그렇게 박살 냈을까 결계 자체의 희미한 진동을 느낀 김유린이 밝은 목소리로 외쳤다. 그러자 오크도 짧은 웃음을 터뜨리고는 그녀의 머리를 쓰다듬었다.

"……하핫."

머리를 쓰다듬는 게 이 오크의 버릇인지 습관인지는 모르겠으나 그녀는 그의 손길을 기분 좋게 받아들이며 배시시 미소를 지었다.

그 오묘한 반응에 당황한 건 오히려 김세진 쪽이었다. 그는 흠칫 놀라 본능을 억누르며 김유린의 머리에 올린 손을 치웠다.

동굴의 벽에 새겨진 마나 문양을 없앨 때마다 결계의 효과가 하나둘씩 소거되었고 그렇게 체감으로 8시간 정도가 지났을 즈음 두 사람은 혼절한 동료 기사를 다수 만날 수 있었다.

"아, 오크 씨!"

동굴 한편에 기절한 기사들을 뉘이고 있던 유린은 저 멀리 오크가 다가오자 버선발로 달려갔다.

오크의 어깨에는 두 명의 기사가 얹혀 있었다.

"혜린이랑 수겸이에요. 후…… 다행이네. 고마워요, 오크 씨."

그녀가 안도의 한숨을 내쉬었다.

이건 나름대로의 역할분담이었다. 오크는 동굴을 거닐며 바닥에 널브러진 기사들을 데려오고 유린은 가장 안전한 곳에서 그들을 관리하며 깨어날 때까지 기다린다.

"천천히, 천천히 주십시오."

자신과 가장 가까운 두 기사이기 때문일까 그녀는 호들갑을 떨면서 두 통나무를 인계받아 조심스레 바닥에 내려놓았다.

"끄응……."

때마침 가장 앞쪽에 누워 있던 기사가 앓는 소리를 냈다. 김유린은 화들짝 놀라 그 즉시 그쪽으로 달려갔다. 그렇게 한 명이 깨어나자 마치 도미노처럼 가장 먼저 발견된 사람들부터 좌르르 깨어나기 시작했다.

그들은 김유린을 바라보며 안도의 한숨을 내쉬다가 오크를 발견하곤 다시 한번 기절할 뻔하다가 유린의 말을 듣고는 다시금 안도의 한숨을 내쉬는 등 급진적인 감정 변화를 겪어야만 했다.

"그럼 탈출은 아직 인건가요?"

"마나를 가동하는 게 불가능한 걸 보니 아직 몇 개를 더 부숴야 할 것 같다."

오크에게 했던 조신한 말투는 금세 사라지고 김유린은 상당히 사무적인 딱딱함으로 부하 기사들을 대했다.

"후, 정말 다행입니다. 그래도 저 오크 놈 덕분에……."

"……뭐?"

유린은 부하 기사의 말에 미간을 살짝 좁혔다. '오크 놈'이라는 불손한 지칭이 왠지 모르게 마음에 안 들었다. 하나 그걸 가지고 트집을 잡아버리면 안 그래도 이상했던 소문이 더 퍼져 나가지는 않을까…….

"왜, 왜 그러십니까?"

"……저 오크 노, 놈은 사람의 말을 알아듣는다. 혹시 모르니 최대한 말조심을 하도록."

그녀는 옆에서 목 스트레칭을 하고 있는 오크를 곁눈질하며 최대한 작게 속삭이듯 말했다.

"아, 예……."

부하 기사는 약간 떨떠름한 표정으로나마 고개를 끄덕였다.

총 37인의 기사들은 김유린과 오크를 필두로 때아닌 동굴 탐험을 그것도 무려 24시간 동안 연속으로 하는 중이다.

마법 문양을 부수면서 혹한이었던 추위가 그저 쌀쌀함 정도로 격하되었기에 점점 주려오는 배와 솔솔 몰려오는 피곤함을 제외하고는 별다른 생리적 문제는 없었다.

하지만 별안간 결계가 파손되는 것을 막는 방어기제로 보이는 기이한 몬스터들이 출몰하기 시작했다.

케르베로스를 닮은 머리 세 개 달린 개, 오크의 몸에 사슴 머리가 달려 있는 괴이한 키메라 둥둥 떠다니는 눈알, 눈알에서 촉수를 뿜어내는 모양새가 여간 그로테스크한 게 아니었다, 등등…….

이곳에 표류된 기사들은 모두 알 수 없는 이유로 인해 마나를 사용할 수 없었기에 모두 영웅 오크가 나서서 손쉽게 처단했다. 기사들이 긴장할 정도로 꽤 강력한 몬스터도 오크의 메이스에는 감자칩처럼 쉽게 부스러질 따름이었다.

"어디 한번 봐요. 아, 많이 긁혔네……."

하나 모두 레비아탄의 비늘을 뚫을 깜냥은 되는 몬스터여서 흉터는 많이 남았다. 그럴 때마다 김유린은 허리춤에 메어진 가방에서 비상용 포션을 꺼내 오크에게 발라주었다.

그리고 여타 기사들은 참 어이없다는 표정으로 깨가 쏟아지는 그들을 관람하였다.

"……저, 저거 진짜 것 같은데? 유린 기사님은 나한테도 저렇게 해준 적 없었는데……."

그중에서 김수겸은 몸을 부들부들 떨면서까지 질투를 했다. 용기만 있다면 저 사이에 끼어들어 둘을 갈라내고 싶었지만…… 저 어마어마하게 장엄한 기골과 패악적인 메이스를 움켜쥔 오크 곁으로는 감히 다가갈 수 없었다.

"에이 설마…… 설마…… 그래도 그러면 재밌긴 하겠다. 놀릴 거리도 많이 생기구."

이혜린은 웃는 낯으로 두 사람의 뒷모습을 감상했다.

"아~ 핸드폰만 있었어도 영상으로 남겼을 텐데…… 아쉽네, 아쉬워."

이런 음울한 동굴에서도 이혜린은 특유의 활달과 낙천을 잃지 않았다.

그러나 그 즐거움도 그리 오래가지는 못했다.

걸어도 걸어도 끝이 없는 동굴의 길이가 문제였다.

하루 24시간을 꼬박 걷고도 6시간을 더 걸은 기사들은 결국 피로를 견뎌내지 못하고 동굴 한가운데에서 야영을 하기로 결정했다.

행군을 멈추자마자 수많은 기사들의 배에서 나는 꼬르륵- 꼬르륵- 소리가 하모니처럼 메아리쳤다.

"아아아……."

기사들이 가장 싫어하는 것은 공복이다. 어렸을 적부터 훈련과 마나 심법을 통해 신체가 발달된 탓에 기초 대사량 또한 높기 때문인데 특히 김유린은 그중에서도 심했다. 주린 배에서 범람한 위액의 쓰라림이 전신으로 퍼져 식은땀까지 흘릴 정도였으니.

'……무슨 마나 없으면 아무것도 못하는 놈들인가.'

김세진은 속으로 불만을 터뜨렸지만 그래도 고민을 해야만 했다.

그의 허리에 메인 가죽주머니는 확장 마법이 부가되어 있어서 혼자서 거의 한 달 동안 생활할 수 있을 만한 식량은 물론요 근래 사냥을 통해 여러 짐승들의 사체도 많이 들어 있다.

그걸 꺼내면 적어도 당장의 굶주림은…….

"꼬르르르륵."

어디선가 동굴을 진동시키는 굉음이 들려왔다. 오크가 깜짝 놀라 고개를 옆으로 돌리니 부끄러운 듯 얼굴이 시뻘게진 채 시선을 회피하는 김유린이 있었다.

"으으……."

그녀의 신음에 결국 오크는 피부가 깨끗하게 발려진 멧돼지 고기를 하나 꺼내고 말았다.

이건 몬스터와 짐승의 경계에 위치한 '트라봉 멧돼지'라는 야수인데, 그 맛이 좋은 걸로도 유명해 최고급 요리재료로 사용된다.

"어!"

"아앗!"

주머니에서 새빨간 고깃덩어리가 나오자 순간 기사들의 눈이 번뜩였다. 그중 김유린은 말을 완전히 잃고 이쪽을 가만히 응시했다. 아, 방금 침이 한 방울 흘렀다.

"……아, 불이……."

하나 그녀는 돌연 떠오른 생각에 낭패의 표정이 되어버린다.

오크는 속으로 웃으며 바닥에 마나를 깔았다. 자신과 기사는 마나를 사용하는 방법이 다르기 때문일까, 기사들과는 달리 별다른 어려움 없이 마나가 불로 변환되었다.

"와?"

그에 김유린을 비롯한 기사들이 또랑또랑한 눈망울로 달려들었다. 오크는 그 불길에 멧돼지를 뿌렸다. 치지지직— 치명적인 냄새와 소리가 기사들의 후청각을 동시에 자극했다.

그러다 세진은 문득 조미료가 없다는 사실이 떠올랐다.

'……한번 해볼까.'

마나를 음식에 불어넣어 맛에 살짝 변화를 주는 것. 여태 단 한 번도 시도는 안 해봤으나 고블린의 미각과 손재주 덕분에 '미각'에는 어느 정도 경지에 다다랐다고 자부한다.

그러니 그저 간단히 마나로 간단한 짠맛 단맛을 적절히 배합하여 음식에 넣기만 하면 되겠지.

"······크릉."

오크는 기사들의 빈틈을 노려 음식에 마나를 불어넣었다.

멧돼지의 크기는 컸지만 입이 워낙 많았던 탓에 몫은 1인당 6조각뿐이었다.

하지만 음식에도 성질을 부가할 수 있다는 걸 깨달은 김세진은 그것에 '포만감'을 줄 수 있을 만한 성질을 부여했기에 기사들은 그 맛과 포만감에 감동하여 모두 바닥에 주저앉게 되었다.

역시 산해진미를 만드는 최고의 조미료는 공복인 법이었다.

"······."

그중 김유린은 아직까지도 여운에 젖어, 눈을 감은 채 방금 입속에서 녹아 내렸던 맛을 되새기고 있는 중이시다.

"이제······ 먹었으니까 조금만 잡시다······."

뒤에서 어느 이름 모를 남자 기사의 말이 들려오고 많은 기사들이 동의를 표했다. 그에 기사들이 하나둘씩 동굴의 차가운 바닥에 눕기 시작했다.

"대장님, 괜찮죠?"

이혜린이 나른한 목소리로 물어왔다.

"그래, 너무 오래 걸었으니 조금만 쉬도록 하지."

김유린도 게슴츠레 눈을 뜨고서 대답했다. 그렇게 모든 기사들이 순식간에 단잠에 빠져들었으나, 오직 오크만이 자리에서 일어났다. 어차피 대전사폼으로는 잠이 별로 필요치도 않으니 늘어진 기사들을 대신해 불침번을 자처한 것이다.

그렇게 한 시간 정도 주변을 둘러보던 김세진은 갑자기 지루해져 늘어져라 자고 있는 기사들을 관찰하기 시작했다. 모두 다 그리 편한 표정은 아니었는데 그중 특히 김유린은 미간에 새겨진 주름이 없어질 기미가 보이지 않았다.

그 불편한 얼굴을 보자니 돌연 재미있는 생각이 난 김세진은 음흉한 미소를 지었다.

잠에서 깬 김유린은 몸을 뒤척거리다가 이상한 감각을 느꼈다. 머리맡이 무슨 강철 베개라도 벤 것 마냥 딱딱했다.

"……"

의문에 눈을 떠보니 가만히 눈을 감은 오크의 얼굴이 보였다. 이게 도대체 무슨 상황인가 싶었던 그녀는 상황을 살펴보다가 자신이 오크의 종아리에 머리를 베고 있음을 깨달았다.

"으아!"

깜짝 놀란 김유린이 벌떡 일어나자 오크도 따라서 눈을 떴다.

"……아, 아무것도 아닙니다. 죄송합니다. 자는 데 깨워서."

그러나 김유린은 자기 잠버릇 때문에 오크의 허벅지를 벴다고 착각한 듯, 자기가 먼저 사과를 해버렸다.

"끄으."

때마침 기사들이 하나둘씩 잠에서 깨기 시작했다. 김유린은 아직도 떨리는 가슴을 쓸어 넘기고서 애써 태연한 척 다시 행군의 시작을 알렸다.

"모, 모두 일어섯! 출발한다!"

무려 하루 하고도 한나절 동안의 행군 끝에 드디어 저 멀리 동굴의 마지막이 보이기 시작했다.

그 마지막마저도 똑같은 어둠이었지만 김세진은 구분할 수 있었다. 여태까지와 동굴과는 확연히 구별되는 널찍한 공간.

그러나 저곳에는 흉험한 기운 또한 동시에 느껴졌다.

몬스터와는 다르다, 또한 인간과도 다르다. 익숙한 피비린내. 이것은 뱀파이어의 냄새였다.

김세진이 멈춰 섰다. 오크의 거대한 발소리가 끊기자 뒤쪽에서 자그마한 소란이 일었다.

"무슨…… 일입니까?"

유린이 오크의 팔을 조심스레 붙잡으며 물었다. 너무 자연스러워 세진은 순간 목소리를 낼 뻔했다.

"……."

그는 말없이 늑대 동공을 최대치로 가동했다. 순간 시야가 넓게 뻗어지며 동굴의 끝까지 닿았다.

출구가 하나 있었으나, 웬 이상한 노인이 출구를 가로막은 채 수정구를 부리며 기묘한 주문을 외고 있었다.

아니, 자세히 저건 노인이 아니라 노인의 형태를 한 하나의 '인형'이었다.

'……뭐야, 저건.'

탐색을 마친 오크는 자신을 빤히 바라보는 김유린에게로 시선을 옮겼다. 그러나 감히 어떻게 설명할 길이 없어 할 수 있는 짓이라곤 똑같이 그녀의 눈을 마주보는 것뿐이었다.

"예?"

그러자 김유린이 입을 살짝 벌린 채 고개를 갸웃했다. 귀여웠다. 단순한 오크는 본능이 바로 행동으로 이어져, 그녀의 뺨을 부드럽게 쓰다듬고 말았다.

순간 바로 앞쪽에서 그 광경을 지켜보던 이혜린과 김수겸이 입을 떡 벌리고, 멍하니 있던 김유린의 얼굴은 급속도로

빨갛게 물들어갔다.

"……크릉……."

뒤늦게 제 실책을 알아차린 오크는 퍼뜩 손을 치우고 메이스를 들어 저 먼 곳, 출구가 있는 쪽을 가리켰다.

"뭐……."

하지만 주변의 기사들과 김유린은 얼마간의 충격에 빠져 그 행동의 의미를 알아차리지 못했다. 짐짓 화가 난 척 그르렁거려도 깜짝 놀라기만 할 뿐.

결국 오크는 먼저 앞서가기 시작했다. 그럼에도 기사들은 오크의 뒷모습이 아주 작아지고 나서야 부랴부랴 그의 뒤를 쫓았다.

"오크치곤 멋지긴 한데 그래도……."

"알아, 안다고. 그런 거 아니라니까."

이혜린이 조심스레 물어오자 김유린은 언제나처럼 퉁명스레 대답했다.

하지만 이상하리만치 크게 박동하는 심장은 그 이후 꽤 오랫동안 가라앉지 않았다.

기사와 오크는 출구로 보이는 개활지에 도착했으나 감히 기뻐할 수 없었다. 기묘하고 괴이한 기운을 풍기는 꼭두각시 인형의 존재가 너무도 위압적이었다.

"마나는 움직일 수 없어도 무기는 있으니 협공을 하면 어떻게든 될 것 같은데요."

이혜린이 장도를 뽑아 들며 말했다. 하지만 오크는 그녀를 제지하고서 인형에게로 한 발자국 다가갔다.

기사들은 마나를 사용할 수 없고 상대는 인형이긴 하지만 막강한 뱀파이어의 분신. 그리고 무엇보다 가슴속에 응어리진 투쟁심이 뜨겁게 반응하니, 이건 자신이 상대하는 것이 옳다.

오크는 뒤쪽의 기사들을 한번 바라보고는 메이스를 들어 놈의 뒤쪽에 있는 출구를 가리켰다.

그러곤 그들이 감동하기도 전에,

"그어어어어!"

야성의 포효와 함께 인형에게 돌격했다.

그 순간 발밑에서 적색촉수가 뻗어져 나와 발목을 붙잡았으나 오크의 괴력은 허투루 있는 것이 아니다. 오크는 오로지 힘만으로 촉수를 끊어낸 뒤 인형의 옆구리에 메이스를 휘둘렀다.

탱! 콰아앙-!

뱀파이어의 인형이 마치 깡통처럼 튕겨져 나가 바닥에 내리꽂혔다.

그렇게 방해물이 없어지자 오크는 다시금 출구 쪽을 가리

컸다.

"……갑시다!"

그러자 기사들은 하나둘씩 출구 쪽으로 발걸음을 옮겼다. 오직 한 명, 김유린을 제외하고.

"대장님, 뭐해요! 빨리 와요!"

"오크 씨, 같이, 같이 갑시다!"

김유린은 뱀파이어에게 돌격하려는 오크의 팔을 강하게 붙잡았다.

그러나 그보다 먼저 동굴의 온 사방이 적색으로 물들었다. 그 적색 벽면에서는 날카로운 촉수가 뿜어져 김유린과 오크를 향해 쇄도했다.

모두 쳐내기에는 이미 너무 늦었다. 오크는 김유린을 제품 안에 꽉 껴안고서 레비아탄의 비늘을 극한으로 활성화했다.

하나 촉수는 그 고강도의 비늘을 뚫어내었고 날카로운 날붙이의 따끔한 느낌이 등골을 서늘하게 적셨다.

"아 씨…… 왜! 으으……! 으아……!"

오크는 자신의 품에 안긴 김유린을 내려다보았다. 조금이라도 도움이 되기 위해 몸 안의 마나를 끌어올리려 끙끙—애쓰는 모습은 안쓰러웠고 동시에 고마웠다.

하나 이대로 놔두면 이 답답한 여자는 끝까지 이곳에 남아 있을 것 같았기에 결국 오크는 입을 열 수밖에 없었다.

"……가라."

남자보다 더 남자다운, 무척이나 장대한 목소리가 동굴 안을 무겁게 울렸다.

츠스스스…….

김유린의 얼굴이 경악으로 물듦과 동시에 뱀파이어의 분신에게서 심상치 않은 스산함이 느껴졌다.

"출구는 길다. 모두 탈출할 때까지 저놈을 막아야 한다."

오크는 그렇게 말하며 역전의 전사를 발동시켰다.

영화를 찍는 것도 아니고 이게 도대체 무슨 빌어먹을 상황인가 싶었다. 무엇보다 이 여자가 너무나도 귀찮았다. 심장은 부서질 만큼 크게 뛰고 몸은 근질거려서 당장에라도 놈에게 달려들지 않으면 죽을 것만 같은데.

왜 여기서 이년이랑 쓸데없는 대화를 나누고 있어야 하는지.

"보아하니 너희 인간놈들의 마나를 억제하고 있는 건 저놈의 수정구라고 생각된다. 하나 방금 놈의 심장 속으로 스며들었지."

오크의 동공이 암적색으로 물들고 전신에서도 마찬가지로 붉은 기운이 짙게 피어올랐다.

"그러니 저놈을 죽이기 전까지는 마나가 흐르지 않는다는 뜻. 너는 이 싸움에서 쓸모가 없어. 방해만 될 뿐이니까, 썩 꺼져."

오크는 아직도 충격에서 헤어져 나오지 못하는 그녀의 허리춤을 붙잡고서, 마치 투창하듯 출구 쪽으로 강하게 내던졌다.

"까악!"

무기 마스터리는 이런 상황에도 적용이 되는지 투척된 김유린은 아주 절묘한 궤적을 그리며 출구 쪽으로 골인했다.

"그쪽으로 계속 달려라."

그 마지막 한마디를 끝으로 동굴 안이 새빨갛게 물들었다.

널찍한 내부 전체가 적색의 사지(死地)로 변모하여 붉게 물든 벽면에서 수십 수백의 서슬 퍼런 촉수가 뿜어져 나왔다.

김세진은 마나를 부려 제 몸을 에워싸게 만든 뒤 초고온의 백열(白熱)로 그 성질을 변환했다.

호기롭게 쇄도한 촉수는 오크를 보호하듯 둘러싼 고열을 당해내지 못했고 비늘에 채 닿지도 못한 채 모조리 녹아내렸다.

"크어어어어!"

내부에서부터 오크의 야성이 들끓었다.

세진은 포효를 내지르며 인형에게 돌격했다. 동굴이 격동하고 대기가 뒤흔들리는 열화(烈火)의 쇄도였다.

하지만 그 패악적인 외침에도 인형은 겁을 먹지 않았다. 다만 영창을 외며 다음 마법을 준비할 뿐.

투쾅-!

인형의 목전에 도달한 오크가 메이스를 내려쳤다. 굉연한 폭음, 매캐한 연기가 일렁이며 온 사위를 가렸다.

오크는 검은 연기 속에서도 멈추지 않고 연신 인형을 몰아붙였다. 메이스로 놈의 베리어를 깨부수고, 맨주먹으로 머리통을 강타한다.

"끽— 꼑."

가격당할 때마다 인형은 기이한 소리를 냈다.

그렇게 오크는 인형을 압도적으로 밀어붙였으나 별안간 인형의 가슴팍에서 기이한 기공이 모여들기 시작했다.

순간 오크의 직감이 서늘한 경종을 울렸다.

그러나 오크가 물러서기도 전에 기공은 예리한 일섬이 되어 그 가슴팍을 꿰뚫었다.

"끅……."

치열한 격통이었다. 그러나 그 통증이 오히려 오크의 맹목적인 본능을 일깨웠다. 시야가 붉게 물들고, 전신의 근육이 분노로 꿈틀거리기 시작했다.

[조건완료: 죽음과 맞닿은 치명상 (1/3)]

-오크 족장이 될…….

알림창이 떠올랐으나, 지금의 세진은 눈에 뵈는 것이 없었을 따름이다.

"크어어어어!!"

오크는 분기탱천하여 체내에 영체 상태로 스며든 포션을 모조리 사용했다. 상처가 순식간에 아물고 활력은 미칠 듯이 솟아올랐다.

"뭐해요, 대장님! 뛰어요!"

이혜린이 머뭇거리는 김유린을 잡아끌었다. 그녀는 순순히 혜린을 따랐다. 오크의 목소리에 내재된 마력 작용 때문이었다.

기사들이 달리는 와중에도 등 뒤에서는 격렬한 전투의 증거가 전해졌다. 메이스가 무언가를 파괴하는 울림, 둔탁한 박투의 소리, 무엇보다 노면을 울리는 오크의 포효.

그때마다 유린은 무언가 착잡한 표정으로 뒤를 돌아보길 반복했다. 그녀를 10여 년 이상 알아온 혜린으로서는 난생처음 보는 아련한 눈길이었다.

'이거 진짜 심각한데?'

그녀의 유별난 반응에 혜린이 얼굴을 찌푸렸다. 그간 남자를 아무리 못 만났다고는 하여도 왜 하필 오크를······.

콰아아앙―!

그때 등 뒤에서 새하얀 백열이 피어올라 잠시나마 동굴 안을 환하게 밝혔다. 김유린은 순간 자신도 모르게 발걸음을 멈추었으나 동시에 머릿속 깊게 각인된 오크의 음성이 되새겨졌다.

'그쪽으로 계속 달려라.'

그래서 그녀는 뜀박질을 계속했다.

그렇게 30분을 더 달렸을까 마침내 기사들은 무려 40시간 동안 헤맸던 빌어먹을 결계의 출구를 발견했다.

환희가 담긴 환호를 내지르며 출구를 나서니 이곳은 녹음이 울창하게 우거진 숲속, 키 큰 나무의 나뭇잎 사이로 햇빛이 부서져 내렸다.

가장 먼저 상쾌한 새들의 지저귐이 들려왔다. 40시간 동안 음습한 동굴 안에 갇혀 있었던 기사들에게는 그 무엇보다 청량하고 상쾌한 새소리였다.

"……근데 여긴 어딥니까?"

그러나 그 기쁨도 잠시 재빨리 현실을 직시한 기사 한 명이 말했다.

"아, 통신 되는 사람 있나?"

본래 리더는 김유린이었으나 그녀는 여전히 출구를 응시하며 누군가를 기다리는 듯했기에 이혜린이 대신했다.

"잠시만요!"

그러자 한 기사가 주머니 속에서 주섬주섬 수정구와 GPS기를 꺼냈다. 동굴 안에서는 먹통이었던 GPS 그러나 지금은 원활히 작동되었다.

"위치는?"

"……."

하나 기사는 대답 없이 멍하니 GPS의 내용을 바라볼 뿐이었다.

"뭔데? 야, 뭐냐고!"

이혜린이 답답하다는 듯 소리치자 기사는 그제야 침을 꿀꺽 삼켰다.

"……빨리 도망가야 할 것 같습니다. 이곳은 몬스터 필드의 가장 깊숙한 곳입니다. 당장 1차 방어선과도 50㎞나 떨어져 있어요."

"……."

순간 기사들의 얼굴이 구겨졌다. 이혜린은 한숨을 푹 내쉬고서 여전히 출구를 응시하는 유린의 손목을 붙잡았다.

"떠납시다. 위험해요, 대장님."

"……그래, 모두 어서 빨리 이곳을 벗어난다."

멍한 정신상태에서도 방금 남자 기사의 말은 들었던 것인지 김유린이 단호하게 선언했다. 선언이라 하기에는 목소리에 너무 힘이 없었지만, 어쨌든 그러했다.

그렇게 기사들은 최대한 빠르게 몬스터 필드를 벗어나기 시작했다.

아주 깊숙한 곳이니만큼 중간중간에 흉악한 중상급 몬스

터들이 많이 출몰했으나, 고작 중상급 수준의 몬스터는 김유린의 일격에 모두 손쉽게 정리되었다.

그녀의 검격은 오늘따라 유난히 난폭했다.

"······화나셨어요?"

멋모르고 습격해 온 맨티코어 한 마리가 육분(肉粉)이 되어버리자 이혜린이 조심스레 물었다.

"아니, 전혀. 어서 빨리 달리기나 해라. 시간이 없다."

그녀는 한마디를 내뱉고서 다시금 뜀박질을 계속했다. 혜린은 멀어지는 그 뒷모습을 멍하니 바라보다가 이내 그 뒤를 빠르게 쫓았다.

"하아······ 하아······."

격렬한 전투의 열락이 아직 남아 있는 동굴 김세진이 가쁜 숨을 몰아쉬었다.

무려 3시간 동안의 치고받는 싸움 끝에 그는 사용할 수 있는 모든 스킬을 총동원하여 인형을 작동불능으로 만드는 데 성공했다.

그러나 그 희생은 결코 적지 않았다. 이 빌어먹을 인형은 뭔 놈의 내구도가 이리도 높은지 포션이 없었더라면 당장 과다 출혈로 자신이 먼저 쓰러졌을 정도이니.

"흐……."

그는 박살 난 채 동굴 바닥에 널브러진 인형의 가슴팍에 손을 쑤셔 넣었다. 차갑지만 확연하게 박동하는 인조 심장을 움켜쥐고서 뽑아낸다. 뜯겨진 가슴에서 선혈이 분수처럼 튀었다.

세진은 그것을 지그시 노려보았다. 몸과 분리되었으면서도 이 심장은 그 맥박을 계속하고 있었다.

[인조 심장] [등급: 보물]

-사람의 심장과 수백 개의 몬스터 마나석을 조립하여 만든 인조 심장. 지니고 있기만 해도 혈관을 흐르는 마나의 흐름이 증폭됩니다.

-이 심장에는 총 (23/30)개의 마법이 저장되어 있습니다. 마나만 충분하다면 이 심장을 매개로 마법의 사용이 가능하고 또 다른 마법을 새겨 넣을 수도 있습니다.

"……흠."

보아하니 여러모로 쓸모 있는 물건 같았다.

수백 개나 되는 몬스터의 마나석이 재료로 사용되었으므로 당장 흡수해도 급진적인 무력 발전을 도모할 수 있거니와 영체화로 몸 안에 지니고 다니면 마법을 사용할 수도 있게 될 테니.

일단 그는 인조 심장을 영체의 형태로 변환하여 제 몸 안에 보관하고서 출구로 발걸음을 움직였다.

　같은 시각, 기사들은 마나 보법을 십분 활용하여 고작 한 시간 만에 몬스터 필드를 빠져 나올 수 있었다.

　저 멀리 최후 방어선이 보이기 시작했다. 검은 연기가 피어오르고 부상자들의 신음이 가득했으나, 그래도 방어 작전은 명백한 성공으로 끝나 있었다.

　"어! 저기 기사님들이 옵니다!"

　누군가가 산속에서 터덜터덜 걸어오는 기사들을 가리키며 크게 외쳤다. 순간 수천수만 쌍의 눈이 그들에게로 향했다.

　"와, 와아~ 드디어 집에 갈 수 있겠네에."

　혜린은 김유린의 눈치를 슬슬 살피며 기지개를 켰다. 그러나 유린의 어두운 표정은 풀릴 기미조차 보이지 않았다.

　"……어! 저기 현석 단장님이에요!"

　때마침 저 멀리 김현석의 얼굴이 보였다. 이혜린은 기회라는 듯이 소리쳤다. 그제야 유린의 굳은 낯빛이 살짝 꿈틀거렸다.

　"걱정 많이 하셨겠는데…… 뭐해요? 어서 안 가고."

　"어, 어? 자, 잠깐만!"

　혜린은 그 틈을 놓치지 않고 그녀의 등을 떠밀었다. 유린은 당황하면서도 빠른 걸음으로 김현석에게 다가갔다.

"복귀인 것이냐?"

김현석은 김유린을 마주보며 엷은 미소를 지었다.

"……예, 실종된 37인의 기사 모두 무사 복귀를 신고합니다."

"그래."

자신의 딸에게는 칭찬이 수전노만큼 인색했던 현석이었지만 이번에는 달랐다. 그는 한시도 미소를 잃지 않은 채, 제 딸의 어깨를 자랑스레 두드렸다.

"고맙다. 수고했다."

"……."

아주 간단한 두 마디였을 뿐이다. 그러나 김유린이 그 울림을 통해 느낀 감동은 격을 달리했다. 속에서부터 치미는 울컥함에 어느새 촉촉해진 동공이 그것을 대변한다.

"이제 가자꾸나."

김유린은 눈가를 조심스레 훔치고서 의연하게 고개를 끄덕였다.

"……예."

기자회견을 끝마친 김유린은 집으로 돌아오는 길에도 족히 수백은 되는 기자들에게 시달려야만 했다.

별 대답할 가치도 없는 이상한 질문은 예삿일이고 동굴에서 왜 스캔들 이야기가 나오는지는 그녀로서는 결코 알아낼 수 없는 의문이었다.

역시 매번 생각하는 거지만 기자보다는 몬스터를 상대하는 게 훨씬 더 수월하고 편하다.

"……후우."

한데 막상 휑뎅그렁한 집으로 돌아오니 가슴 한편이 쓸쓸해졌다. 거의 10일 동안 집을 비웠기 때문일까, 집 전체가 쌀쌀했다.

괜히 외로워진 유린은 욕조에 물을 틀어 놓고서, 적적해진 방 안을 달래기 위해 TV를 켰다.

-이번에 37인의 기사가 탈출할 수 있었던 결정적인 도움은 '영웅 오크'가 준 걸로 밝혀졌습니다.

"아……."

때마침 흘러나오는 뉴스에서 영웅 오크가 언급되었다. 그래서 유린은 다시금 그를 떠올려야만 했다.

그러나 그 오크는 지금 곁에 없다. 다만 그 듬직한 향기와 남자다웠던 목소리만이 아릿하게 남아 가슴을 저밀뿐.

문득 궁금해졌다. 지금 오크는 무사히 살아서 그곳을 탈출했을까. 아니면…… 탈출하지 못하고 전사해 버렸을까.

"……보고 싶다…… 어어?"

그녀는 자신도 모르게 입 밖으로 내뱉은 말에 자신도 깜짝 놀라 황급히 제 입을 틀어막았다.

—기사들의 증언에 따르면, 이 오크는 기사들이 갇힌 결계를 부수고 굶주린 기사들에게 음식을 제공하는 등, 말 그대로 영웅적 면모를 보여주었다고 합니다.

뉴스가 이어졌다. 그러자 오크와 동굴에서 함께 지냈던 당장 어제의 기억들이 상기되었다.

따뜻했던 담요와 맛있었던 음식 그리고 단단한 허벅지와 부드러운 손길까지…….

거기까지 떠올리니 별안간 심장 박동이 거세지기 시작했다.

"……진짜 미쳐 버린 건가?"

그에 유린은 재빨리 TV를 끄고서 화끈해진 자신의 두 볼을 움켜쥐었다. 모태솔로로 살아왔던 28년 동안의 굶주림이 이제야 난리를 피우는 건가. 그래도 인외(人外)를 좋아하게 되는 건…… 좀 아니지 않나.

쫄쫄쫄.

마침 욕조에 받아놓은 물이 넘치기 시작했다.

그래, 목욕으로 이 이상한 잡념을 떨쳐버리자. 그녀는 옷을 훌러덩 벗어 던지고서 욕실로 직행했다.

"어우야……."

그러나 적당히 뜨뜻한 물에 몸을 담갔음에도 오크에 관한 생각은 쉬이 가시지 않았다.

"……안 죽었겠지? 그렇게나 강한데……."

아니, 오히려 계속해서 떠올랐다. 그때 오크의 무위와 듬직했던 몸이 머릿속에서 맴돌았다.

답답해진 김유린은 눈을 꼭 감고서 물속으로 한숨을 내쉬었다. 표면 위에 물방울이 부글부글 피어올랐다.

1주일 뒤.

"요즘 유린 언니 장난 아니야. 만날 사냥이라는 구실로 영웅 오크 부락을 기웃거린다니까?"

"……와. 정말로요?"

이혜린의 말에 유세정이 놀란 표정을 지었다.

"어. 진짜. 매일 업무 끝나면 한번 들리는 게 일상이야."

그리고 세정의 옆자리에 앉은 김세진은 목이 타서 생수를 벌컥벌컥 마셨다. 유세정은 그런 그를 의아하게 살펴보다가, 틈을 노려 그의 손을 감싸 쥐었다.

"오빠, 입맛에 안 맞아요?"

"어? 어…… 아니, 그냥."

김세진은 고개를 저으며 고민했다. 유린에게 한 번 얼굴이라도 비쳐줘야 하나.

"……두 사람은 근데 뭐예요? 진짜 사귀어요?"

이혜린이 미간을 좁힌 채 그런 둘을 살폈다.

"아니."

그의 즉답에 유세정이 무진장 상처받은 표정이 되었다.

"……아직."

한마디를 덧붙이자 그제야 얼굴이 조금 풀린다.

"뭐예요, 그건."

그러자 혜린은 어이없다는 듯 그를 한번 쏘아보고는, 세정에게 엄중한 경고를 했다.

"세정아 조심해. 이런 게 바로 어장관리야."

"네, 알아요. 그래서 나중에 제대로 결판을 내리려고요."

"아서라. 아서. 어디 어린놈이."

괜히 찔린 김세진은 쓸데없이 결연한 그녀의 이맛살에 딱밤을 튕겼다.

"앗! 뭐가 어려요. 이제 나도 성인인데."

세정이가 불만을 토로했다. 김세진은 그저 웃어넘길 뿐이었다.

23장
전야

　금강산의 아득한 지하에는 일족 노스페라투가 모여 사는 생츄어리가 존재한다.

　"통로 하나가 완전히 궤멸되어 버린 건 예상외이긴 했습니다만…… 그래도 어찌어찌 일은 제대로 된 것 같습니다."

　노스페라투는 사회에 녹아든 여타 뱀파이어와는 다른 목적을 지니고 있었다.

　비록 전지전능한 로드의 눈에 띄지 않기 위해 대외적으로 공표하지는 못했으나 그들은 고향으로 돌아가는 것을 원치 않았다.

　뱀파이어의 사회에서 지극한 천대를 받는 그들로서는 어쩌면 당연한 귀결이었다.

차라리 인간 사회의 틈에 녹아들어 축생의 피를 섭취하며 평등하게 살아가는 것이 실수 한 번에 모가지가 날아가는 가축 같은 삶보다는 훨씬 나을 테니.

"계획이 예상보다 너무 급진적이군. 로드는 어떻게 반응하고 있지?"

"로드는 아직 동면(冬眠)에서 깨어나지 않아 아무것도 모르고 있습니다."

그 일환으로 노스페라투의 수장 '수테르데'는 인간을 이용하여 통로를 조성하려는 바토리의 계획을 방해하려 했다.

물론 그 통로가 오롯이 박살 날 것이라는 예상은 이쪽도 하지 못했다.

그저 레드문 이후 몬스터의 개체수가 순간적으로 줄어든 틈을 타 몬스터 필드 깊은 곳까지 실종된 기사들을 수색하다가 '통로'를 발견하기를 바랐을 뿐. 만약 기사들이 발견을 하지 못했더라도 이쪽이 익명으로 제보할 생각이었다.

"게다가 애초에 바토리는 로드의 계획보다 훨씬 성급했었습니다. 동면 전에 모든 일을 끝내자는 주의였으니까요. 그래서 오히려 이 일이 로드의 귀에 들어가게 하지 않으려 애를 쓸 겁니다."

수테르데는 기다란 턱수염을 쓰다듬으며 낮은 침음을 흘렸다.

"그러니 저희가 두려워해야 할 건 로드가 아닌 바토리의 진노입니다. 물증은 단언컨대 단 하나도 남아 있지는 않겠지만 바토리는 심증만으로 움직이는 단순한 여자이니까요."

"후…… 그런 단순한 여자가 막대한 힘을 가지고 있으니 무슨 일을 벌일까 두렵구나. 그래, 그건 그렇고 내가 명했던 부분은 어떻게 되었는가."

"예, 수장님의 말씀대로 바토리 쪽에서 라이칸에게 저희 생츄어리의 위치와 내부 구조를 모두 넘겼다는 정황이 포착되었습니다. 하지만 라이칸과 특수경찰국은 아직까지도 아무런 움직임을 보이지 않고 있습니다."

"흐음……."

부하의 전언에 수테르데는 잠시 생각에 잠겼다.

라이칸, 단 한 번도 들어본 적이 없는 이름이다. 하나 용병의 세계에서 개명이나 무명은 흔한 일이었고 여태의 심상치 않은 행보로 보아 잔뼈가 굵어도 너무 굵은 인물임은 확실하다.

레드문의 징조를 포착해 내고 숨은 뱀파이어 그것도 지극히 위험한 바토리 일족들만 사살할 정도의 능력을 지닌 용병이라면…….

"그렇다면 라이칸 또한 우리의 저의를 어느 정도는 눈치챈 것인지도 모른다. 적어도 지금은 위협이 아닐 것이라 판단한 게지."

과연, 라이칸은 내 예상을 아득히 뛰어넘는 인물이었구나.

수테르데는 무거운 감탄을 터뜨렸다.

"그러니 일단 우리는 곧 깨어날 로드에게만 모든 초점을 맞추면 된다."

로드는 뱀파이어의 생사여탈권을 지니고 있다.

물론 그것이 절대적인 죽음과 삶을 모두 관장한다는 뜻은 아니지만, 흡혈귀의 '흡혈 본능'을 조절한다는 것은 그와 어느 정도 비슷한 의미를 띤다.

"예, 알겠습니다."

수하는 절도 있게 고개를 끄덕이고는 어둠 속으로 녹아들었다.

같은 시각, 더 몬스터 단체의 지하 훈련실.

김세진은 오늘도 일상이 된 무술훈련을 하고 있었다.

"김유린 씨?"

"……아, 예?"

"뭐하세요?"

"그…… 아닙니다."

하지만 교관의 상태가 말이 아니었다.

김유린은 아까부터 대련에 제대로 임하지 않고 자꾸 세진의 냄새를 맡으며 그 속에 희미하게나마 남아 있는 오크의 향기를 찾는 듯했다.

향기는 무슨 '폼'을 취하고 있느냐에 따라 확연히 다르기에-물론 비슷한 구석은 분명 존재한다-별다른 걱정은 되지 않으나, 이렇게 훈련 시간을 날로 먹으려는 건 좀 곤란하다.

"정말 죄송합니다만…… 오늘은 이만 하면 안 되겠습니까?"

김유린이 뒷머리를 긁적이며 참담하게 중얼거렸다. 참으로 착잡한 얼굴이었다.

그녀는 요 근래 2주간 멍하니 지내는 일이 잦아졌다. 시간이 흐를수록 잊히기는커녕 기이한 그리움은 더욱 진해졌다. 지금 자신이 품고 있는 감정이 정녕 그 오크를 향한 연정(戀情)인지에 대한 고민도 깊어졌다.

만약 애정이라면 당장 끊어내야 하는 감정일 것이었다.

현실은 동화가 아니다. 미녀와 야수 그보다 더한 오크와 여기사. 그것은 결코 이뤄질 수 없고, 이뤄져서도 안 되는 금기다.

하지만 늦바람이 무섭다는 말이 이러할까, 평생토록 어떤 남자도 마음속에 담아본 적 없었던 그녀는 자꾸만 그 오크가 떠올랐다.

아니, 떠오를 수밖에 없었다. TV만 틀면 기사단에만 가면 온통 죄다 영웅 오크의 이야기로 들끓는데 그때의 추억(?)이 상기되지 않을 리 없다…….

"……저기요 김유린 씨? 요즘……."

"그, 그런 거 아닙니다."

그녀는 어느새 제 발을 저리는 솜씨도 제법 늘어 있었다.

"……."

"그냥 요즘 심(心)적으로나 신(身)적으로나 피로하군요. 아무래도 레드문의 후유증인 듯한 것이…… 죄송합니다."

그녀는 세진의 눈도 제대로 맞추지 못했다. 그는 그런 그녀를 가만히 바라보다가, 이내 고개를 끄덕였다.

"예, 그럼 어쩔 수 없죠."

그는 그렇게 말하며 연습용 검을 보관함에 꽂았다.

"……감사합니다."

김유린도 마찬가지로 검을 내려놓고서 샤워실로 총총총 발걸음을 움직였다. 세진은 그녀의 뒷모습을 바라보다 한숨과 함께 소리쳤다.

"저는 이만 가보겠습니다. 일이 바빠서."

"아, 예. 괜찮아요."

그는 바삐 발걸음을 움직였다. 그녀의 지독한 상사병을 어느 정도는 해소해 주기 위해서. 행선지는 이미 알고 있다. 먼저 가서 기다리면 그녀가 알아서 찾아오겠지.

아직은 쌀쌀한 바람이 나뭇잎을 스치는 봄의 숲속. 김세진-영웅 오크는 수풀 속에 숨어 누군가를 기다리고 있는 중이다.

저벅저벅.

30분 정도 기다리자 발걸음소리가 들렸다. 오크는 소리가 들려온 쪽으로 고개를 돌렸다.

역시 김유린이었다.

심신이 피곤하다며 2시간 예정이었던 훈련을 30분 만에 파토낸 그녀는, 훈련이 끝나자마자 심신이 더욱 피로해질 만한 몬스터 필드로 향했던 것이다.

"으음……."

높이 솟은 토벽 언저리 도달한 유린은 머뭇머뭇하며 연신 고개를 기웃거렸다.

그러다 이내 결심한 듯 조심스레 발바닥에 마나를 모으더니 펑 순간적인 연소를 통해 하늘높이 치솟아 토벽 너머로 넘어가 버린다.

"……어?"

적당히 타이밍을 봐서 얼굴을 보여주려던 세진은 순간 당황해 버렸다. 남자의 침소로 쳐들어갈 정도로 적극적인 여자인지는 몰랐는데…….

일단 수풀에서 빠져 나온 그는 토벽의 먼발치에서 곧 나올 김유린을 기다리기로 했다.

그렇게 한 20분 정도가 더 흘렀을까.

토벽 바로 너머에서 마나의 흐름이 느껴지더니, 그 위로 사람의 신형이 뿅 하고 솟아올랐다. 김유린은 잡초 위로 부드럽게 착지했다.

"하아……."

아마 안에 영웅 오크 대전사가 없음을 확인했을 것이었다. 그녀는 깊은 한탄이 담긴 한숨을 푹 내쉬고서 고개를 푹 숙인 채 힘없는 발걸음을 움직였다.

쏴아아.

때마침 봄바람이 불었다. 그리고 그 결을 타고 가슴속 깊이 각인되었던 예전의 그 향기가 콧속을 살랑였다.

"……!"

김유린이 황급히 고개를 들어올렸다.

그렇게 그녀는 그토록 찾고 싶어 하던 오크와 마주하게 되었다.

"아……."

안 그래도 또랑또랑하니 커다랬던 눈이 두 배 이상 확장되고 정지 화면인 양 모든 움직임이 멈춘다. 무려 호흡조차 않는 모습이었다.

오크는 일단 그녀를 무시하고 터벅터벅 토벽을 향해 걸어갔다.

"……저, 저!"

계속 내버려 두면 자신을 지나쳐갈 기세였기에 유린은 황급히 그의 팔을 붙잡았다.

"아…… 여, 역시 살아계셨군요."

소녀처럼 얼굴을 붉히고 두 손을 가슴에 고이 모은 채 그녀는 조심스레 오크에게 말을 건넸다.

그를 마주하니 제 심장의 두근거림이 여실히 전해졌다. 이것은 자신이 어떻게 참아낼 수 없는 감정의 박동이었다.

"……."

그러나 오크는 아무 말도 하지 않았다. 그저 유린을 가만히 굽어보기만 할 뿐.

"저, 그 목소리를 한 번만…… 들려주시면 안 될까요……?"

아쉬운 사람이 더 간절하다고 했다. 여기서 아쉬운 건 명명백백 김유린이었다.

그녀는 너무 간절했으나 오히려 그랬기에 김세진은 너무나 오글거렸다. 그래서 자신도 모르게 입가가 경련했다.

"부탁드릴게요. 아, 별다른 의미는 아니고 그저 그때의 감사를 전하기 위해서……."

그러나 그런 김세진의 속마음과는 달리, 김유린은 세상 진지했을 따름이다. 감사를 전하는 것과 목소리를 내는 것이 무슨 상관이 있는지는 전혀 모를 따름이지만.

"……꺼져라."

오크의 첫 마디였다. 차가운 말에 김유린이 몸을 흠칫 떨었다.

어느 정도 예상은 했어도 막상 거절당하니 마음이 아팠다. 그럼에도 그녀는 떨리는 손으로나마 주머니에서 물건을 하나 꺼냈다. 또 하나의 주머니였다.

"이건…… 감사의 표시입니다."

"필요 없다."

오크는 냉정히 거부하고 지나치려했다. 이쯤 하면 포기할 줄 알았지만 그녀는 예상외로 끈질겼다. 제 얼굴만 한 오크의 손을 강하게 붙잡고, 억지로 주머니를 끼운다.

"이 이상 귀찮게 안하겠습니다. 포션이 많이 들어 있어요. 아플 때 마시거나 바르면 돼요. 그럼, 저는 이만…… 꺼질게요."

떨리는 목소리였다. 그녀는 오크의 매정한 태도에 가슴이 찢어질 듯 상심하여 고개를 아래로 처박은 채 뒤로 돌아섰다.

그대로 터덜터덜 걸어가는 그녀의 뒷모습은 너무 쓸쓸했다. 저건 언제나 자신감이 넘쳤던 김유린이 아니었다.

그래서 오크는 한숨을 푹 내쉬고는 작게 소리쳤다.

"멈춰라."

다행히도 그녀는 무척 말을 잘 들었다.

그는 우뚝 멈춰선 그녀에게 천천히 다가가, 손목에 매워진 강옥(鋼玉)제 아대를 풀었다.

"받아라."

겉보기에는 너무 크지만 신축성이라는 성질이 부가되어 있어 충분히 그녀에 맞게 조절될 터. 오크는 유린에게 아대를 건넸다.

하지만 그녀는 받지 않았다. 그저 시선을 내리깔고서, 입술을 꽉 깨물 뿐.

"……."

진짜 큰 상처를 받은 건가. 본래 그럴 의도이긴 했으나 막상 세진은 어이가 없어졌다. 무슨 28살 먹은 노처녀가 짝사랑하는 소녀처럼…….

"네 선물에 대한 나의 보답이라고 생각하고 받아라."

그는 그렇게 말하며 유린의 턱을 들어 올려 자신을 바라보게 만들었다. 어느새 촉촉한 물기가 고인 눈망울은 너무나도 가여웠고, 진실로 아름다웠다.

순간 오크는 정신이 혼미해져 다른 생각이 들 뻔하였으나, 다행히도 성욕 억제 포션의 효과는 아직까지 남아 있었다.

"……받아라."

그는 아까 그녀가 했던 것처럼 손을 붙잡고 억지로 아대를 쥐어주었다. 그러곤 냉정하게 뒤돌아선다.

"저…… 또 만날 수 있을까요?"

등 뒤로 그녀의 간절한 목소리가 바람을 타고 흘러왔다.

"아니, 다시는 오지 마라."

그러나 오크는 시리도록 차가운 한마디를 대답으로 남겼다.

그럼에도 여인은 한참 동안이나 그 뒷모습을 좇으며 그가 건네준 투박하지만 단단한 아대를 꼭 움켜쥐었다.

"이런 빌어먹을!"

로브를 뒤집어쓴 한 남성이 책상을 강하게 내려쳤다. 대리석으로 만들어진 상판은 그 주먹질 한 번에 이분(二分)이 되었다.

"통로가 갑자기 왜 부서져!"

바토리는 시간낭비를 가장 싫어한다. 게다가 당장 어제 TV를 지루해하기 시작했다는 소문이 들려왔다. 즉, 이제 그녀의 닦달이 도래할 시간은 얼마 남지 않았단 말이다.

"……저희도 잘…… 아무래도 레드문의 영향을 받은 리치의 마법과 겹쳐졌다거나, 모종의 방해꾼 때문이라고 생각됩니다."

"이런 씨…… 인조 심장은 어떻게 됐어!"

문자 그대로 피땀을 흘려가며 만든 인공 심장은 뱀파이어가 제조한 보물이나 다름이 없다. 그 자체만으로도 귀하지만 통로를 여는 데 가장 중요한 촉매가 될 것이었다. 절대 잃어버려서는, 빼앗겨서는 안 되는 물건이다.

"지금 위치를 알아낼 방법을 찾고는 있습니다. 아무래도 그곳에 갇혔던 기사 중 한 명이 가져갔을 거라 생각됩니다. 일단 지금은 심장의 기운을 추적하려 시도하고는 있습니다만……."

"후……."

사도(使徒) 베렌은 관자놀이를 강하게 짓눌렀다.

하나, 엎친 데 덮친 격으로 바닥에 널브러진 수정구에 붉은색이 스며들었다.

바토리의 신호였다.

늦은 밤. 김세진은 인조 심장을 시용해 보기 위해, 단체 중심사옥의 지하에 위치한 훈련실로 내려갔다.

"길드장님?"

하나 등 뒤에서 있어선 안 될 목소리가 들려와, 순간 심장이 덜컹 내려앉았다. 그는 재빨리 품속에 인조 심장을 쑤셔 넣고서 짐짓 태연하게 뒤돌았다.

"……큼. 주지혁 기사님, 아직도 안 돌아가셨어요?"

"아, 예. 환경이 워낙 좋아서 시간 가는 줄 모르고 훈련하다 깜빡 잠에 들어버렸습니다."

주지혁이 숙직실을 가리키며 멋쩍게 뒷목을 긁었다.

"아, 그래요? 근데 새벽도 환경 좋기로 유명하지 않나?"

"네, 그렇긴 한데 비교가 되질 않습니다. 이 훈련장에는 그 아탄이가 각각 효과별로 무려 3개씩이나 비치되어 있으니…… 12시간 동안 내리 훈련을 해도 쌓이는 피로는 새벽에서 6시간 한 것보다 적습니다."

세진은 떨떠름하게 고개를 끄덕였다. 요즈음 단원들이─무려 김유린까지─자기 기사단 훈련실을 내팽개치고 단체 훈련실에 오는 이유가 이거였구나.

"그게 또 소문이 나서, 새벽페이지에서는 한번이라도 견학하고 싶다고 난리도 아닙니다. 하하하."

주지혁이 자부심이 묻어나오는 웃음을 터뜨렸다.

"하하…… 그렇군요."

"예, 그럼 저는 이만 집으로 가보겠습니다. 수고하십시오, 길드장님."

어느새 단원이나 직원들이 세진을 부르는 호칭은 단체장에서 길드장으로 바뀌었다.

그렇다고 더 몬스터가 길드로 승격한 건 아니다. 오히려 숱한 견제 탓에 전년도 심사에서는 순위권에도 들지 못했다. 그럼에도 단원이나 직원들이 자신을 길드장이라 부르는 건 아마 소속감 혹은 자부심 때문일 테고.

"아…… 예, 수고하세요."

그리고 세진은 그 호칭이 마음에 들었다.

"예!"

주지혁을 보낸 그는 다시금 품에서 인조 심장을 꺼냈다. 손바닥만 한 심장이 두근두근 뛰는 모양새는 여전히 그로테스크하다.

"……이거 어떻게 못하나."

활용도가 높다 하여도 이렇게 혐오스러우면 실전에 활용을 할 수 없다.

'부피를 줄이면 목걸이나 반지 같은 액세서리 형식으로 어떻게든 커버될 것 같은데.'

그러나 일단의 고민은 차치해 두고, 세진은 심장에 마나를 불어넣었다. 기록된 마법은 총 스물세 가지. 그중에 지금 여기서 사용할 만한 건……

"결계부터."

그렇게 읊조린 순간. 그가 딛고 있는 대지에서 흑색 파동이 원형으로 퍼져 나가며 훈련실 안을 까맣게 물들였다.

"……오."

그는 살짝 감탄했다. 이제 여기에다 마나석을 재료로 소모하면 그 당시 동굴 결계처럼 여러 가지 효과를 부여할 수 있게 된다. 혹한이라던가, 마나 사용 불능이라던가.

"흠. 괜찮군."

그가 심장 내부의 마나를 모두 끄집어내자, 결계는 순식간에 사라졌다.

"이젠……"

공격 마법을 한번 시험해 보자. 그때 그 빌어먹을 인형 놈이 제 심장을 꿰뚫을 때 사용했던 '섬전'부터.

인생사 새옹지마라 했던가. 결론적으로 레드문은 대한민

국 한정 '호재'였다.

몬스터의 등급이 뒤섞인 이유는 지반이 어긋났기 때문이었는데, 이번 레드문에 의해 수많은 몬스터들이 도심 쪽으로 진군하다가 방어병력에 의해 전사했다. 그렇게 해서 몬스터 필드는 텅텅 비게 되었고, 정부는 몬스터 등급의 구역을 다시 나눌 기회를 얻게 된 것이다.

모두 레드문의 덕택이었다.

그리고 몬스터 필드의 등급을 나누는 일은 빠르게 진행되었다.

갑작스레 등장한 몬스터 방산기업 'TM'사에서 심사를 요청한 '등급 구획기기'가 기존 회사의 그것보다 성능이 월등히 뛰어나다는 사실이 밝혀졌고 정부에서는 TM사의 기기를 채택하기로 했다.

여기서 예전에 구획기기를 설치·관리했었던 기존 회사가 꽤 더러운 방법으로 저항을 했으나 TM사의 뒷배는 '새벽'이라는 거물이었기에 아주 손쉽게 무마되었다.

이 일을 두고 기사들은 부패와 청탁으로 그 명맥을 이어왔던 기업이 패배한 것을 통쾌해하며 기뻐했다.

그렇게 레드문이 종식된 지 얼마만큼의 시간이 흐른 뒤, 몬스터 필드는 다시 개방되었다.

―이곳은 영웅 오크의 서식지입니다. 오크를 자극하지 않도록

주의해주십시오. 만약 오크에게 해를 가하는 행동을 할 시, 불이익이 주어질 수도 있습니다. (This is the habitat of hero orcs. Please be careful⋯⋯.)

"흠."

몬스터 필드에 사냥하러 온 김세진은 중급지대의 귀퉁이에 있는 영웅 오크의 부락지를 들렀다가 이 팻말을 발견하게 되었다.

나라에서 설치한 건가? 싶었으나 팻말 구석에 조심스럽게 새겨진 칠흑기사단의 인장이 이것이 누가 설치했는지를 어렴풋이 알려주었다.

"⋯⋯지극정성이네."

세진이 고개를 절레절레 내저었다. 요즘도 일주일에 2~3번 꼴로는 찾아온다고 듣기는 했지만⋯⋯.

"쿠르왈-!"

그때 등 뒤로 게걸스러운 짖음이 들려왔다. 그는 별생각 없이 태연히 돌아섰다.

몬스터가 하나 이쪽을 노려보고 있었다. 이족 보행하는 거대한 들개의 형상, 전신이 흑색 금속으로 둘러싸인 '아이언 놀'이었다.

"쾨왈타톼!"

놀은 침을 폭포수처럼 내뱉으며 다분히 공격적인 태도를

취했으나 세진은 그저 가만히 응시하며 한 손에 마나를 방출시켰다.

그 마나는 위이잉 공명하며 손바닥 위로 피어오르더니 이내 짧지만 예리한 푸른색 단검으로 변모했다.

'마나 지체'의 숙련도가 꽤나 올라, 이제 이 정도 짧은 무기는 마나로도 만들 수 있게 되었다. 비록 강도나 밀도는 상위 금속보다는 떨어지지만 이건 나름대로의 활용법이 존재한다.

그 이후는 본능—혹은 스킬—에 기록된 대로였다.

그는 단검을 움켜쥐고서 놀을 향해 투척한다. 제 손을 떠난 날붙이는 푸른 궤적을 그리며 놈의 미간에 처박혔다.

"쿠왈!"

보통 사람 같았으면 즉사했을 치명상이었으나 놀의 몸은 꽤나 단단했다. 하지만 이 단검의 역할은 여기서 끝난 게 아니다.

놀은 분기탱천하여 제 미간에 꽂힌 단검을 빼내려 했다. 하나 놀이 단검을 부여잡은 순간, 그것은 다시 마나로 화(化)하여 그 미간에 생긴 틈새로 스며들었다.

그렇게 놀의 머릿속으로 스민 마나는 세진의 의지를 충실히 따라, 활활 타오르는 화염이 되었다.

"끅!"

놈은 노성도 내지르지 못하고 내부에서부터 타죽었다.

이것이 세진이 새로 고안해 낸 마나 지체의 활용법.

어쩌면 필살(必殺)로 보일 수도 있겠으나, 이 방법은 모든 몬스터에게 통용되는 것이 아니다.

당장 중상급 몬스터 이상만 되어도 기사들처럼 '마나 표피'라 하여 피부와 근육에 마나가 진득하니 젖어 있어 아직 이 정도 숙련도로는 그 표피를 뚫어낼 수 없다.

중급, 그중에서도 저 아이언 놀처럼 내실을 다지지 않고 외실에 집중한 놈에게나 통하는 아직까지는 일종의 '묘기'나 다름이 없는 비효율적인 방법이다.

그렇게 시시한 사냥을 마친 세진은 남은 마나량을 확인해 보았다. 거의 절반 이상이 증발하여 있었다. 역시, 마나 소모가 너무 심하다. 그냥 검으로 베어 죽일걸.

"야! 저기 있……?"

때마침 세 명으로 이뤄진 일행이 헐레벌떡 뛰어왔다. 아무래도 원래 놀을 쫓던 파티인 듯했다.

"뭐야?"

남자 둘, 여자 하나로 이루어진 파티. 그들은 바닥에 널브러진 아이언 놀을 내려다보며 잠시 어리둥절했다. 겉보기에는 외상이 하나도 없으니 그럴 만도 했다.

"……."

그러나 그들은 곧 낭패 어린 표정으로 고개를 들어올렸다.

이놈을 추적하고 함정으로 유도하느라 무려 3시간 동안의 노력을 쏟았다. 말 그대로 이놈이 오늘치 일당의 전부였는데……

"……어?"

개중 얼굴이 가장 일그러졌던 여성 사냥꾼은 놀의 뒤쪽에서 자신들을 바라보는 남자를 발견하곤 낮은 탄성을 내질렀다.

더 몬스터의 단체장 김세진.

큰 키와 남자다운 얼굴, 요즈음 커뮤니티나 카페, SNS 등지에서 대단히 유명한 남자다. 당장 자신만 해도 그의 400만 팔로워 중 한 명일 정도니.

뒤이어 다른 일행도 그를 알아보게 되었고, 세 사람은 얼굴을 붉히며 그에게로 천천히 다가갔다.

"저, 안녕하세요. 그…… 김세진 님 맞으시죠?"

"아, 예. 반갑습니다."

김세진은 긴장하는 그들에게 미소로 화답했다. 요즈음은 워낙 알아보는 사람이 많아져서 그런지, 생판 모르는―그러나 그들은 나를 아는―사람을 대하는 것에도 어느 정도 익숙해졌다.

"그…… 사, 사냥 나오셨나 봐요?"

"네, 그렇긴 한데 이 놀은 예정에 없었어요. 갑자기 튀어나오더군요."

"아, 그게 사실……."

사냥꾼들은 자초지종을 설명했다.

아이언 놀은 그 단단한 표피 탓에 중급 중에서는 꽤나 강한 축에 드는 몬스터이고 그만큼 부산물이 비싸다. 그래서 아이언 놀을 먼저 발견한 자신들은 꼬박 세 시간 동안 함정을 파고 놀을 유도했으나, 한참 쫓아오던 놈은 별안간 코를 킁킁대더니 방향을 급선회하여 어딘가로 달려갔다는 것이다.

"……아하."

내 냄새 때문이구나. 김세진은 납득했다.

"그러시구나. 그럼 그냥 가져가세요. 저는 괜찮으니까."

그는 사체를 가리키며 흔쾌히 사체를 넘겼다. 어차피 이제 마나석 흡수도 한계에 맞닿은 것인지, 중급쯤은 흡수해도 고작 소수점 단위밖에 안 오른다.

"저, 정말요?!"

파티가 반색하며 소리쳤다.

"네, 가져가세요."

김세진이 너그러운 미소를 지어보였다.

그에 사냥꾼들은 감동한 표정으로 허리를 90도로 한 4번 정도 숙이더니 실례가 안 된다면 사진을 좀…… 을 요청했다.

김세진은 그것 또한 흔쾌히 받아들였고, 그들은 갑작스레 만난 친절한 유명인에 몹시 만족하며 집으로 돌아갔다.

그 일이 있고서 정확히 세 시간 뒤 이제 퇴근하려는 세진에게 전화가 걸려왔다. 유세정이었다.

ー오빠, 누가 SNS에 오빠 내용 올려가지고 지금 기사로

떴어.

"……어?"

ㅡ근데 미담이라서 지금 다 오빠 칭찬하고 있어. 한번 봐요.

"크흠."

유명인의 삶이란 별일이 다 기사화되는구나.

그는 괜히 가련한 척을 하며 뉴스창을 들어갔다. 그런 그의 입가에는 흐뭇한 미소가 승천할 듯 걸려 있었다.

어느새 햇볕이 쨍쨍해지고 쌀쌀함은 먼 옛적의 이야기가 되어버렸다. 김세진은 야외를 거닐며 여름이라는 계절이 물씬 다가왔음을 실감했다.

"충분히 테마파크 같네."

이제는 일선에서 한 발자국 뒤로 물러난 김세진이었으나, 그는 소여진의 요청에 따라 단체 부지를 함께 거닐고 있는 중이었다.

원래 이 근방은 몬스터 필드와 너무 가까운ㅡ채 40㎞도 떨어져 있지 않다ㅡ터라 기사, 마법사는 많았어도 일반인은 그리 많지 않았는데…… 아이와 함께 놀러온 부모들과 데이트를 나온 연인 그리고 외국인 관광객으로 보이는 사람들까지. 유동인구가 참 많아졌다.

"이만 봐도 되겠는데요?"

"네? 아직 호텔이랑 영화관 같은 편의시설은 잔뜩 남아 있는데요? 거기도 사람 무지 많아요."

소여진이 저 멀리 늘어선 건물 단지들을 가리키며 말했다. 김세진은 그저 설핏한 미소를 지은 채 고개를 저었다.

"그러기엔 시간이 너무 빠듯해요. 근데 그건 그렇고 사람이 진짜 많네요?"

"그렇죠? 요즘 한창 세정 씨와 유린 씨가 함께하는 예능 촬영도 이곳에서 해서 그런지 전년 대비 유동 인구가 4배 수준으로 유지되고 있어요. 조금만 더 성장하면 아덴의 탑이 있는 도심지와도 비슷해질 것 같아요. 저희가 이 부근의 땅값을 올리는 장본인이라니까요~"

소여진의 말에는 자부심이 진하게 묻어나왔다.

"그래요?"

"네, 역시 무리를 해서라도 부지를 넓힌 게 정말 좋은 선택이었어요. 순수 시세 차익만 엄청나게⋯⋯."

그는 기분이 좋았다. 무엇보다 이 땅과 건물이 다 자신의 소유라는 것이 행복했다.

"아 맞다. 제가 시킨 일은 어떻게 됐어요?"

그러다 문득 생각이 났다.

오크 대장장이의 특별전.

두 달 전 레드문의 밤, 몬스터 웨이브가 꽤 여유로웠던 사흘째.

세진은 레드문의 영향으로 전체적인 능력이 2할 가까이 상승한 상태로 오크의 단조기술을 사용하여 무기를 하나 만들었다. 그리고 그것은 눈이 부실 정도의 역작이 되었다.

오크 대전사의 역량으로 만들 수 있는 무기 중에서는 단연 최고봉.

당당하게 '보물'이라는 등위에 등극한 롱소드. 이름은 아직 '오크의 롱소드'밖에는 안 되나 이걸 내놓는 순간 오크 대장장이는 '명인'이 되어 이 검에 새로운 이름을 지을 수 있겠지.

"예, 그럼요. 이미 홈페이지와 길드 SNS를 통해 홍보와 광고를 했어요. 세정 씨와 유정 씨도 예능에서 언급을 하기도 해서 많은 기사들이 기대하는 눈치예요."

김세진은 만족스레 고개를 끄덕였다.

요즘 오크 대장장이는 세 달 가까이 새로운 무기를 안 내놓고 있다 하여 공약파기다 뭐다로 비판을 받고 있지만, '이 무기를 만들기 위해서였다'라고 말하는 순간 모두 합죽이가 되겠지.

"네, 근데 오크 대장장이는 경매 형식으로 팔까 생각중인 것 같던데, 여진 씨는 어떻게 생각해요?"

몬스터의 등장과 마법, 연금술의 신비함으로 말미암아 인플레이션이 나날이 심해지는 요즘 이 보물은 얼마만큼의 금액으로 팔릴까.

"경매요? 그럼 다른 나라에서 사갈지도 모르는데……."

오크 대장장이는 과거 명품을 타국에 판매했다고 많은 욕을 들어먹었다. 한데 이건 백 년에 한번 나올까 말까 한 문자 그대로 '문화재' 수준의 무기. 만약 그 무기가 타국으로 팔려갔을 시에는 어떤 재앙이 펼쳐질지…… 소여진은 조심스러웠다.

"오크가 요청한 거예요. 이왕 이렇게 된 거 명성을 전 세계적으로 넓히는 게 낫다면서. 아직 세계최고의 대장장이는 헤파이토스라면서요? 그 이름 떼게 만들어야죠. 안 그래요?"

김세진은 엷은 미소를 지었다.

[라이칸슬로프로 진화하시겠습니까?]

아탄이 폼의 김세진은 천장에 아른거리는 상태창을 바라보며 욕조 위를 둥둥 떠다니고 있다.

라이칸슬로프.

최초의 목표였으나, 이제는 판도라의 상자가 되어버린 계륵.

"끼잉……."

라이칸슬로프로 진화하는 것이 저어되는 가장 큰 이유는 두 가지다.

우선 인간과 늑대폼이 합쳐짐에 따라 야기될 가능성이 높을 '외면의 변화'.

지금까지는 늑대의 본성이 옮아옴에 따라 '인간 김세진'의 외면을 유지한 채 특정 이목구비만 선이 굵게 변모하였지만 라이칸이 된다면 그 외면이 어느 쪽으로 기울지 확실히 알 수가 없다.

여러 사회적 관계를 맺고 있는 지금 만약 진화를 했다가 지금의 김세진과 너무나도 판이한 외모가 되어버린다면…… 그것은 겪을 수 있는 재앙 중 가장 최악이다.

그리도 두 번째 문제는 라이칸슬로프의 본성.

전설 속 라이칸슬로프는 그 앞과 뒤를 가리지 않는 흉악한 본성으로도 유명하다. 수인의 한 분파임에도 같은 종족에게 '말하는 몬스터'라는 취급을 받을 정도로.

그 본능을 이겨내기 위해서는 적어도 인간 김세진이 무력의 발전은 물론 기력, 즉 '인간의 정신력' 또한 틈틈이 개발해야만 한다.

"뿌뿌."

세진은 입으로 물총을 쏘아 보냈다. 물길은 직선형의 궤적을 그리며 상태창이 아른거리는 천장을 강타했다.

물론 이 '아탄이'를 진화시키는 것도 라이칸슬로프와의 밸런스를 유지하기 위한 하나의 방 안이 될 수 있다. 그러나 아탄이의 진화가 품은 위험 부담은 다른 방법보다 훨씬 막심하다.

지금쯤 광활한 대서양을 유영하거나 혹은 깊이 잠수하여 숙면을 취하고 있을 괴수 레비아탄을 떠올려 보라.

시간의 흐름, 바다의 물결, 내리쬐는 태양. 자연의 만물과 세상의 섭리 그 자체가 힘의 근원이 되는 이 괴마의 등급은 '규정불가', 바다의 드래곤이라는 말은 결코 허언이 아니다.

과거 레비아탄이 서울 한강에 출몰했을 당시에 김유린이 어느 정도 활약을 할 수 있었던 이유도 사실 소환된 레비아탄은 그 위력이 급감하기 때문이다. 만약 레비아탄이 술법 따위 없이 그 본신이 직접 서울 한복판에 도래했었다면…… 아마 그날로 서울은 통째로 내려앉았을 것이었다.

'……그러고 보니까 몸이 좀 많이 커졌네.'

그렇게 레비아탄에 관련된 생각을 하다 보니, 문득 체감되었다.

시간이 흐를수록, 수분에 닿을수록 점차 강성해지는 성장형 몬스터이기 때문일까. 욕조가 예전보다 확연히 작아져 있었다.

"꿍."

그것이 괜히 꺼림칙했던 세진은 재빨리 인간폼으로 변화하여 욕조를 빠져 나왔다.

시계를 힐끗 보니 오전 11시, 곧 있으면 훈련을 하는 시간이었다.

레드문이 끝난 이후부터 쭉 김세진은 자신을 발전시킬 단련과 훈련을 계속했다.

레드문을 겪으면서 오크 대전사의 본능이 막심해지기도 했지만 무엇보다 라이칸슬로프로의 진화를 의식해서였다.

검술 훈련은 쉬웠다. 무기 마스터리에서 '고급자 등급'에 이른 그의 검술을 능히 당해낼 수 있는 자는 기사 중에서도 그렇게 많지 않았으니.

그들은 세진을 저마다 검술의 천재라 치켜세우며 중세시대 태어났으면 최고의 검사가 되었을 거라 감탄했다.

태어나서 처음 배우는 '무술' 또한 그렇게 어렵지는 않았다. [전사의 특질]은 '몸은 어떻게 다뤄야 효율적인지'에 대한 본능을 선사해 주었는지, 낙법, 보법, 권법 등등 수많은 무도법(武道法)들이 이미 몸속에 내재되어 있었다.

신체적인 부분은 완벽하니 남은 문제점은 오직 하나, '마나'였다.

마나는 조기교육이 가장 중요하다. 아무리 싹수가 파래도 골든타임이라는 5~6살의 시기를 넘기면 평생 마나를 몸 안에 담아둘 수 없다고 여겨질 정도이니만큼, 20대 중반으로 달려가는 김세진에게는─비록 특질로써 마나를 부릴 수는 있더라도─마나를 몸 안에 담아 둔다는 개념은 너무 어려웠다.

뜬구름을 잡는 것처럼 막연했고, 아침안개처럼 모호하고 희미했다.

그리고 그 단점을 극복하기 위해, 김세진은 A급 마법사라는 딱지도 동시에 달고 있는 하젤린에게 부탁했다.

그녀는 흔쾌히 응낙하여, 매달 둘째 주 금요일부터 토요일까지 주 2회씩, '마나 교습'이라는 스케줄이 생기게 되었다.

"눈을 감고 마나를 받아들이세요. 슈욱– 슈욱."

단원 전용 훈련실 내부. 김세진은 가부좌를 튼 채 눈을 감고 깊은 호흡을 반복하고 있다.

가용 마나량을 늘리기 위한 마나교육의 일환이었다.

"슈욱– 슈욱."

"그렇게 계속 슈욱– 슈욱– 반복하세요."

"……이걸로 되는 건가요?"

그러나 세진으로서는 의심이 컸다. 근 30분 동안 하는 거라곤 슈욱– 슈욱 밖에 없었으니.

"일단 하라면 하세요. 세진 씨의 마나 친화력이 얼마만큼 되는 건지 테스트하는 거니까요."

하나 하젤린은 단호했다.

"……그래요? 그렇다면야. 슈욱~ 슈욱."

세진은 다시금 명상 비슷한 호흡을 계속했다.

그렇게 수십 번 정도를 반복했을까, 드디어 하젤린이 그의 어깨를 두드리며 그만을 알렸다.

"됐어요. 호흡에서 묻어나오는 마나 농도는 중하급 기사 수준이시네요."

"예?"

그는 순간 당황했다. 아무리 '마력'과 '마나 친화력'의 능력치가 여타 신체능력치에 비해서는 낮다 하더라도, 이건 예상보다 너무 낮은 수준이 아닌가.

적어도 중급은 될 줄 알았는데…….

"……그 표정은 뭐예요? 상급 사냥꾼은 평생 노력해도 하급 기사 수준의 마나도 못 갖춰요. 그러니까 중하급 기사정도면 아주 높은 거라는 뜻. 자, 그럼 이제 본격적인 훈련으로 돌입하겠습니다?"

하젤린은 그렇게 말하며 세진이 준비하기도 전에 마법을 발동시켰다.

"왁!"

순간 위압적인 마나의 기류가 발생하여, 앉아 있는 세진의 몸 전체를 육중하게 짓눌렀다.

"그 상태에서 팔굽혀펴기를 하는 거예요, 알겠죠? 힘들겠지만 어쩔 수 없어요. 이미 마나 교육을 할 시기를 놓쳐도 너무 놓친 세진 씨가 유일하게 마나량을 조금이나마 늘릴 수 있는 방법은 이것 밖에 없거든요."

갑작스러운 압력에 세진이 끅끅대기만 할 뿐 어떤 말도 못하자, 그녀는 일단 마나를 갈무리했다.

"잘 들어봐요. 이곳은 아탄이와 마나의 샘 덕분에 마나 농도가 굉장히 높지요? 그리고 또 제가 마법으로 공기 중의 마나를 압축하여 세진 씨에게 쏟아 부을 거예요. 그러니까 세진 씨는 잠시나마, 온몸으로 대기 속 마나의 사랑을 받게 된다 이 말이겠지요?"

하젤린은 방긋 웃으며 팔을 빙글빙글 휘저었다. 마법을 발동하기 전 예열 동작 같았기에 세진은 살짝 긴장했다.

"그 상황에서 운동을 해서 땀을 흘리면 모공이 열리고 그 모공을 통해 마나가 체내로 들어가겠지요? 또 근육이 움직일수록 마나가 더 잘 스며들겠고요. 물론 그중 99%는 다시 몸 밖으로 빠져 나가겠지만 그래도 아주 조금이나마 가용 마나량이 늘어나긴 할 거예요. 그럼 이제 옷 벗으세요."

"예? 옷은 왜…… 요?"

세진이 두 팔로 제 가슴을 감싸며 짐짓 가련한 척을 하자 하젤린은 이맛살을 강하게 찌푸렸다.

"장난하지 말아요. 한 겹이라도 더 벗어야 마나가 더 잘 스며든다구요. 천 쪼가리가 덧대지면 공기가 잘 안 스미잖아요. 차이가 꽤 커요."

"……그렇긴 하겠지만……."

"빨리요. 선생님 말 안 들으면 화냅니다? 저는 세진 씨가 부탁해서 기껏 와줬는데 이렇게 비협조적이면 곤란하다구요. A급 마법사 교습 비용이 얼만지는 아세요?"

그는 떨떠름해하며 일단 트레이닝복 상의의 지퍼를 내렸다.

"……바지도요?"

"……그건 봐드릴 테니까 일단 티까지 마저 벗어요."

부끄러웠지만 그래도 세진은 티까지 벗었다. 균형이 잘 잡힌, 튼실한 실전 근육이 꿈틀거리며 그 모습을 드러냈다.

"……흠. 흐흠."

하젤린은 그 넓게 벌어진 어깨와 튼실한 가슴 근육, 선명한 복근과 치골을 차례로 훑어보고는 얼굴을 살짝 붉혔다.

"여, 역시 특성 덕분인가 몸은 좋으시네."

부러 평범하게 말했으나 사실 그의 몸은 그냥 좋은 수준이 아니었다.

'마법사의 눈'이라는 특성을 지니고 있는 그녀는 알 수 있었다. 문자 그대로 평생 동안 육체를 단련한 기사들도 가지기 힘든 '완벽에 가까운 몸'이다.

분명 체내를 순환하는 마나의 양은 적지만 마나의 '질'이 상당히 높다.

"……큼."

"뭐해요? 어서 준비 안 하고?"

부끄러워하던 김세진은 하젤린의 말에 퍼뜩 팔굽혀펴기의 자세를 취했다. 그러자 안 그래도 선명했던 어깨와 등허리의 근육이 더욱 강하게 도드라진다. 하젤린은 애써 고개를 돌렸지만 그래도 여자인지라 눈이 힐끔힐끔 돌아가는 것까지는 막을 수 없었다.

"……마법 쓸게요. 최대한 열심히 해보세요."

"네…… 끄어!"

이번에도 또 준비할 틈 없이 압도적인 기압이 세진의 등을 짓눌렀다. 그럼에도 그는 이를 악물고 팔굽혀펴기를 시작했다. 고작 10초 했을 뿐인데 팔과 다리가 후들후들 떨리고 땀방울이 바닥으로 폭포수처럼 쏟아진다.

"하나."

횟수는 하젤린이 대신 세주었으나 귀에 들어오지 않았다. 이게 하나인지 둘인지, 알지도 못했고 알기도 싫었다.

"씨…… 바"

입 밖으로 새어 나오는 단어라곤 욕설뿐이었다.

"욕하지 마요."

"끄윽……."

그 욕설을 힐끗 들은 하젤린은 마법의 강도를 강하게 했다.

"자. 다시 둘. 둘은 언제 되나요? 한 시간 정도 기다려야 할까요?"

"……끄으으……."

그녀의 비아냥거림을 들으며 세진은 힘을 냈다.

['마력' 능력치가 2만큼, '마나 친화력'이 1만큼 상승합니다.]

훈련의 결과물이었다.

김세진은 환한 미소를 지은 채 바닥에 엎드려 숨을 몰아쉬었다. 상당히 만족스러운 결과였다. 이 정도면 중급 마나석 수십 개는 흡수해야 가능한 상승폭이었으니. 역시 하젤린에게 도움을 요청한 건 좋은 선택이었다.

"……."

하나 정작 그를 성장케 도와줬던 하젤린은 사뭇 복잡한 얼굴이었다. 어떻게 된 일인지는 모르겠지만 예상을 아득히 상회하는 마나가 그의 몸에 정착해 버렸다.

사실 이 방법은 그저 부수적인, 한계가 명확한 훈련법이다. '키'로 말하자면 모든 성장이 다 끝난 상황에서 뼈의 교정을 통해 '숨어 있던 키'를 찾아내는 것과 일맥상통.

'……근데 무슨 몸이 이렇게 탐욕스러워?'

보통 대기에 함유된 마나의 50%가 몸속으로 스며들고 그중 99%가 다시금 밖으로 빠져 나가 몸에 남는 건 고작 0.5%뿐이어야 한다. 하나 김세진의 신체를 들여다보니 무려 25%이상의 마나가 그 몸속에 정착해 있었다. 아니, '붙잡혔다.' 그의 체내에 상주하던 원래 마나에 의해.

'특성 때문이겠지?'

하나 무슨 특성인지는 감도 잡히지가 않는다. 만약 이런 식으로 한계 없이 마나가 계속해서 그의 몸에 정착한다면 1년이면 자신의 마나량을 뛰어넘을지도 모른다…….

"……세진 씨, 몸은 괜찮아요?"

"예, 물론이죠, 선생님."

"성과가 좋죠? 일단 일어나요. 밥 먹으러 가죠."

하젤린이 쓴웃음을 지으며 그에게 손을 건넸다. 세진은 만족스러워하며 그녀의 손을 붙잡았다.

그리고

"오빠, 나 왔어……?"

때마침 유세정이 훈련실로 도착했다.

세정은 온몸에 땀을 뻘뻘 흘리는 김세진과 방금 화들짝 놀라 재빨리 로브를 뒤집어 쓴 여인을 번갈아 바라보았다.

"……어, 일찍 왔네?"

약속했던 시간은 아직 한 시간이나 남았는데.

김세진은 옷을 주섬주섬 주워 입으며 약간 망연한 표정으로 유세정을 바라보았다.

"추적이 완료되었습니다. 인조 심장의 현 위치는 강원도 몬스터필드 근처의 도시, '더 몬스터'의 부지 내부였습니다."

"……곤란하군. 라이칸과 친분이 있다는 단체장이 가지고
있는 건가?"

부하의 말에 사도 베렌이 낭패 섞인 말을 읊조렸다.

"그건 저희도 잘 모릅니다만 아무래도 그럴 확률이 높습
니다."

베렌은 관자놀이를 짓눌렀다. 꼭 되찾아야 하는 물건이 예
상보다 거물의 손에 들어가 있다니.

"……어떻게 할까요."

라이칸과의 친분, 단체 더 몬스터의 장(長)이라는 직함. 김
세진이라는 사내는 '바토리의 사도'로서도 망설이게 되는 거
물이었다.

"일단…… 감시라도 해두어라. 라이칸이 곁에서 보호하고
있을지도 모르니 꼭두각시들을 이용해라."

"예, 알겠습니다."

부하의 짧은 말이 텅 빈 방 안을 울렸다.

24장
격화

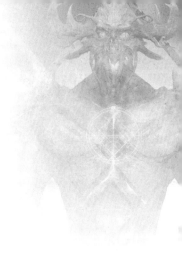

"⋯⋯."

유세정은 김세진과 정체모를 여인을 번갈아 바라보았다. 흔들리는 그녀의 동공에는 두려움, 분노, 짜증, 황망, 망연 등등⋯⋯ 수많은 감정이 뒤얽힌 채 넘실거렸다.

세진은 재빨리 옷을 갖춰 입고서 유세정에게 다가갔다.

"⋯⋯어, 인사해. 여기⋯⋯."

그는 잠시 말을 멈췄다. 하젤린의 의향을 묻기 위함이었다.

"괜찮아요."

하젤린이 짐짓 결연하게 고개를 끄덕였다.

"뭐, 뭐가 괜찮은데요?"

그러나 유세정에게는 이 모든 상황이 당황스러울 따름이었다. 대체 어떤 소개를 하려고 괜찮다고까지 말하는지……과민인 걸 알지만 그래도 긴장이 되었다.

"아 그러니까 이분은……."

"잠깐! 멈춰, 멈춰봐."

세정이 소리를 지르며 그를 제지했다. 넘실대는 심장을 위해서라도 마음의 준비가 필요할 것 같은…….

"……하젤린 씨야. 너도 알지?"

하지만 그는 굳이 시간을 둬서 그녀가 오해하게 두지 않았다.

흠칫 몸을 떤 그녀는 하젤린이라는 이름을 몇 번 되뇌더니 이내 안도의 한숨을 내쉬며 고개를 끄덕였다.

"아…… 뭐야…… 네, 알죠. 알아요……."

불안에 떨던 그녀의 눈동자는 어느새 침착함을 되찾아 있었다.

세진은 피식 웃고서,

"같은 단원인데. 그래도 안 될까요?"

하젤린을 지그시 바라보며 서글서글한 미소를 지었다.

"……뭐, 세정 씨는 서면으로 많이 연락했으니까."

그녀는 떨떠름하게나마 고개를 끄덕이고는 후드를 벗었다. 그리고 유세정은 깜짝 놀랐다. 실로 엘프다운 눈부실 정도로 아름다운 외모 그러나 다크 엘프 답지 않은 백옥 같은 피부.

그 압도적인 미(美)에 세정은 자신도 모르게 움츠러들 수밖에 없었다.

"직접 대면하는 건 처음이지요? 반가워요 세정 씨."

하젤린이 손을 내밀었다. 세정은 살짝 기가 죽은 채로 그 손을 맞잡았다.

"……역시 엘프다운 아름다움이셔요."

그 씁쓸한 찬사에 하젤린은 쓴웃음을 지었다.

"훈련을 하고 있었어. 하젤린 씨가 도와주시기로 하셨거든."

김세진은 침울한 유세정이 마음에 들지 않아, 괜히 그녀의 어깨에 손을 올려 제 품 안으로 살포시 끌어안았다.

분명 '살포시'였다.

그러나 유세정은 무슨 해일에 휘말리기라도 한 듯 그의 품속으로 강하게 밀려들었다.

"……두, 두 분 상당히 친하시네요."

그 갑작스러운 포옹에 하젤린이 당황하며 뒷목을 긁적였다.

"아 그…… 저희 사실 무척 친해요. 발전 가능성이 높은 친함……."

견제의 의도가 다분한 헛소리였기에 김세진은 재빨리 세정의 입을 틀어막았다.

"……친한 오빠 동생 사이죠."

그리고 유세정은 그의 손바닥을 강하게 깨물었다.

[대장장이 오크, 대한민국 18번째 '명인' 등극.]

[데뷔 2년 차에 명인이 된 천재…… 해외 유수의 기사단에서 축사를 보내오다.]

[오크를 명인으로 만들게 한 무기, 6월 1일 '현월 경매장'에서 경매 예정. 총 103개국 200개소 이상 기사단에서 경매 참가 신청…….]

"난리 났네."

세진은 흐뭇한 표정으로 탁자에 신문을 내려놓았다.

탁자 위에는 국내 신문사에서 발행한 신문은 물론, 스페인·미국·영국·중국·일본 등등 수많은 외국에서 발행한 신문들도 많았다.

언어는 각기 달랐으나 헤드라인은 똑같았다. 모두 '오크 대장장이'가 명인에 등극했다는 사실을 전하고, 그가 만든 '보물' 등급의 무기를 궁금해 한다는 내용이 쓰여 있다.

……라고 외국어에 능통한 소여진이 알려주었다.

"네, 난리 났어요. 지금 한반도 인근 아시아 국가와 서유럽 몇몇 국가에서는 총리랑 대통령까지 경매장에 참석하고 싶다고 외교 공문을 보내왔는걸요."

"그래? 신기하네."

"무려 보물 등급인데 당연하죠. 우리나라에서만 해도 30년 만인걸요. 진짜 대단한 천재 같아요. 오크 대장장이님은."

소여진의 찬사에 김세진은 제 어깨가 으쓱이려는 것을 최선을 다해 막았다.

"크음…… 그렇습니까?"

"그럼요."

여진이 환한 미소를 지으며 고개를 끄덕인 그때 단체장 전용 회선에서 비서의 음성이 들려왔다.

─단체장님, 셰나린 마법사님이 곧 도착하신다고 연락을 주셨습니다.

"아. 이제 훈련하실 시간이시네요. 저도 이만 업무 보러 가보겠습니다."

소여진이 미소를 지으며 물러났고 세진은 하품을 크게 한 번 하고서 몸을 일으켰다.

세진은 훈련하기에 앞서 일단 단원 전용 휴게실에 도착했다. 점심시간이기 때문일까 많은 사람들이 있었다.

김유손의 아들 김선호는 제 딸에게 이유식을 먹이고 있고 이혜린은 그 모습을 귀엽다는 듯이 바라본다. 주지혁은 소설책에 열중하고 유세정은 동그란 안경을 낀 채 노트북 자판을 열심히 두드리고 있었다.

'조별 과제라더니 바쁘기는 한가 보네.'

모두 바빠 보였고 유일하게 세진의 무료함을 달래 줄 만한 여유로운 인물은……

"또 오셨네요?"

"옛? 아…… 예, 혜린이가 밥만 같이 먹고 가자고 그래서……. 오게 됐습니다. 맛있더군요, 역시."

낮잠에 취해 꾸벅꾸벅 졸던 김유린이었다.

"저희 구내식당이 맛 좋기로 유명하기는 하죠."

잠재력 높은 요리사들을 쓸어왔으니까.

"……네."

김유린은 괜히 눈치를 보며 세진의 눈을 마주치지도 못했다. 아마도 자신은 단원이 아니기 때문이겠지.

"괜찮아요. 그렇게 눈치 안 보셔도. 'ME(몬스터 엔터테인먼트)' 소속이신데 마음껏 오셔도 돼요."

그는 그녀의 옆에 앉아 능글맞은 미소를 지었다.

"아…… 감사합니다. 그럼 앞으로도 자주 신세 좀 져도 될까요?"

"예? 아, 그럼요."

아마 단원 전용 훈련장을 말하는 것이리라. 지인―유세정

혹은 이혜린―이 없을 때, 사옥 앞에서 서성이기만 하는 김유린를 목격한 적이 한두 번이 아니었으니.

"근데……."

김세진은 유린의 한쪽 팔에 채워진 아대를 힐끗 바라보았다. 유린은 그 시선을 눈치채고는, 아대 낀 팔을 슬그머니 아래로 내렸다.

"이게 그겁니까? 영웅 오크가 줬다는."

"……혜린이가 말했습니까?"

"네."

김유린이 한숨을 푹 내쉬었다.

"……예, 영웅 오크가 준 겁니다."

"만져 봐도 됩니까?"

세진은 그렇게 말하며 손을 쭉 뻗었다. 그러나 순간 김유린은 몹시 기민하고 날렵하게 등을 획 돌리고서는 고개를 도리도리 저었다.

"안 됩니다."

"……그 오크가 그렇게 좋습니까?"

"그, 그런 거 아닙니다! 아니라고요! 그냥…… 선물이잖습니까. 선물을 함부로 만지시면 안 되죠."

"흠……."

세진은 그녀를 바라보며 짐짓 불만스러운 척 턱을 쓰다듬었다. 아. 방금 기발한 생각이 하나 떠올랐다.

"……만나게 해드릴까요?"

돌연 뱉어낸 말에 김유린의 눈이 휘둥그레졌다.

"예? 그, 그게 무슨……?"

"말 그대롭니다. 제가 몬스터와 대화를 할 줄 안다고 말씀드렸잖아요. 그래서 영웅 오크들이랑도 친해졌는데……."

거기까지 말하자 김유린이 침을 꿀꺽 삼켰다.

"물론 부탁한다고 다 되지는 않겠지만…… 가능성은 높겠죠?"

하지만 물론 조건은 있다.

"만약 유린 씨가 저희 단체에 가입하신다면야 뭐…… 그래도 2주에 한 번 정도는 영웅 오크 대전사를 불러낼 수 있지 않을까……."

김세진이 음흉한 미소를 지으며 유린의 눈을 응시하였다.

그녀의 눈은 사정없이 떨리고 있었다.

그러나.

"……안 됩니다. 그리고 다시 한번 말씀드립니다만, 저 그 오크 안 좋아합니다. 그 오크에게 품은 감정이 있어도 '전우애'뿐일 겁니다. 애초에 인간이 몬스터를 좋아한나는 게 밀이라도 되는 소립니까?"

그녀는 결연한 구라를 쳤다.

"……예, 뭐…… 혹시 나중에 마음 바뀌시면 말씀해 주세요."

이쯤 되니 무슨 철옹성같이 느껴진다. 괜히 오기가 생겨 오크폼으로 깔짝이면서 그리움을 돋궈버릴까 하는 사악한 생각도 들었다.

그때 위이잉 하고 전화가 울렸다.

하젤린이었다.

문득 하젤린과 김유린의 관계를 떠올린 김세진은 조심스럽게 바깥으로 나갔다.

"유린 씨, 입단 권유 거절하셨으니까 오늘은 훈련실 출입 금지입니다. 저 확실히 말했어요."

"예? 아니, 저도 훈련하러 온 건…… 알겠습니다."

'……도와주기 싫다.'

하젤린은 땅바닥에 들러붙을 듯 열심히 운동하는 김세진을 바라보며 입을 삐죽 내뺐다.

솔직히 도와주기 싫었다. 물론 고블린 연금술사, 여기서 운동하는 김세진 덕택에 자신이 연금계에서 무시 못 할 저명인사가 된 건 충분히 고맙다. 넘칠 듯한 은혜다.

그러나 이 불공평한 상황에는 너무 질투가 났다. 못된 심보지만, 어쩔 수 없었다.

마법사는 본래 질투와 시기와 배척, 독점의 족속. 게다가 그들이 지닌 '마나'에 관한 자부심은 격 자체가 다르다.

그리고 일선에서 반 발자국 정도 물러나 있다고는 하나, 하젤린도 일단은 마법사.

그녀는 이런 경이로운 상승폭은 들어 본 적도 경험해 본 적도 없었다. 피와 땀을 흘려가며 뼈를 깎는 훈련을 통해 일궈낸 마나 능력이다. 그런데 이대로 1년…… 1년이 뭐야. 반년만 지나면 이 남자는 자신보다 더 많은 마나를 담아낼 수 있을 것 같지 않은가.

너무나도 불공평한 재능—혹은 특성—의 차이였다.

"후읍!"

하나 그녀의 불편한 마음을 모르는 세진은 오직 훈련, 훈련에 열중할 뿐이었다. 처음에는 힘들었지만 한 달여가 지난 지금은 별로 그렇지도 않았다. 마나가 몸으로 스미는 청량감은 훈련의 모든 고통을 이겨낼 만큼 상쾌했으니.

'말이 안 돼. 왜 저번 주보다 마나 상승폭이 더 크냐는 말이야.'

보통 하루에 그만한 마나를 흡수했으면 그다음은 흡수량이 작아져야 정상이다. 몸이 마나를 담을 수 있는 공간이 한정되어 있으니. 하지만 이 남자는 아니었다.

근데 왜 이 남자만 예외냐고 그녀는 울상이 되고 말았다.

"……그만, 이제 그만할까요?"

하젤린이 발을 동동 구르며 말했다.

"아뇨, 조금…… 더 할 수 있는데."

그는 이를 악물어가며 한 번의 팔굽혀펴기를 더 성공했다.

"······."

하젤린은 심통난 표정으로 입을 다물었고,

['마력'이 2, 마나 친화력이 1만큼 상승합니다.]

이런 종류의 상태창이 두세 번 더 뜨고 나서야 김세진은
만족했다.

훈련은 총 3시간 동안 계속되었다. 그러는 사이 유세정은
당장 내일 있을 프레젠테이션의 준비를 해야 한다면서 집으
로 떠났고 주지혁은 이혜린과 함께 데이트를 하러갔다.

"데려다 드릴게요."

주차장. 세진이 자동차 문을 열며 말했다.

"흠······ 네."

하젤린은 잠시 고민하다 고개를 끄덕였다. 그의 훈련을 도
와주는 것은 겉보기에는 쉬워보여도 꽤나 많은 마나를 필요로
하여서 머리가 약간 어지러워 차를 타는 게 나을 성싶었다.

"타세요."

하젤린이 조수석에 올라타고 뒤이어 세진이 운전석에 올

랐다.

두 사람은 이런저런 대화를 하며 드라이브를 했다. 대부분 유세정과 단체 '더 몬스터'에 관련된 주제들이었다.

"세정 씨, 귀엽던데요? 메신저로 만날 뭐하냐고 물어보고 그러다가 귀신같이 끊기고 그러거든요? 요 근래 그게 뭐 때문인지 생각을 한번 해봤는데 아무래도 저를 견제하는 것 같아요."

"견제요?"

"네, 세진 씨랑 연락이 안 될 때 혹시 이 남자가 하젤린이랑 연락하고 있나 뭐 이런 심리로 저한테 메시지를 보내서 찔러보는 거죠."

김세진이 고개를 절레절레 내저었다.

"에이, 설마요."

"에이? 정말이라니까요? 만날 첫 마디가 '언니 뭐하세요?'라니까요. 아니면 '누구 만나세요?'라던가. 어떨 때는 무서울 지경인데…… 잘 좀 대해주세요. 그쪽 되게 많이 좋아하는 것 같은데."

그렇게 김세진이 하젤린을 향해 웃어 보인 그 찰나.

늑대의 직감이 의식에 서늘한 경종을 울렸다.

순간적으로 체감 시간이 늘여지고 세상이 느리게 흘러가기 시작했다.

차체의 옆구리 쪽으로 무형(無形)의 물체가 별안간 강하게

치밀어왔다. 뭔지는 모른다. 마법인지 마나인지 아니면 언데
드인지. 김세진은 재빨리 브레이크를 밟고 하젤린을 자신의
품 안으로 끌어안았다.

늘려진 시간 속에서 그녀의 표정 변화가 구체적이고 섬세
하게 보였다.

신기했으나 감상할 틈은 없었다.

재빨리 체내의 마나를 끄집어내서 그녀와 자신을 감싸는
막을 형성한다. 푸르른 막은 원형이 되어…….

그 직후.

흉악한 충격과 함께 차체가 하늘로 치솟았다. 부웅− 활공
한 승용차 위로 거대한 암흑이 쏟아져 내렸다.

"……괜찮아요?"

영롱한 푸른빛이 비치는 마나의 막 속에서, 김세진이 하젤
린의 어깨를 뒤흔들었다. 오만상을 찌푸린 그녀는 뒷목을 부
여잡으면서도 고개를 끄덕였다.

"괜찮긴 한데…… 어떤 개 같은 새끼일까요?"

"……"

다소 과격한 언사에 세진은 잠시 말을 잃었다.

때마침 마나의 막 너머로 저벅저벅 발걸음 소리가 들려

왔다.

"오네."

하젤린은 어금니를 꽉 깨물고서 전신의 마나를 끌어올렸다.

"이거, 어떻게 치워요?"

그러곤 세진이 생성한 마나의 막을 건드리며 묻는다.

"……아. 잠시만요."

이렇듯 분노한 하젤린의 모습은 처음이었기에 세진은 최대한 공손하게 막에 구멍을 뚫었다.

흉악하게 일그러진 차의 뼈대가 가장 먼저 보였다.

"――."

하젤린이 눈을 감은 채 정체모를 영창을 외웠다.

타아아앙-!

그 즉시 뚫린 구멍 사이로 어마어마한 공기파가 뿜어져 나아가 방해물인 차체를 통째로 날려버렸다.

"됐어요. 다 풀어봐요."

"아. 예."

그가 방어막을 풀자, 하젤린이 나지막한 한숨을 내쉬며 반파된 차체를 빠져 나왔다.

"……나와. 어떤 놈들이니? 지금 안 나오면 산채로 태워버린다?"

하젤린의 스산한 목소리가 인적이 드문 도로 한 가운데에서 울렸다.

그 목소리에 반응한 듯, 뒤이어 어둠 속에서 하나의 신형이 솟아올랐다.

"너, 미쳤구나? 장난치고는 너무 심하다고 생각하지 않……."

그러나 한 명이 아니었다. 둘, 셋, 넷, 다섯, 여섯…… 총합 여덟. 심상치 않은 여덟 개의 신형이 갑작스레 나타나자, 하젤린은 살짝 긴장한 듯 혀로 입술을 핥았다.

"……작정하고 왔네. 어디서 보냈니? 삼합회 쪽이야?"

그리고 그녀는 뭔가 이상한 착각을 한 듯했다.

"……마피아 쪽이구나? 그래, 그럴 것 같기는 했어."

굳은 표정으로 아홉의 어두운 신형을 노려보던 하젤린의 뒤로 김세진이 천천히 다가왔다. 그 기척을 느낀 하젤린은 팔을 뻗어 그가 다가오는 것을 막았다.

"……미안해요, 세진 씨. 괜히 저 때문에. 최대한 빨리 끝낼 테니까, 가만히 물러나 있으세요."

"아니 그게……."

"쉿, 조용히."

그녀는 여전히 착각을 유지한 채 심호흡을 깊게 했다.

"반응이 없는 걸 보니 마피아 쪽도 아닌가보구나? 혹시 야쿠자니?"

놈들은 아무런 반응도 없었다. 당연했다. 저들은 '인간'이 아니니까. 코끝에 아른거리는 비릿한 피 냄새가 그것을 증명한다.

"……."

결국 아무 말 없이 아홉의 흡혈귀는 동시에 영창을 외기 시작했다. 그에 하젤린은 입술을 꽉 깨물고서 자신의 영창을 외웠다. 그러자 그녀의 등 뒤로 흑색 용암이 크게 치솟더니 기다랗고 거대한 '창'의 형태로 응집되어 허공을 웅웅 부유했다. 이글이글 타오르는 창의 부근에는 마치 공기가 녹아내리듯 공간이 어그러지고 있었다.

마창.

마법사의 마나가 창의 형상을 이룬, 오직 적의 파괴와 절멸만이 목적인 마법. 창의 형상과 마땅한 속성을 유지하기 위해선 다량의 마나는 물론 뛰어난 마력(마나를 다룰 수 있는 능력)도 필요하기에 파괴 마법의 상위와 최상위 범주에 속해 있는 고급 마법이다.

그 위력은 마법의 시전자가 누구냐에 따라 드래곤에도 대적할 수 있는 최강의 비기(口器)가 될 수 있다고 여겨질 정도.

"겁이 나면 지금이라도 꺼져주렴. 굳이 관계를 더욱 악화시키고 싶지는 않으니까. 대화로 해결할 수 있다면, 그렇게 하는 것이 낫잖니?"

허공을 진동시키는 아홉 마창의 날이 각각 아홉의 신형을 향하고 하젤린은 자신만만한 미소를 지었다.

그리고 그 미소는 딱 10초 동안 지속되었다.

흡혈귀의 발밑에서부터 시작된 기이한 '파동'이 그 원흉이었다. 마치 검은색 급류가 요동치듯 사방으로 뻗어 나간 이 파동은 어느 반경에 다다르자 마치 돔의 형태로 '공간'과 '세계'를 분리시켰다.

이것은 김세진도 익히 알고 있는 마법, '결계'였다.

"……어?"

물론 A급 마법사 하젤린은 숱한 결계 마법을 겪어왔을 터. 그러나 그녀는 당황을 금치 못할 수밖에 없었다.

결계가 형성되는 순간 흑색의 마창의 크기가 확연히 줄어들고 체내를 순환하는 마나의 흐름 또한 눈에 띄게 느려졌기 때문이었다.

예상외의 상황에 하젤린은 다급히 주변을 한번 둘러보고선 이를 까득 깨물었다.

"뭔 농간이야, 이건?"

흡혈귀들은 이번에도 대답하지 않았다. 대신 놈들의 등 뒤로 암적색의 균열이 발생하더니, 그곳에서 수십의 촉수가 뿜어져 나와 마창을 쳐내고서 하젤린에게로 쇄도했다.

생김새부터가 불쾌한 촉수가 날을 세운 채 그녀의 목에 닿으려는 찰나.

다섯 줄기의 칼날이 차갑게 번뜩였다. 날카로운 '손톱'의 날에 베어진 촉수들은 흔적도 없이 산화되어 바람결에 흩날렸다.

그리고 그제야 아홉의 흡혈귀들에게 미진한 동요가 일었다.

"이런 씨······! 하아, 하아······."

꽤나 오랜만에 생명의 위협을 맛본 하젤린은 식은땀을 흘리며 숨을 가쁘게 몰아 내쉬었다.

"이 미친놈들이 갈 때까지 갔구나. 웬 빌어먹을 흑마법을······ 으?"

놈들을 삿대질하며 짐승처럼 으르렁대는 하젤린이었으나 등 뒤에서 뻗어 나온 우악스러운 손길이 그녀를 끌어당겼다.

"······하젤린 씨, 일단 진정하세요. 여기선 저희가 너무 불리하니까. 근데 결계를 풀 수 있는 방법 알고 계시나요?"

김세진이 굳은 표정으로 그녀를 내려다보았다. 갑작스레 출몰한 아홉의 뱀파이어, 늑대의 직감으로 느끼는 놈들의 강함은 꽤나 당황스러울 수준이었다. 인간형으로는 결코 저 모두를 혼자서 상대할 수 없다.

"이런 결계는 저도 처음 들어요. 아무래도 흑마법의 한 종류 같은데······ 죄송해요. 괜히 저 때문에 세진 씨까지······."

하젤린은 여전히 착각 중이었고 아직까지도 세진에게 미안해하고 있었다. 그 모습에 괜히 긴장이 풀린 그는 힘없이 웃으며 고개를 끄덕였다.

"괜찮아요. 제가 놈들을 최대한 막아볼 테니 일단 방법부터 찾아봅시······."

하나 뱀파이어들은 두 사람의 상의를 기다려줄 만큼 자애롭지 못했다.

별안간 결계의 하늘에서 거대한 운석이 생성되어 그들에게로 급추락하기 시작했다. 하젤린은 미약한 마나로나마 배리어 마법을 시전했고, 세진은 손톱을 길게 뻗어 선풍을 날려 보냈다.

그렇게 운석은 어떻게든 상쇄되었으나, 이번엔 옆구리 쪽으로 예의 촉수가 다시금 쇄도했다. 촉수는 하젤린의 배리어를 손쉽게 박살 내고 그녀의 옆구리에 큰 자상을 입혔다.

"끅!"

하젤린이 비틀거리며 바닥에 주저앉았다. 세진은 낭패 섞인 욕설을 내뱉으며 손톱으로 결계를 한번 베어봤으나, 역시 끄떡조차 없었다.

'이거 도저히 인간으로는…….'

한숨을 내쉰 김세진은 일단 영체화되어 있던 포션을 몸 밖으로 끄집어내어 하젤린의 몸을 치유해 주었다.

"……으으."

"하젤린 씨, 괜찮아요?"

그러곤 옅어진 통증에 안도하는 하젤린을 바라본다.

"그렇긴 한데……."

"일단 잘 들으세요. 저, 절대 괴인이나 마인 아닙니다. 하젤린 씨라면 믿어줄 수 있죠?"

인간으로 분할 수 있는 몬스터, 괴인.

인간과 몬스터의 경계에 위치한 존재, 마인.

둘 중 '마인'은 다른 세계에서 이종족들이 지구로 이주해 온 이후로, 본능과 본성 자체가 극히 험악하여 사회에 가장 위협적인 아인들을 뭉뚱그려 일컫는 말이다.

이러한 마인들은 나가나 뱀파이어와는 달리 '우호적인 여론' 자체가 전무하여 전 세계적으로 발견되는 즉시 사살당한다. 어쩌면 라이칸슬로프가 살아 있었다면 이 '마인'이라는 카테고리에 속하게 되었겠지.

그리고 이 두 가지가 김세진이 특성을 밝히는 걸 저어할 수밖에 없었던 두 가지 이유다. 실제로 자신이 특성을 가진 인간이라 말하며 죽어간 마인이나 괴인도 심심찮게 있었으니.

"……그게 무슨 말뜻……?"

그녀가 말하는 와중에도 놈들은 공격을 해왔다.

세진은 날카롭게 뻗은 손톱으로 모든 촉수를 무마했지만, 뒤이어 쇄도하는 시꺼먼 불덩이는 인간형의 손톱으로는 막아낼 수 없는 규격 외였다.

"꺄악!"

세진은 한 팔로 하젤린을 내팽개치고서 그 반대쪽으로 몸을 굴렀다.

콰아아앙-!

방금까지 두 사람이 있었던 자리가 마치 용암에 용융되어

가듯 지반 전체가 어그러졌다.

"일단 이 결계를 풀 수 있는 방법부터 찾아보세요!"

어차피 이 특성을 영원히 숨길 수는 없다고 생각하지 않았던가.

세진은 그녀에게 소리치고서 푸른 비닐로 덮인 괴물 영웅 오크의 폼을 취했다.

2m를 가벼이 넘기는 장대한 체구와 형형한 두 눈으로 놈들을 굽어보며 메이스를 강하게 움켜쥔다.

내부에서 분노와 뒤섞인 투쟁심이 치밀었다.

"크아아아아!"

그렇기에 야성이 담긴 포효는 필수불가결한 것이었다. 옆으로 튕겨졌던 하젤린이 공포에 질린 모양새로 뒷걸음질을 치긴 했지만 지금은 그녀 따위는 눈에 들어오지 않았다.

사방에서 어지러이 뒤얽히며 쇄도해 오는 촉수를 후려치고, 굳이 쳐낼 필요도 없는 그 이외의 간지러운 파괴마법은 그저 몸으로 감내하며 돌격한다.

그런 오크의 순결한 비늘에 가해지는 피해는 전무. 그 위압적인 모습은 오크의 형상을 아득히 뛰어넘어, 그야말로 한 마리의 괴마(怪魔)라 부르기에 손색이 없었다.

"저런 미친……!"

여태까지 침묵을 유지하던 흡혈귀들도 그제야 동요를 하며 욕설을 내뱉었다.

"———!"

귀를 진동시키는 포효 뒤이어 내려쳐지는 파괴적인 메이스. 노면을 가격한 메이스에 의해 도로가 움푹 파이고 결계가 통째로 뒤흔들린다.

아홉 중 일곱의 흡혈귀는 몹시 당황해 마구마구 마법을 쏘아내며 패악적인 면모를 내보이는 오크를 막아내려 했다. 그러나 아직 평정심을 유지하고 있는 두 명의 뱀파이어, 일명 '고결한 사도'들은 오크와 자신들 사이에 하나의 벽을 세우며 그들을 진정시켰다.

"힘과 시간을 낭비하지 마라. 소환식을 거행하겠다."

"……예?!"

사도의 말에 신도들이 당황한 그 찰나에 타아아앙─! 인공적으로 세워진 벽에 메이스가 부닥치며 거대한 진동이 울렸다.

"이런 것도 '특성'이라는 것이겠지? 예상외로 특이하고 껄끄럽군. 어서 소환식을 준비하라."

"하지만 바토리 님을 소환시킨다면……."

"음? 내가 미쳤냐. 이런 상황에 그분의 손은 필요가 없어. 데스나이트 정도면 충분하겠지."

콰아아앙─!

다시 한번 메이스가 벽을 강타했다. 마법으로 이뤄낸 방어막에 균열이 쩌저적 갈라졌다.

"어서. 시간이 없다."

상황의 시급함을 느낀 아홉의 흡혈귀들이 동시에 영창을 외우기 시작했다. 한국어도 영어도 일어도 아닌, 다른 세계의 언어였다.

불안을 직감한 세진은 역전의 전사를 가동시키면서까지 마법벽을 후려쳤다. 그러나 균열만 좀 커질 뿐, 방어막은 그 자리를 유지했다.

"잠시 뒤로 비켜주세요!"

순간 뒤에서 마법의 기운과 함께 하젤린의 외침이 들려왔다. 김세진이 옆으로 퍼뜩 물러나자, 얇디얇은 마창이 쇄도했다. 이내 그 마창은 방어막의 균열 속으로 쏙 스며들어 흡혈귀의 목에 작열한다.

"끄억!"

갑작스러운 일격에 흡혈귀가 한 명이 비명횡사를 했다. 하지만 이미 늦어버린 듯, 어둠으로 깊게 물든 바닥에서는 전신이 흑색인 기사의 형상이 천천히 지면 위로 모습을 드러내고 있었다.

저것은 과거, 흡혈귀가 살던 세계의 유물.

이미 오래전에 죽어버린 기사를 재료로 만든 최강의 '언데드'.

데스나이트였다.

채애애애앵—!

데스나이트가 모습을 드러내자마자 방어막이 유리창처럼

박살 나고 세진은 아직 제대로 움직이지 않는 데스나이트를 향해 메이스를 내려쳤다. 그러나 빌어먹을 촉수들이 그 일격을 방해해 세진은 어쩔 수 없이 뒤로 물러날 수밖에 없었다.

"결계를 없앨 방법은 있습니까!"

세진이 소리쳤다. 어쩌면 그때처럼 이 메이스로 결계를 후드려 패면 결계가 통째로 무너질 지도 모른다. 그러나 그러기에는 시간이 너무 촉박하다.

"지금 찾고 있어요!"

하젤린이 그렇게 소리친 순간에 데스나이트가 완전히 깨어났다. 얼굴 전체를 가린 투구 사이로 섬뜩한 붉은 안광이 발했다.

놈은 언데드로서 자각을 되찾은 그 즉시, 허리춤에 메인 검을 뽑아 검격을 날렸다. 반월의 궤적을 그리는 암적색 검기, 세진은 그것을 메이스로 내팽개치고서 놈에게 쇄도했다.

콰아아앙-!

오크의 메이스가 대기를 어그러뜨리며 놈의 대가리로 치밀었지만 데스나이트는 거검을 휘둘러 그것을 막아냈다. 일순 거대한 충격파와 흙먼지가 크게 일어 사위의 시야를 가렸다.

챙-챙.

짙은 안개 속에서도 날붙이가 부딪히는 소리는 계속해서 울려 퍼졌다.

힘과 기술. 데스나이트는 그 어떤 면에서도 결코 세진에게 밀리지 않았다. 게다가 주변에 즐비한 흡혈귀들의 도움 또한 너무 까다로웠다.

데스나이트의 검과 흡혈귀들의 마법을 동시에 방어하는 것은 지극히 힘들었다. 그래서 세진은 공격들을 최대한 흘려보내며 데스나이트를 중점적으로 상대했으나 데스나이트의 정석적인 검술은 그 어떤 빈틈도 존재하지 않는 철옹성과도 같았다.

'……상황이 너무 불리한데.'

단단한 비늘에 점차 날카로운 상처가 나기 시작하자, 세진이 이를 까득 깨물었다.

원활한 전투를 위해서는 저 뒤에서 지원사격을 하는 마법사들부터 싸그리 죽여야만 하는 것이 옳다. 하나 이 오크폼은 이 데스나이트보다 민첩하지 못하다.

늑대인간폼이라면 어찌어찌 가능할지도 모르겠으나 이 격화된 전황에서 늑대인간으로 변했다가는 일격도 견뎌내지 못하고 찌부러질 것이 분명.

"……."

김세진은 데스나이트의 어깨 위로 아른거리는 상태창을 바라보았다. 작금의 상황을 타개할 수 있다 추정되는 유일한 방법.

[라이칸슬로프로 진화하시겠습니까? 예/아니요]

저 상태창, 그 여느 때보다 유혹적일 수가 없었다. 라이칸슬로프로 진화함으로써 생길 장단점도 일단은 살아 있어야 경험할 수 있는 것이 아니겠는가.

"방법은……!"

김세진이 소리치며 하젤린을 힐끗 살펴보았다. 그러나 그녀는 그녀 나름대로 바빴다. 결계의 파훼 법을 알아내고 있어야 할 그녀는 어느새 두 명의 흡혈귀와 피를 튀기는 혈전을 치르고 있었다.

"……씹."

압도적으로 불리한 전황 이대로라면 몰살이다.

많은 고민을 할 시간도 없고 이성도 점차 사라지고 있다. 저 뒤에서 간교한 술수를 부리는 빌어먹을 흡혈귀들. 놈들을 지금 당장 찢어 죽여 버리고 싶어 전신이 들끓어 도저히 참을 수가 없는 것을…….

"크어어어-!"

세진은 포효를 내지르며- 결국 [예]를 선택했다.

순간, 수많은 알림창들이 떠올랐다. 세상을 가득 채우는 문자의 향연이 그의 시야를 가렸다. 난생 처음 경험하는 광경이었다.

[포밍이 흑색늑대에서 라이칸슬로프로 변화합니다.]

[인간폼과 흑색늑대폼이 합쳐짐으로써 모든 능력치가 대폭 상승합니다.]

[라이칸슬로프의 특성상, 달빛을 쐬면 쐬수록 무력이 강력해집니다.]

['늑대화'를 취함으로써 체내의 혈류 속도가 급증합니다.]

['늑대'와 관련된 모든 스킬의 격(格)이 상승합니다.]

[패시브 제약 '풀리지 않는 매듭'을 습득.]

-라이칸의 야성적 본능을 억누르지 못해, '기력' 수치에 따라 하루 (570)분은 '라이칸(늑대)'의 폼을 취해야만 한다.

-알려지지 않은 조건을 완료하기 전까지 라이칸슬로프의 능력이 일정 부분 봉인된다.

[패시브 스킬 '달빛 가죽'을 습득.] [등급: F]

-라이칸슬로프의 가죽은 평범한 늑대와는 그 격을 달리한다. 물리피해와 마법피해에 상당한 저항력을 가지며, 자유자재로 성질의 변화가 가능해 때로는 빛을 난반사해 몸을 숨길 수 있다. (단, 인간형일 때는 적용이 불가하다.)

[액티브 스킬 '야성의 눈'을 습득합니다.] [등급: F]

-상대의 약점을 파악할 수 있는 눈. 그러나 라이칸슬로프의 눈은 그보다 한 단계 더 나아간 '저주'로 작용되어, 마나를 소모함으로써 시야에 보이는 상대의 약점을 '생성'할 수 있다. (단, 인간형일 때는 등급이 한 단계 하향되어 적용된다.)

[액티브 스킬 '거대화'를 습득합니다.] [등급: F]

-스킬의 등급에 따라 늑대 형체의 크기가 커진다.

[액티브 스킬 '손톱 사슬'을 습득합니다.] [등급: F]

-손톱으로 행하는 일격이 라이칸슬로프의 의지에 따라 휘어지며 적을 말살한다.(단, 인간형일 때는 등급이 한 단계 하향되어 사용된다.)

[패시브 스킬……]

시야가 온통 문자로 가득했다. 그러나 하나하나 탐독할 시간은 부족했고 대충 강력해졌다는 건 확실했기에 김세진은 재빨리 라이칸슬로프로 변화했다.

그러자 순간 몸에서 은색 털이 솟아오르더니 오크는 사라지고 한 마리의 늑대인간이 그 자리를 대신하게 되었다.

투명한 달빛이 그대로 스민 듯한 털과 가죽을 지니고 있는 늑대, '라이칸슬로프'.

이 세계에 결코 존재해서는 안 될, 이미 절멸한 신화와 전설 속 존재.

그 라이칸슬로프의 등장에 모든 뱀파이어들이 경악으로 물들었다.

"……?"

갑작스레 뒤바뀐 상대에 데스나이트가 순간 멈칫했다.

지성이 있기에 벌어진 행위였으나 그것은 최대의 악수(惡手)가 되었다. 늑대는 놈이 빈틈을 보인 즉시 발을 박차고 튀어나가 흡혈귀들을 향해 쇄도하였다.

가공할 만한 질주가 일으키는 소닉붐에 데스나이트마저 몸을 휘청거리고 아주 찰나에 뱀파이어에게 도달한 늑대는 기다란 손톱을 휘둘렀다. 허공에 새겨지는 다섯 줄기의 흉흉한 궤적은 한 뱀파이어의 가슴을 찢어내고는 이내 뱀처럼 휘어져 둘, 셋…… 뱀파이어를 차례로 도륙하기 시작했다.

그렇게 네 마리의 뱀파이어가 찢겨졌을 때.

데스나이트가 신속하게 다가와 늑대의 손톱을 쳐내고 그 앞을 막아섰다.

그러나 놈이 휘두르는 거검은 늑대에게 너무나도 느리게 보였을 따름이다.

늑대는 몸을 옆으로 살짝 비틂으로써 검격을 피해내고, 다시금 또 다른 뱀파이어에게로 향했다. 놈은 허둥지둥하며 배리어를 시전하려 했지만 라이칸슬로프의 손톱에 마법 따위는 무용지물일 따름이다.

촤아아!

늑대의 흉악한 손톱은 배리어를 가벼이 통과하여 뱀파이어의 가슴팍에 회생 불가능한 자상을 선사했다.

"……."

그렇게 놈은 비명조차도 지르지 못하고 즉사했다.

이것은 고작 5초라는 찰나에 벌어진 일이었다. 늑대는 잔상조차도 남기지 않고 다섯의 뱀파이어를 삽시간에 도륙해 내었다.

남은 뱀파이어는 난생 처음 목도한 숙적 '라이칸슬로프'의 형상에 겁을 집어먹고서 도망치려했다. 하나 이번에는 그들이 쳐 놓은 결계가 문제였다.

"사도님! 겨, 결계를 풀어주시옵소서!"

그들이 설치한 쥐덫이 박쥐를 잡는 덫으로 변형되는 순간이었다.

"끄아아악!"

한데 바로 그때 별안간 처절한 비명이 울리더니 진홍색 불꽃이 결계 끝까지 치솟았다.

결계를 유지하는 인원수가 적어지면서 그 효력이 약화된 틈을 타 하젤린이 '겁화(劫火)'를 일으켜 뱀파이어를 불태워 죽인 것이다.

"빌어먹을······!"

결국 사도는 결계를 해제하고 도망치려했다.

그러나 라이칸슬로프는 그것을 용납하지 않았을 따름이다.

콰직─!

달빛늑대는 데스나이트의 거검을 기민한 몸놀림으로 가볍게 회피하며 다가와 사도의 목을 향해 아가리를 치밀었다.

"······씹!"

사도는 갑작스러운 기습에도 당황하지 않고 늑대의 아가리에 섬전을 쏘아냈지만 늑대가 몸을 살짝 비틀었다. 그렇게 섬전은 늑대의 활짝 열린 아가리대신 어깨를 향했다. 그러나 늑대의 달빛 가죽은 필사의 섬전을 아주 쉬이 흘려보냈을 따름이다.

무로 돌아간 섬전에 반해, 늑대는 사도의 모가지를 성공적으로 물어뜯었다. 목뼈가 흉악하게 뒤틀린 사도는 즉사하여 몸이 축 늘어지게 되었다.

그렇게 두 사도 중 하나가 절명하자, 결계가 그 효력을 잃고 해제되었다.

남은 건 두 뱀파이어와 하나의 데스나이트뿐.

늑대는 붉은 안광으로 남은 뱀파이어를 훑어보며 입맛을 다셨다.

"비, 빌어먹을⋯⋯."

놈들은 뱀파이어 특유의 역소환마법을 사용함으로써 이 사지에서 벗어나려 했다.

하지만 라이칸의 손톱은 마법뿐만 아니라. 마나의 기류조차도 끊어낼 수 있었다.

늑대는 선연하게 보이는 암적색 마나를 향해 손톱을 휘둘렀다. 뱀파이어를 이동시키려던 마나의 기류가 순식간에 무(無)로 산화하고, 뒤이어 별안간 당황하는 뱀파이어들에게 하젤린의 거대한 마창이 쇄도했다.

사도는 촉수를 활용하여 첫 번째 마창은 쳐냈으나⋯⋯.

"⋯⋯오, 이런."

이미 진홍빛으로 타오르는 마창은 수십, 수백으로 증식한 채 밤하늘을 뜨겁게 수놓고 있었을 따름이다.

사도의 의념을 전해 받은 데스나이트는 목표를 하젤린으로 바꾸었다. 하지만 늑대가 그 데스나이트를 막아 세웠다.

그리고 그 직후 수백의 마창이 남은 셋에게 내다 꽂혔다.

투쾅-!

파멸적인 굉음이 일었다.

마법에 숙련된 자는 마법으로 피해를 입힐 대상을 '한정'할 수 있다. 그렇기에 하젤린은 도로나 그 변두리에 피해를 입히지 않고, 오직 두 놈의 뱀파이어만을 깔끔하게 재로 만들어버렸다.

이제 남은 것은 데스나이트뿐.

채앵!

세진의 손톱과 데스나이트의 거검이 맞부딪히자 서늘한 금속음이 울려 퍼짐과 동시에 격렬한 불씨가 하늘로 비산한다.

"……어머, 뭐야 살아남았네? 세진 씨, 그 기사 좀 맡아 줘요."

그런 그를 도우려던 하젤린은 잠시 시선을 용케도 죽지 않은 사도에게로 옮겼다. 놈은 배리어를 최대로 가동한 덕인지 마창의 난폭한 향연 속에서도 살아남아 있었다.

피를 철철 흘리며 이쪽을 죽일 듯 노려보는 사도를 바라보며 하젤린은 왠지 모르게 소름끼치는 미소를 지었다. 장난감을 보는 듯한 표정이었다.

"······알았다."

간단히 대답한 세진은 데스나이트를 주시하며 '야성의 눈'을 활성화했다. 순간 세상이 느려지고 시야가 흑백으로 물들더니 오직 데스나이트의 오른쪽 가슴팍만이 붉게 도드라졌다. 본능적으로 알 수 있었다. 저것이 데스나이트의 약점이다.

콰아아아앙–!

순간 데스나이트가 거검을 내려쳤다. 세진이 뒤로 물러나자 방금까지 그가 서 있던 자리가 거검에 의해 궤멸되어 폭삭 주저앉았다.

'이름깨나 날렸던 기사였나 보네······.'

세진은 입맛을 다셨다. 역시나 만만치 않은 상대. 아무리 약점을 발견했다 한들 검술 자체에 빈틈이 없다.

[등급이 부족합니다!]

게다가 설명대로 약점을 크게 키우려 해도 아직 등급이 낮은지 데스나이트 본체에는 아무런 영향도 줄 수 없었다.

'그렇다면······.'

그는 자신을 향해 치미는 거검을 응시했다. 야성의 눈에 비치는 거검은 약점 따위 없는 진한 흑색이었다.

그러나 이내 그가 시선을 보내는 곳, 검면의 '중심'에 새빨간 응어리가 생겨나기 시작했다.

비릿한 미소를 지은 세진은 쇄도해오는 거검을 피해내고서, 그 중심을 향해 손톱을 휘둘렀다.

쩌저적—

그의 예상대로, 검에 균열이 생기기 시작했다. 순간 데스나이트가 당황하며 뒷걸음질을 쳤다.

그러나 늑대에게 자비는 없었다.

그는 발을 크게 굴러 데스나이트의 거검을 베어냈다.

그리고 무기를 잃은 기사는 그저 한낱 허술한 박투가가 될 뿐이었다.

"……세진 씨?"

모든 전투가 끝나고.

하젤린이 시체를 뒤적이며 전리품(?)을 챙기고 있는 김세진을 조심스레 불렀다. 그러자 인간이 아닌, 한 마리의 늑대가 그녀를 바라보았다. 투명한 달빛을 쬐는 늑대는 제 털을 반짝반짝 빛내며 숨을 가쁘게 몰아쉬고 있었다.

"놀랐나?"

늑대가 조용히 물었다. 하젤린은 고개를 가로 젓더니, 그 늑대에게 천천히 다가갔다. 그러고는.

"……뭐하는 거지?"

마치 강아지를 다루듯, 늑대의 목 언저리를 간질이기 시작
했다.

"아…… 털이 탐스러워 보여서 그만…… 와, 근데 이거 털
이 왜 이렇게 윤기 있는 거죠? 무슨 비단결 같네요……?"

하젤린은 확실히 자신을 놀라거나 두려워하지 않는 듯했
다. 다행이라 생각한 늑대는 자신의 털을 이리저리 매만져대
는 그녀를 멍하니 내려다보다가 스르르 눈을 감더니,

"어? 으, 으악!"

그대로 하젤린을 깔아뭉개듯 쓰러졌다.

오크폼으로 두 번, 라이칸슬로프 폼으로 한 번, 총 세 번.
역전의 전사를 사용한 후유증이었다.

김세진이 눈을 떴다. 시야가 밝고 만물의 색이 진했다. 아
무래도 지금은 늑대의 형상인 듯했다. 한데 가만히 있자니
옆구리 쪽에서 살살 가려운 느낌이 들었다.

고개를 비틀어보니 하젤린이 입을 앙다문 채 쓸데없이 열
심히 털을 쓰다듬고 있었다.

"……."

세진이 어이없어하며 그녀를 지그시 바라보았다. 그럼에
도 그녀는 한참 동안 털을 쓰다듬고 만지작거리고 움켜쥐고

를 반복하고 나서야 그 시선을 눈치챘다.

"아……."

그러곤 당황한 듯 시선을 피하며 뒷목을 긁적인다.

"뭐하지?"

"……털이 윤기가 좔좔 흐르고 부드럽고 해서…… 촉감이 좋네요? 만질 때마다 기분이 좋아지고 그러네. 무슨…… 뽁뽁이처럼."

"……."

세진은 눈을 가늘게 좁히고서 꼬리를 휘둘러 그녀의 뺨을 찰싹 때렸다. 별거 아닌 일인데 아무래도 늑대폼일 때는 공격성이 배가되는 듯했다.

"꺅!"

이후 다시 인간으로 변한 세진은 주위를 두리번거리며 거울을 찾았다. 익숙지 않은 장소다. 아마도 하젤린의 집이겠지.

"후우."

전신 거울을 발견한 세진은 그 옆에 비뚜름히 선 채 심호흡을 했다. 부디, 부디, 부디…….

"똑같아요. 안 변했어요."

등 뒤에서 하젤린의 스포일러가 들려왔다. 세진은 순간 화들짝 놀라 뒤를 돌아보았다가 다시금 전신 거울에 비친 자신의 모습을 똑바로 바라보았다.

다행히 변화는 미미했다. 콧대가 살짝 높아진 것만 제외한다면.

"후…… 다행이네."

세진은 진한 안도의 미소를 지으며 제 볼을 찰싹찰싹 두드렸다.

"근데 성형논란이 생길지도 모르겠네요?"

짐짓 너스레를 떠는 그의 옆으로 하젤린이 다가왔다.

거울에 맺힌 그녀는 여전히 눈이 부실 듯 아름다웠다. 라이칸슬로프가 된 영향으로 시력이 무지막지하게 좋아졌음에도 불구하고 그녀의 외모에 모난 구석이라곤 단 한 군데도 없었다.

"후훗, 그러게요. 예전보다 더 잘생겨지셨네."

하젤린은 초승달처럼 휘는 눈웃음을 지으며 거울 속 세진을 바라보았다. 그러곤 그의 어깨를 부드럽게 쓰다듬으며, 나지막이 중얼거린다.

"……어제는 너무너무 고마웠어요. 세진 씨가 없었으면 저, 꼼짝없이 죽었을 테니까."

그저 지극히 간단한, 감사를 표현하는 짧은 울림일 뿐이었다. 그러나 그 속에 담긴 진심에 순간 세진의 심장이 뛰었다.

"……하젤린 씨 키가 꽤 크시네요."

그래서 그는 화제를 돌렸다. 그녀는 언제나 정수리부터 발목까지 가리는 아주 긴 로브를 입고 있었는데, 이렇듯 로브 없이 일상복만 모습을 보니 새삼 비율이 참 좋았다.

"……엘프는 뭐…… 다 그렇죠. 여자 평균 키가 170이니까, 그냥 평균보다 조금 큰 거예요."

하젤린이 부끄러워하며 세진에게서 물러났다.

"그럼 전 이만 출근하러 가볼게요……? 아, 세진 씨 특성은 무조건 비밀로 해둘 테니 걱정하지 않으셔도 되어요."

"네, 고마워요."

그녀는 소파 위에 널브러져 있던 거대한 로브를 뒤집어쓰고서, 평소 같은 모습으로 집을 나섰다.

"아, 참. 세진 씨, 정말 미안해요. 괜히 저 때문에 이런 사달이 나서…… 설마 마피아 놈들이 흑마법까지 배워왔을 줄은……."

그리고 하젤린의 착각은 여전히 현재 진행 중이었다.

25장
진실?

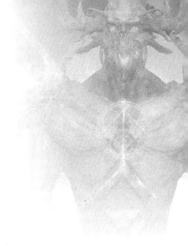

라이칸슬로프로 진화함으로써 생긴 변화는 다양했다.

우선 외면적 변화는 미미했지만-그럼에도 유명해진 탓일까, 공식석상에 모습을 드러내자마자 성형논란이 아주 살짝 일었다-신체적 능력의 변화는 대단히 컸다.

예를 들어 굳이 늑대폼을 취하지 않아도 맨손으로 철근을 어그러트리고 기사의 마나를 베어낼 수 있게 되었다. 게다가 새로이 생긴 여러 패시브 특성들 덕분에 인간의 몸은 물론 오크와 고블린까지 훨씬 강해졌다.

특히 고블린은 '이제 고블린폼도 키워야겠다'는 생각이 들 정도로 라이칸슬로프의 패시브와 죽이 잘 맞았다.

그러나 이것을 마냥 긍정적인 변화라고 단정 지을 수는 없었다.

훈련 중에 주먹질 한 번으로 마나 그 자체가 파쇄되어 당황하는 이혜린을 보고 있자니 갑작스레 겁이 나기도 했다. 이 힘과 동반될 라이칸슬로프의 본능을 자신이 이길 수 있을까 하는 두려움이었다.

그러나 김세진은 자신도 인지하지 못한 사이에 성격까지 어느 정도는 변하게 되어버린 듯했고 걱정 따위는 금세 잊어버렸다.

"오늘 고마웠어요."

그가 가쁜 숨을 몰아쉬는 이혜린의 어깨를 주물러주었다. 김세진의 스킨십은 처음이었으나 흑심도 느껴지지 않고 시원하기도 했기에 이혜린은 별다른 저항 없이 받아들였다.

"아…… 예."

그렇게 대답했을 때 이혜린은 어디선가 날카로운 시선을 느꼈다. 굳이 확인하지 않아도 누군지 알 수 있었다.

"그럼 혜린 씨, 저는 가볼게요. 마무리 훈련 잘하시고 제가 그때 말했던 단원 추천 건도 한번 고민해보세요."

김세진은 모든 단원에게 한 가지 부탁을 했다. 곧 있을 2차 공채와는 별개로, 저마다의 '직속 부하'가 될 만한 단원을 뽑아 달라는 것이었다.

"네, 열심히 찾아보고 있어요."

혜린이 힘차게 대답했다. 안 그래도 어디서 소문을 들었는지, 아부를 해오는 기사들이 한둘이 아니다. 몇몇 배경 좋은 기사들은 원하는 장비가 없냐고 노골적으로 물어오기까지 했으니…….

인간적인 면을 중시하는 혜린으로서는 조금 씁쓸했지만, 더 몬스터라는 단체의 위상이 그만큼 반증이었으니 그러려니 하며 받아들였다.

"아 근데 길드장님, 분명 몇 주 전에 저 문신 스케줄 잡아 준다고 하셨던 것 같은데~?"

그러다 문득 생각이 났다. 더 몬스터의 단원으로서 여타 기사나 마법사들이 가장 부러워함과 동시에 미칠 듯이 시기하는—실제로 노력 없는 성장이라고 비난하는 사람들도 많았다—특권, 마력 문신. 그것은 어느덧 차례가 돌고 돌아 이혜린의 차례가 되었다.

"잊어버리지는 않으셨겠지요오~?"

그녀는 유세정을 놀리기 위한 의도로, 일부러 살갑게 대하며 세진의 몸을 가볍게 터치했다. 어디선가 이가 꺄득—갈리는 소리가 들려왔지만 가볍게 무시했다.

"안 잊었죠, 당연히. 그건 다음 주에 토요일에 찾아오세요."

미소를 지은 세진은 한마디를 남기고서 훈련실 밖으로 나섰다. 그리고 얼마 지나지 않아 유세정이 이혜린에게로 저벅저벅 다가왔다.

"……언니, 지금 전쟁하자는 거예요?"

세정이 짐짓 눈을 가늘게 뜨며 노려보았지만,

"으음? 뭐가~?"

이혜린은 천연덕스러운 미소로 화답할 뿐이었다.

─오늘은 정말 귀한 분을 모셨는데, 왠지 시청률이 폭등할 것 같은 예감이 듭니다.

TV에서는 시사프로그램이 방영되고 있었다. 세트라고는 흑색 배경과 의자 몇 개밖에 없을 정도로 이 프로그램의 포맷은 간단했다. 그저 세간에 뜨거운 주제에 관해 MC와 출연진이 이야기를 나누는 것뿐.

그러나 그런 간단함을 두고 무시해서는 안 된다. 이 프로는 대한민국 시사 교양 프로 중에서는 단연 최고라 할 수 있으니.

─세간에서 단원으로 가입하고 싶은 단체 1위! 직원으로 입사하고 싶은 단체 1위! 게다가 요즘은 'TM'이라는 기업명을 시작으로 법인(法人)계에 본격적으로 뛰어든 '더 몬스터의' 단체장. 김세진 씨입니다.

MC의 소개가 끝나고, 화면 속의 김세진이 카메라를 향해 고개를 꾸벅 숙였다.

─안녕하세요, 김세진입니다.

–근데 저는 참 궁금한게요, 여태까지 출연을 타진하던 여타 프로그램은 모두 퇴짜를 놓지 않으셨습니까? 근데 왜 저희의 출연 요구에는 흔쾌히 승낙을 하셨는지…….

자부심에 가득 찬 MC의 질문이었다.

–……그게 그냥 간단합니다. 예전부터 좋아했던 프로이기도 했고 그리고 요즘 저희 단체가 언론에 오르락내리락하는 것이 잦지 않습니까? 대중 분들이 궁금해 하시는 부분을 스스로 긁어주기 위해 나왔습니다. 그리고 무엇보다…… 다른 프로그램보다 녹화 시간이 훨씬 짧더군요.

이유는 그저 호기심이었다.

라이칸슬로프로 진화하고 성격에 거침이 없어진 세진 그가 시간에 어느 정도 여유가 생겼겠다. 갑자기 관심병이 도져 TV출연에 관심을 두고 있던 도중 이 프로그램이 가장 먼저 출연 제의를 해왔기 때문이다.

–하하. 유머러스한 분이네~ 확실히 우리 녹화 시간이 짧긴 하지.

웃음과 함께 시작한 프로그램은 이후로 많은 주제를 다뤘다.

첫 번째는 가정 환경, 두 번째는 더 몬스터를 창단한 계기와 요즈음의 급성장세, 세 번째는 성형 의혹(?), 그리고 마지막으로 대중들이 가장 궁금해 할 오크 대장장이의 '보물'까지.

화면 속의 김세진은 긴장하지 않고 모든 이야기를 부드럽게 풀어나갔다. 새삼 '화술'이라는 스킬과 '듣기 좋은 목소리'

의 실용성이 부각되는 순간이었다.

솔직히 이런 말을 하긴 그렇지만…… 듣기 좋은 목소리, 조리 있는 말솜씨, 말끔한 얼굴이 합쳐진 화면 속의 김세진은 자기 자신이 봐도 젠틀하고 멋진 남자였다.

게다가 그걸 증명이라도 하듯, 전 화에 비해서 시청률이 2.5배나 뛰었다. 대중의 반응도 호평일색이었고 팔로워 수는 한 번의 출연으로 무려 20만 명이나 늘었다.

이 정도면 나르시즘 따위가 아니라 다른 사람들까지도 그렇게 생각을 했다는 뜻이 아니겠는가.

"길드장님, 3시간 뒤면 경매가 시작됩니다."

그렇게 자아도취를 하고 있는 와중에 문이 열리더니 조한성이 들어왔다. 깔끔하게 앞머리를 올린 그는 약간 긴장을 한 듯 손가락을 떨고 있었다.

"상황은 어때요?"

"하하. 장난이 아닙니다. 정말 오랜만의 보물 경매라서 그런지 현월 경매장 상공에 헬기만 열 대가 배회하고 있답니다. 그보다 더 있었는데 안전 문제 때문에 내렸다고 하네요."

조한성은 백문이 불여일견이라며 TV의 채널을 돌렸다. 지금은 주말 저녁, 예능을 방영해야 할 공중파를 비롯한 채널들은 그러나 모두 현월 경매장의 상황을 중계하는 중이었다.

─오늘 저녁 8시, 현월 경매장에서는 드디어 오크가 만든 역작의 경매가 시작됩니다. 10인의 국내 심사단은 물론 세계

대장장이 협회의 심사단도 만장일치로 '보물' 판정을 내린 이 무기의 이름은…….

TV화면에 비친 현월 경매장의 현장은 몹시 떠들썩했다. 당장 경매장이 위치한 세빛섬 주변으로도 수천수만의 일반인이 모였고, 끊이지 않는 귀빈들의 출입으로 경호원들은 일을 쉴 틈이 없었다.

—네, 영국 최고의 기사라 불리는 '폰테르 아서'도 있네요. 아서는 SNS는 물론 한국 언론과도 인터뷰를 하며, 보물을 쟁취하고 싶다는 의지를 강하게 피력했었는데요. 그는 김세진 단체장과 오크 대장장이에게 영상 편지를 보낸 것으로도 유명…… 아! 저기! 일본의 나라카 총리께서 방금 경매장 안으로 들어가셨습니다!

쫓기듯 급히 경매장 안으로 들어가는 총리를 카메라가 찍었다.

김세진이 헛웃음을 터뜨렸다. 자존심이다 뭐다해서 온다 안 온다 말이 많더니 결국은 참석했구나.

"일본 총리는 수행 기사로 20명이나 데려왔다고 하더군요. 게다가 모두 고위 기사라고 합니다. 아무래도 일본은 국가적인 차원에서도 물건을 낙찰 받겠다는 의지가 강한 듯합니다."

아무리 값비싼 장비라 하더라도 그것을 쓸 인물이 없으면 빛 좋은 개살구일 뿐이다. 또한 그 주인이 기사가 아니라면 한낱 재테크 용도로 전락할 위험도 있겠지.

그래서 세진은 여러 제약을 걸어 두었다. 구매할 수 있는 대상은 오직 기사, 그중에서도 오크 대장장이의 심사를 통해 실력이 부족한 기사는 탈락시키기로.

"그런가요?"

"예, 그것보다 이제…… 준비하시죠."

조한성이 넥타이를 다시 한번 다듬으며 심호흡을 했다. 그러나 김세진은 조한성과 핸드폰을 번갈아 바라보며 잠시 동안 기다렸다.

그렇게 한 3분 정도가 지났을 때.

위이잉.

핸드폰 알람이 울렸다.

"아, 저는 나중에 갑니다. 어차피 저희 물품은 피날레에 있으니까요."

당황하는 조한성을 두고 김세진은 급히 발걸음을 움직였다.

유백송의 전화였다.

비밀스러운 정보를 교류하는 데에는 현월 경매장의 경호로 인해 특수경찰국이 인력의 대부분이 빠진 오늘만큼의 적기가 없었다.

"……."

김세진은 어이없어하며 눈을 가늘게 좁혔다.

─이게 내가 알아낼 수 있는 최대한이다. 이 이상은……

유백송이 살짝 불안한 표정으로 그의 앞에 놓인 서류 봉투를 가리켰다. 그러나 세진은 그것 때문에 빈정이 상한 게 아니었다.

"뭐, 제가 범죄자라도 됩니까?"

유백송의 집 내부에는 교도소 면회실에나 있을 법한 통유리가 두 사람 사이를 가로막고 있었다. 아니, 면회실에는 공기구멍이라도 있지. 이곳은 아예 밀실이라 대화도 핸드폰을 통해서 해야만 했다.

─어쩔 수 없다. 네 향기는 내 평정을 앗아가니까.

"……후."

─일단 어서 확인해 보아라.

몹시 불만족스러웠으나 세진은 일단 서류 봉투를 집어 들었다.

─그건 우리 경찰국에서 비밀리에 했던 부검자료다. 경찰국의 가장 근저까지 뒤져보았지만 남은 것은 그것밖에 없었어.

그는 천천히 서류의 내용을 탐독해 갔다. 정보는 그리 많지 않았다. 고작 세 장 분량일 뿐. 그럼에도 단 한글자도 놓치지 않으려 애썼다.

그리고 그 서류의 내용은 다소 충격적이었다.

[김재혁. 임무를 완수하고 집으로 돌아가는 와중 뱀파이어에게 사지가 뜯겨 살해당함. 사체에 혈액이 그대로 보존되어 있는 것으로 보아, 원한으로 인한 살인으로 추정됨. 나머지 내용은 폐기 처리.]

[김재혁의 혈액 분석 결과 88%만이 인간의 성분으로, 조상 중에 아인이 있을 것으로 추정됨.]

[진소정. 특수경찰국에 증인 보호를 요청했으나 정보가 유출되고, 결국 뱀파이어에게 간살 당함. 여기에 '어떤 남성과 긴 대화를 나눴다'는 목격자의 증언이 있었음. 그 대화의 내용은 그녀의 자식과 관련이 있을 것으로 추정됨.]

[범행 장소에서 가장 영향력 있는 뱀파이어 가문 '바토리'의 심볼이 발견된 것으로 보아, 범인은 바토리계 뱀파이어로 추정.]

[-내용 전체 폐기-]

목구멍에서부터 무엇인가가 치밀어 침을 삼킬 수조차 없었다.

ㅡ……심란할 내용이 많을 거야. 부검 결과 네 아버지는 조금 특이하긴 했지만 그래도 '인간'이었어. 88%면 하프나 쿼터라고 하기에도 민망하니까. 게다가 네 어머니가 확실한 인간이었으니 너도 인간이니까 네 정체성에 대한 고민은 하지 않아도 돼.

유백송이 조심스레 말을 이었다. 그러나 세진의 귓가에는 아무것도 들리지 않았다.

그는 한참 동안이나 떨리는 손으로 서류를 뒤적이다가, 이내 서류의 탐독을 멈췄다. 그러곤 숨을 거칠게 몰아쉬며 유백송을 지그시 바라보았다. 혼란과 분노가 가득한 충동적인 눈동자였다.

"폐기는 못 알아내는 건가요? 삭제된 정보들이 아주 결정적인 내용일 것 같은데."

─어. 이 이상은 나도 불가능해. 지금 내 위치로는 여기까지가 최선이야.

"……지금 위치요?"

─어. 말했잖아. 나한테도 상사는…….

"그러면."

김세진이 주먹을 움켜쥐었다. 부모님이 살해당했다는 사실은 이미 알고 있었다. 그러나 여태 몰랐던 전말은, 두 분의 최후가 모두 치욕적이었다는 것.

가슴 속에서부터 격랑처럼 치닫는 분노를 도저히 참을 수 없었다. 이상하리만치 격심한 진노였다. 분명 라이칸슬로프로 진화한 영향도 있을 터, 그러나 지금의 세진은 그딴 걸 따질 정도로 이성적일 수 없었다.

─잠깐 뭐하려고? 멈…….

그가 주먹으로 유리창을 내려쳤다. 쾅! 단단한 강화 유리가 힘없이 무너져 내리고 유백송은 황망해하며 눈을 휘둥그레 떴다. 마법 설계된 유리창인데 어찌 이렇게 쉽게…….

"그러면 유백송 씨가 그 상사의 자리로 올라가면 되겠네요. 그죠?"

그는 거치적거리는 유리창을 완전히 뜯어내고 뒷걸음질 치려는 유백송의 뒷목을 붙잡았다.

"읏! 그, 그건 그렇게 간단한 일이 아니야! 그것보다 어서 이거 놔라! 지금 너 내 재량으로 감옥 보낼 수도 있……!"

"일단 조용히 하세요."

이성이 옅어진 김세진의 머릿속을 가득 채운 것은 정말 순수한 분노였다

"간단합니다. 내가 당신을 밀어줄게요. 이제 그럴 만한 힘이 어느 정도는 생겼거든요."

그는 떨리는 목소리로 말을 이었다.

"당신 위에 누가 있던, 밀어내고 그 자리를 차지해요. 그러면 다 해결되겠네."

"……."

그는 그녀의 머리카락을 부드럽게 쓰다듬으며 입가를 억지로 비틀어 올렸다. 그의 갈색 눈동자는 섬뜩하리만치 차갑게 번뜩였다.

유백송은 그의 눈을 마주하는 것을 포기했다. 몸이 저절로 떨렸다. 백호의 일생 처음으로 느끼는 포식자 앞에 선 피식자의 기분이었다.

현월 경매장의 VVIP홀에는 수백의 귀객들이 모였다. 그들은 모두 각자의 분야에서 한가락 이상은 하는 걸출한 인물들이었다.

일단 이 보물을 입찰할 수 있는 사람은 원칙적으로 기사뿐이지만, 견문과 인맥을 넓히기 위해 기사의 지인자격으로 참석한 사람들이 많았다.

그 탓인지 경매장에는 인종·국적·종족 불문, 기사는 물론 정재계 거물과 월드스타까지, 한반도에서는 평생 한 번도 보기 힘든 진귀한 인물들이 널려 있었다.

그리고 그런 명망 높은 사람들은 모두 공통적으로 단 한 명을 찾고 있었다.

세진 킴, 기무세진 상, 뭐 이런 식으로.

"……왜 안 오신대요?"

경매가 한창 진행되는 와중, 좌불안석인 유세정은 연신 주위를 두리번거리며 조한성에게 물었다. 평소에는 자부심과 자신감이 넘쳐났었던 그녀는 지금, 이상하게도 쭈구리처럼 몸이 움츠러든 채였다.

"저도 그건 잘…… 마지막에는 오신다고 하시긴 하셨는데 기다리지는 말라고 하셨습니다."

"……후."

세정이 한숨을 내쉬었다. 그러나 그 숨결은 걱정보다는 안도에 가까웠다.

사실 그녀는 불안했다.

지금 이곳은 전 세계에 이름을 날릴 정도로 지극히 아름다운 엘프, 여우계 수인 등등…… 인간의 범주를 아득히 뛰어넘은 미인들이 사방을 에워싸고 있었는데, 그것이 유세정이 자신감을 잃은 이유였다.

그네들에 비해서 자신은 정말 보잘것없는 것처럼 느껴졌기 때문이다. 얼굴은 모나고 다리는 왜 이토록 짧은지…… 그녀는 난생 처음으로 아버지를 원망했다.

"때가 되면 오실 겁니다. 너무 걱정하지 마세요."

눈치없는 주지혁이 쓸데없는 위로를 해주었다. 세정은 가볍게 고개를 끄덕이고서 핸드폰을 꺼내 문자를 작성하기 시작했다. 답신인은 '세진 오빠~'. 수백의 연락처 중에 유일하게 이모티콘이 들어간 남자다.

[오빠 경매는 우리가 알아서 잘 마무리할 테니 급한 일 있으면 안 와도 돼.]

그녀가 그렇게 메시지를 보낸 순간.

"이제 드디어 여러분이 고대하시던 마지막 경매를 시작하겠습니다."

경매사의 웅대한 목소리가 무겁게 내려앉음과 동시에, 오크의 역작이 그 모습을 드러내기 시작했다.

보물은 베일에 꽁꽁 싸매진 채 홀의 중앙으로 옮겨졌다. 모든 이들의 침 삼키는 소리가 모여 입체적으로 메아리쳤다.

"역사에 기록될 천재 대장장이 오크가 창조해 낸 보물, '그람'입니다."

보물은 감히 신화를 수놓은 유물의 이름을 그대로 사용했기에, 순간 경매장 안에 소란이 일었다.

"대장장이가 말하길 신화 속 그람을 최대한 재연하려 노력했다 하더군요."

그러나 경매사가 보물을 가린 베일을 치우자 그 의심과 불만은 감탄과 감동으로 승화하게 되었다.

몇몇 기사들은 차마 앉아 있지도 못하고 몸을 벌떡 일으켰다.

길게 뻗은 순백의 미스릴 검신, 눈부신 금빛을 띄는 검자루. 세련된 정갈함을 뽐내는 검, '그람'은 경매장의 조명을 눈부시도록 반사했다.

오크 대장장이의 트레이드마크나 다름이 없는 문양도 새겨져 있지 않아 외관은 평범하기 그지없었지만 이곳에 모인 모든 기사들은 알 수 있었다. 저것이야말로 오크 아니, 세계가 빚어낸 '보물'이라는 것을.

"그럼, 경매를 시작하도록 하겠습니다. 시작가는 50억, 호가는 1억 단위……."

경매자가 그렇게 선언했을 때.

별안간 경매장의 대문이 끼이익- 열렸다.

그 틈새로 모습을 드러낸 인물은 어쩌면 이 경매의 주인공. '김세진'이었다.

그는 쑥스러워하며 재빨리 제자리로 발걸음을 옮겼다.

그러나 사람들이 그런 그를 가만히 두지 않았다. 그들은 저마다 모두 세진에게 한마디는 걸어보려 노력했고 경매 시작은 약 20분 정도 늦춰지게 되었다.

마지막 경매는 무려 두 시간 동안 지속되었다.

경매 낙찰가는 천팔백억. 아무리 인플레이션이 심하다 하더라도 정말 억 소리 나는 금액이었다.

그리고 그 낙찰자는,

[칠흑기사단, 우여곡절 끝에 1800억에 낙찰 성공……]
[불편한 뒷사정, 한국 정부의 칠흑기사단 밀어주기. 새벽기사단을 압박하다?]
['그람' 전설을 재현한 사나이, 오크 대장장이는 이미 하나의 별이 되었다.]

칠흑기사단. 곧 '대한민국'이었다.

보물치고는 낙찰가가 조금 낮다 생각할 수도 있겠으나, 사실 이건 어느 정도는 예견된 결과였다.

만약 해외에서 이 보물을 낙찰하기 위해서는 귀중품에 부가되는 특별 관세, 특별법으로 인한 특수세금, 부가세 등등…… 여러 기타 부대 비용까지 고려하여 최소 그 4~5배 이상을 지불해야만 했다. 게다가 여기에 현월은 모두 현금과 지급기한이라는 원칙까지 있으니…….

혹시? 라는 일말의 가능성을 노리고 경매에 참석한 여러 국가와 기사단들은 그저 보물을 구경했다는 것만으로 만족할 수밖에 없었다.

그것을 두고 해외 여러 언론들은 한국 정부의 노골적인 편파적 태도에 아쉬움과 불만을 표했으나―끝까지 집념을 발휘하여 경매에 참여한 일본 쪽이 특히 심했다―그래도 전 세계의 머리기사를 장식한 건 그따위 불만이 아니라 '보물, 그람'의 아름다운 자태였다.

순백의 검면과 섬세하게 세공된 검자루. 그리고 그 심플한 외면에 담긴, 그람의 전설과 맞닿은 힘.

단지 이름과 사진 한 장만으로도 뭇 기사들의 심장을 떨리게 한 그람은 타임즈 선정 세계 100대 무기에서 30위를 당당하게 차지했고 오크 대장장이는 세계 최고의 대장장이 대열에 자연스럽게 편입하게 되었다.

한편 낙찰자 칠흑기사단은 '그람'을 기사단장 김현석에게

10년 임대의 형식으로 하사했다. 그 수여식은 생중계로 방영되면서 민중들의 열광을 불러일으켰다.

대한민국은 보물을 빼앗기지 않았고 오크 대장장이는 전 세계적으로 명성을 드높일 수 있었으니, 국가와 김세진 둘 다 승리했다 하겠다. 그러는 와중에 갑작스레 화두에 오른 오크 대장장이의 정체를 두고 사실 김세진이 1인 2역을 하고 있다는 말도 안 되는 소문이 대중들 사이에 퍼지기도 했다.

그렇게 한반도 전체가 여전히 보물경매의 열기에 젖어 들썩이고 있을 때 김세진은 흐뭇해할 틈도 없이 별안간 몬스터 용병단의 긴급 호출을 받았다.

"그때 제가 말씀드리었던, 뱀파이어가 머물고 있는 호텔의 정보를 입수하게 되었습니다."

130여 명의 정보원, 50여 명의 용병이 활동하는 몬스터 용병단은 이제 웬만한 지하 조직의 정보력을 능가하게 되었다. 당장 터뜨릴 수 있는 특종만 해도 웬만한 언론보다 많을 정도로.

"'Romance of dawn'이라는 호텔입니다. 호텔의 상층부에서 기이한 현상이 관측됨은 물론이거니와 호텔 복도에 설치해 둔 녹취 장비에 여성의 앙칼진 노성과 마법의 흔적이 동시에 기록되기도 했습니다."

"……그럼 정확히 누가 머무르고 있는 거죠?"

"아무래도 '바토리'로 추정됩니다."

순간 김세진의 눈동자에 살기가 고이고 주먹이 저절로 꽉 쥐어졌다.

아무리 갑작스러워도 바토리라는 글자는 이미 머릿속 깊게 각인되어 버렸다. 어머니의 살해 장소에서 발견되었던 것이 '바토리의 심볼'이라 했으니.

이제 놈이 숨어 있는 장소를 알았다. 그러니 예상외로 수월하게…….

"아니요. 바토리의 힘은 지금 저희만으로는 어찌할 수 없을 정도로 강력합니다. 바토리 가문의 수장은 한 번의 손짓으로 태산을 무너뜨리고, 하늘을 검게 물들일 수 있다 전해질 정도입니다. 그것은 어떤 과장도 없는 문자 그대로의 강함입니다."

그러나 김유손은 그런 그를 진정시켰다.

"혈족 대대로 강함이 축적되는 뱀파이어는 저희가 상상하는 그 이상입니다. 이 소인이 소싯적에 많은 뱀파이어를 상대하여 보았으니 잘 알고 있습니다."

일단 주거지를 알아낸 것으로 만족하고 몸을 웅크려야 한다는 뜻이었다.

"……놈이 그렇게 강합니까?"

"예, 능히 하나의 기사단과 맞먹을 정도입니다. 놈들은 강함을 위해 일족의 신하를 제물로 바치기까지 하였을 정도니까요."

반평생을 뱀파이어와 싸워온 베테랑의 고견이었기에, 김세진은 고개를 끄덕일 수밖에 없었다.

"……후. 그럼 일단 지하나 한번 가봅시다. 참, 단속은 단단히 하셨겠지요?"

"그럼 물론입니다. 어서 가시죠. 아이들이 그간 많이 발전했습니다."

그는 현재 고블린의 폼을 취하고 있다.

하나 그가 발을 딛고 선 위치가 특이했다.

흔한 몬스터 필드가 아닌, 더 몬스터 단체 부지의 '지하'였다.

세진은 약 3주 전, 김유손을 시켜 지하에 부지를 만들라 명령했다.

물론 부지의 용도는 결코 세간에 설명할 수 없으니 같은 단체의 직원들에게도 비밀이라 일러두었다.

그런 기밀부지의 용도는 여러 가지가 있지만, 가장 중점은 '고블린의 부락지'였다.

현재 국내 몬스터 필드에서 고블린이라는 몬스터는 거의 멸족되다시피 했다. 유약한 몬스터가 살아남을 수 있었던 유일한 이유는 '무리'를 지었기 때문인데 지반이 뒤틀리면서 모든 무리가 뿔뿔이 흩어졌기 때문이었다.

그래서 그는 구심점이 사라져 기댈 곳이 절실한 고블린을 거둬들이고, 영웅 오크가 그러했던 것처럼 고블린을 키우기로 결심했다. 게다가 그저 치고받고 싸우는 것밖에 효용이 없는 오크와는 달리 이쪽은 훨씬 대단한 부가가치가 있으니.

오죽하면 '인간보다 간교한 고블린'이라는 말이 나왔겠는가.

당장 약재 쪽만 제대로 힘써도 이제 소중한 시간을 소모해 가며 포션을 만들 필요가 없고, 주술 쪽은 정말 이루 말할 수 없을 만큼 수많은 활용 방법이 있다.

……일단 제대로 성장하기만 하면.

"그래, 말 잘 듣네."

이놈들은 말귀를 무척 잘 알아들었다. 일도 잘하고 교육도 잘 받는다. 물론 늑대인간폼으로 엄청난 겁박을 주긴 했지만, 그래도 예상외의 충성심과 성실함이다.

"내가 알려준 대로 계속 포션을 만들어라. 알겠냐? 주술 놈들은 계속 연구에 매진하고."

김세진이 고블린들을 향해 소리쳤다. 그들은 캬아악 하며 소리쳤다.

"복리후생이 좋아서 그런가, 일을 무척 잘하는군요."

김유손이 미소를 지으며 말했다.

몬스터한테 복리후생이라니 우습지만 사실이다. 이곳에

머무는 고블린들은 꽤나 인간적인 숙소에서 거주하고, 깨끗한 음식과 물을 삼시세끼 공급받고 있다. 물론 구내식당에서 남은 음식을 퍼다 나르는 것뿐이지만.

"그건 그렇고 정보 조사는 잘되어가고 있습니까?"

어느새 인간 형태로 모습을 변화한 김세진이 물었다.

"예, 유백송의 상사는 아무래도 몬스터 관리부의 장관 김한설인 것 같더군요. 전임 국장으로 활약해왔던 터라 본인의 무위도 뛰어나지만 여러 커넥션이 많습니다. 국회의원, 새벽의 간부 등등. 야망이 상당히 큰 사내라 하더군요."

"그래요?"

김세진이 턱을 쓰다듬으며 잠시 생각에 잠겼다.

정확히 10초 뒤에 핸드폰이 부르르 떨었다. 미간을 좁히고서 액정을 확인해보니 조한성이었다.

"여보세요?"

─저 길드장님, 조한성입니다. 이번 길드 신청 문제로 정부관련 인사가 면담을 요청해 왔습니다. 무려 장관입니다.

"크흠…… 그 이름이 뭔데요?"

일개 고아에서 장관과 독대할 수 있는 위치까지 도달했다는 것에 세진은 약간 감동했다. 그러나 그 감동은 찰나의 편린일 뿐이었다.

─김한설이라고 몬스터 관리부의 장관입니다.

"……오? 알겠습니다. 최대한 빨리 만나고 싶다 일러주세요."

─예, 알겠습니다.

김세진이 통화를 끊었다.

"무슨 일이십니까?"

옆에서 김유손이 물어왔다.

"방금 막, 그분을 직접 만날 명분이 생겼네요. 어떤 사람
인지…… 제대로 확인해 봐야겠어요."

세진은 진한 미소를 지으며 답했다.

이튿날 김세진은 언제나 그랬듯이 몬스터 필드로 향했다.

가장 먼저 영웅 오크폼으로 부락에 무슨 일이 없나 들렀
다. 전체 머릿수가 세 자릿수로 늘어나고 실질적인 지도자
나 다름이 없는 재규어 두 놈이 왠지 모르게 대전사로 레벨
업한 것 같았기에, 이제는 별다른 걱정을 하지 않아도 될 성
싶었다.

안심한 그는 이후 중상급지대로 직행했다.

오크는 빠르게 몬스터를 수색하기 시작했다. 그런데, 그러
는 와중에 꽤나 껄끄러운 인물을 만나버렸다. 아니, 오크가
직접 만나러 갔다.

김유린.

그녀는 어느 남자와 함께하고 있었다.

멀리서 김유린의 목소리를 힐끗 들은 바로는, 저 남자의 이름이 바로 '김한설'이었다.

어차피 당장 사흘 뒤에 만날 예정이긴 하지만…… 미리 태도와 인성을 확인해 봐도 나쁠 것은 없겠지.

김한설.

그는 대학을 졸업하기 3년 전, 21세에 특수경찰국에 입단했다.

특성과 재능, 처세술이 뛰어나 전임 국장의 신임을 받으며 고속승진을 거듭했으나 입단 5년차가 되던 해 불미스러운 일에 휘말려 파면을 당하게 된다. 하나 2년이라는 세월 동안 자체적으로 문제를 해결한 뒤 복귀.

그로부터 약 8년이라는 근속 끝에 특수경찰국의 국장이 된 이후로 퇴임한 지금까지 경찰국의 최고 실세로 군림하고 있다.

김세진은 그런 그를 오늘 처음 보았다. 동안이 인상 깊었다. 분명 나이는 40대 후반이라 들었지만 그 외모는 30대 초반이라 해도 믿을 만했다.

'……색은 나쁘지 않은데.'

눈동자가 발하는 색 그리고 풍기는 아우라. 모두 한쪽으로 치우치지 않은 '중립'이었다. 부모님이 살해당한 사건을 은폐

220 레벨업하는 몬스터 4

한 김한설은 악인이어야 한다는 이유모를 막연한 편견에 사로잡혀 있던 세진은 그것에 살짝 당황할 수밖에 없었다.

"어쨌든. 내가 일러뒀던 건 확실히 하고 있는 겐가?"

"예, 걱정하지 않으셔도 됩니다."

두 사람은 서로 주제 모를 대화를 하고 있었다. 김한설은 왠지 모르게 활기찼지만 그에 반해 김유린은 어딘가 무거웠다.

"그래, 한데 그렇게 진지할 필요는 없어. 어차피……."

인기척을 느낀 김한설은 말을 멈추고 이쪽을 바라보았다. 그러곤 기척의 주인이 오크라는 것을 확인하자마자 허리춤에 매인 단검을 뽑았다.

그러나 그런 그를 김유린이 빠르게 제지했다.

그녀는 김한설이 당황할 정도로 우악스레 그의 팔을 움켜쥐었다.

"뭐, 뭐하는 거요?"

"영웅 오크잖습니까."

"……영웅 오크라 해서 사람과 싸우지 않는 건 아니지 않소?"

"해결을 해도 제가 하니 집어넣으시지요."

김유린은 시리도록 단호했고 김한설은 단검을 검집 속으로 집어넣을 수밖에 없었다. 그녀는 가만히 서서 이쪽을 가만히 바라보는 오크의 눈치를 살피다가 김한설을 슬그머니

밀었다.

"저, 이제 사냥도 얼마만큼 하였으니 먼저 가주시겠습니까? 이 이상은 힘드실 겁니다. 저 오크는 제가 맡지요."

"……어? 30분밖에 지나지 않았는가. 나는 아직 팔팔한데."

"아뇨, 가세요. 이제."

때아닌 철벽이었다. 김한설은 잠시 당황했지만, 이내 고개를 끄덕였다.

"그래, 뭐. 자네가 그렇다면…… 그래도, 내가 말했던 것 유념하길 바란다. 중요한 일이야."

그는 한마디를 남기고서 자리를 떠났다. 오크의 눈동자가 그런 그의 뒷모습을 좇았다.

"……오랜만이네요."

김한설이 완전히 사라지자 김유린이 두 손을 제 가슴팍에 가지런히 모은 채 오크에게 다가갔다. 오크는 잠시 고민했다. 여기서 그냥 떠날지 아니면 김한설과 무슨 얘기를 나눴는지 물어볼지.

그러나 오크가 후자를 하기에는 명백히 이상했다. 그래서 그는 말없이 뒤돌아섰고 유린은 황급히 오크의 팔을 붙잡았다.

"저, 저…… 저…… 아니, 가만히 좀 있어 봐요. 얘기, 얘기 좀……."

하나 오크는 움직임을 멈추지 않았다. 그리고 질질 끌려

다니는 모양새가 된 유린은 연신 멈추라고 애걸복걸해야만
했다.

　김유린은 오크를 끈덕지게 쫓아다녔다. 그러나 오크가 거
슬리지 않아 할 만큼의 거리를 유지했다. 오크가 멈춰서면
같이 멈췄고, 걸으면 다시 걸었다.
　근 한 달만의 만남이기 때문일까. 대화 따위는 없이 그저
따로 거니는 것뿐임에도 그녀의 입가에는 잔잔한 미소가 걸
려 있었다.
　그러다 돌연 오크가 뒤를 돌아 그녀를 바라보았다. 유린은
당황하지 않고 그와 눈을 마주하였다.
　"……그 남자는 왜 만난 거지?"
　"아? 그…… 일 때문입니다. 별다른 사적인 이유는 없었
어요."
　갑작스러운 질문에 그녀는 왠지 뿌듯해하는 것 같았다.
　"아니, 그러니까 무슨 일."
　하지만 오크는 조금 더 집착했다. 그에 김유린은 고개를
갸웃하더니, 이내 눈꼬리와 입꼬리가 동시에 올라가는, 왠지
모를 능글맞은 미소를 지었다.
　"그걸 제가 왜 말씀드려야 합니까? 그것보다, 오크가 그걸

왜 궁금해하십니까?"

그녀는 엉덩이를 살랑이며 다가와 오크의 앞에 섰다. 오크는 자신과 맞먹으려는 김유린에게 화가난 듯 입을 꾹 다물고 있었다.

"……궁금할 수도 있지. 오크는 원래 호기심이 많은 종족이다."

"흐흠~ 그렇다면, 일주일에 한 번. 저랑 대련이나 하실래요?"

"……대련?"

"예, 별건 아니고 함께 실력이나 늘리자는 취지입니다. 당신은 오크를 이끌어가는 족장으로서 저는 훗날 기사단을 이끌어야 할 리더로서."

"그럼 그 이유를 알려줄 건가?"

잠시 고민하던 김유린은 활기차게 고개를 끄덕였다. 극비사항이긴 하지만 어쨌든 지금 잔뜩 질투(?)하고 있는 오크는 어차피 몬스터니까.

"네!"

"……좋다."

어차피 오크폼을 향상시켜야 할 필요성은 있으니, 오히려 남는 장사다.

"그럼 다음 주…… 아니, 해가 7번. 아니, 해가 5번 지고 뜨는 날에 제가 그쪽 집 앞으로 찾아 갈게요."

"알았다. 그럼 이제⋯⋯."

"그 이유는 나중에 첫 번째 대련을 하고 나서 알려드리겠습니다."

그러나 그 즉시 김유린은 훨훨 떠나갔다. 제 딴엔 오크의 애간장을 태우는 거라고 생각했다.

"⋯⋯."

오크는 어이없어하며 그 뒷모습을 응시했다.

김유린과 헤어지고서 집으로 돌아온 김세진은 한 명의 손님을 더 맞이해야 했다.

하젤린, 그녀는 한 손에 선물 꾸러미를 든 채 세진의 집으로 찾아왔다. 아직도 그녀는 당시의 오해가 풀리지 않았기에―습격한 놈들은 사실 뱀파이어였다고 말하기에는 괜히 하젤린까지 끌어들이는 것 같아, 그냥 오해를 하게 놔두었다―보답을 하고 싶다는 의미였다.

"으음? 또 자기 나온 프로 재방송 보고 계셨네요."

거실 소파에 앉은 하젤린이 TV를 보며 말했다. 세진은 빠르게 채널을 돌렸다.

"⋯⋯하하. 취미는 이것밖에 없는지라."

"그래요? 근데 채널은 왜 돌리세요? 같이 봐요. 취미는 함께해야 더 재밌는걸요?"

하젤린은 김세진의 손아귀에 쥐어진 TV 리모콘을 뺏고서 다시 채널을 돌렸다.

─김세진 씨, 역시 요즘 장난이 아니네. 더 몬스터의 성장세가 지금…….

출연진들을 모셔 놓고 이야기를 늘어놓는 예능 토크 프로그램이 방영되고 있었다. 본래 저 프로는 아주 특별한 사람이 아니면 단독출연이 없는데 김세진은 당당히 혼자서 모든 테이블을 차지하고 있었다.

"와. 역시 이 시대의 셀럽이시네요, 세진 씨."

"……놀리지 마십쇼."

"아, 들켰네."

처음에는 그저 놀릴 의도였던 하젤린이었지만 그러나 곧 점점 예능에 빠져들기 시작했다.

메이크업을 한 김세진의 수려한 얼굴은 카메라·조명과 썩 잘 어울렸고 무엇보다 옷가지 사이로 살짝살짝 비치는 튼실한 근육과 유머러스한 말솜씨가 대단히 매력적이었다.

"뭐야, 벌써 끝났어?"

그렇게 멍하니 웃으며 보다 보니 어느새 마무리 멘트가 흘러나오고 있었다. 문자 그대로, 시간 가는 줄을 몰랐다.

"와…… 세진 씨, 이것 때문에 그때 실시간 검색어 1위를 하셨었구나…… 그럴 만하네. 역시 마성의 남자답네요. 여기사가 뽑은 이상형 1위다워."

하젤린은 짐짓 고개를 끄덕이며 저 혼자 납득했다.

"이상형 1위? 그건 또 뭐예요?"

"모르셨나? 그쪽 유명한 기사잡지에서 3개월째 이상형 1
위 하고 있어요."

"……크흠."

괜히 쑥스러워진 그는 뒷목을 긁적이며 숨겨지지 않는 미
소를 지었다.

"후훗, 귀여우시네요. 근데 외모가 아니라, 능력빨로 1위
먹은 거니까 그렇게 좋아하실 필요는 없으신데요? 잘생긴
엘프기사들은 충분히 많으니까."

"……알고 있거든요?"

"하핫, 그래요? 아, 맞다. 이거 선물이에요."

하젤린은 눈을 가늘게 좁힌 그를 보며 웃다가, 가방에서
작은 상자 하나를 꺼냈다. 세진은 차를 홀짝이며 선물을 받
았다.

"아티펙트예요."

"……아티펙트요?"

"네, 아주 강력한 성욕 억제 기능이 있어요."

순간 그는 입에 고인 차를 뿜을 뻔했다.

"……크흠. 근데 갑자기 왜……."

"요즘 세진 씨 성욕억제 포션 재료를 너무 많이 주문하시

던데. 그걸로 골머리 앓고 계시는 거 아니었어요?"

세진이 상자를 열었다. 간단한 팔찌 형태의 아티펙트가 들어 있었다.

"그렇게 포션 많이 복용하면 몸 안 좋아져요. 그러니 차라리 이거 쓰세요. 성능은…… 뭐, 세진 씨가 만드는 게 더 나을지도 모르겠지만."

그녀는 세진에게 직접 팔찌를 끼워주었다. 하젤린을 닮은 새하얀 색이었다.

"……이걸로 성욕이 해소됩니까?"

"적당히는. 그렇다고 제가 직접 풀어드릴 순 없잖아요?"

하젤린이 야릇한 농담을 건넸다.

그러나 라이칸슬로프로 진화한 세진에게는 단지 말뿐일지라도 엄청난 자극이었다. 순간 몸을 크게 떤 그는 짐짓 여유로운 미소를 지으며 고개를 절레절레 저었다.

"허허허…… 고마워요."

"뭘요. 제가 받은 게 훨씬 많은데."

하젤린이 웃으며 자리에서 일어났다.

"그럼 저는 이만 가볼게요."

"아. 예."

세진은 따라 일어나 현관까지만 함께 걸었다.

"잘 있어요."

하이힐을 신은 그녀는 세진의 널찍한 어깨를 톡톡 두드려

주고서, 현관문을 나섰다. 세진은 그 뒷모습을 바라보며 흐
뭇한 미소를 지었다.

역시 앞태만큼 아름다운 뒷태였다.

위이잉.

그때, 핸드폰에서 진동이 울렸다. 유세정이 보낸 메시지
였다.

"……."

그녀가 보낸 메시지의 내용은 너무나도 살가웠고 그 탓에
세진은 이유모를 죄책감을 느껴야만 했다.

보름달이 뜨는 밤.

라이칸슬로프의 본능은 여간 참기 힘든 종류가 아니었다.
자신은 이제 인간이 아니게 되었다는 회의감도 밤에는 불쑥
찾아왔다.

그럴수록 분노가 치솟았고, 도저히 가만히 있을 수가 없었
다. 그래서 바깥을 나돌았다.

늑대로 변한 채 달빛을 받으며 고층 빌딩 사이사이를 넘어
다닌다. 늑대의 각력은 몹시 대단하여서 단 한 번의 도약으
로 10층 높이의 빌딩을 오를 수 있었다. 그렇게 질주하고 도
약하며 살결을 훑는 밤바람을 느끼고 있노라면, 최소한 우울

함은 사라졌다.

어쩌면 지금 있었던 일을 내일 기억하지 못할 수도 있다.

그러나 지금 이 순간만큼은 상관이 없었다.

"……후아."

그러다 보니 어느새 높이 솟은 빌딩의 옥상에 도달했다. 높고 차가운 공기를 들이마시다 보니, 어느새 이성이 차갑게 식어 있었다.

"……어디야?"

그는 아마 미스릴보다 단단할 손톱으로 정수리를 긁적거리며 옥상의 난간으로 향했다. 까마득한 아래, 대로변에는 오직 암흑만이 짙게 내려앉아 있었다. 하나 은빛 네온이 발하는 문자가 어둠 속에서 도드라졌다.

'Romance of dawn.'

바토리가 거주한다는 호텔이었다. 세진은 순간 당황했다. 의식 속에 남아 있던 정보를 자신의 무의식이 활용했나?

그러나 여유롭게 고민을 할 시간이 없었다. 어느새 옥상을 통하는 철문 너머로 다수의 기척이 느껴지고 있었으니.

재빨리 발을 굴러 자리에서 벗어나려던 세진은 잠시 멈칫했다.

최소 열은 넘어 보이는 기척이지만 혼자서 상대할 수 없을 만큼 강한 놈은 끼어 있지 않다.

'……탁기의 고리.'

그는 철문을 응시하며 자신의 스킬을 떠올렸다. 한 놈, 딱 한 놈만 생포할 수 있다면 놈들의 정보를 어느 정도 알아낼 수 있겠지.

콰앙—!

철문이 굉음을 내뿜으며 열렸다.

"……뭐야?"

열 명의 하수인들은 연신 주위를 두리번거리며 결계 속으로 진입했다는 괴 생명체를 찾았다.

"……비행 야수가 들어왔나 본대요?"

하수인이 자신을 바라보는 '사도'에게 그렇게 말했을 때— 주변을 내리쬐던 달빛이 일렁였다.

마치 숨어 있는 무엇인가를 달빛이 밝혀주는 것처럼…….

"누구냐!"

사도가 소리쳤다. 그리고 그와 동시에 흉악한 손톱이 서늘한 궤적을 그리며 하나의 신형을 무너뜨렸다. 단 한 번의 일격 그러나 손톱은 사슬처럼 이어져 근처의 뱀파이어에게로 전이되었다.

"끄아아악!"

"으아악!"

찰나의 순간에 아홉의 비명이 하늘 높이 울려 퍼졌다.

동료가 모두 즉사하자 사도는 경악하며 눈을 화등잔만 하게 떴다.

그리고 그런 그의 망막 앞에 달빛을 반사하는 '야수'가 한 마리 있었다.

"안녕."

은색 눈동자와 달빛 갈기. 툭 뛰어나온 짐승의 주둥이와 날카로운 눈매, 고운 털, 거기에 말까지 하는 이 야수는.

늑대 무척이나 아름답고 유려한 달빛 늑대였다.

"……."

그러나 뱀파이어에게는 그 무엇보다 패악적일 형상이었고 사도는 눈을 까뒤집고 기절하고 말았다.

뱀파이어의 계급은 총 여섯 계급으로 나누어진다.

노예-신민-하수인-신도-사도-장로.

여기서 더욱 엄밀히 구분하자면 노예는 뱀파이어가 아니다. 그들은 현혹 마법에 홀려진 '뱀파이어 이외의 종족'을 일컫는다. 즉 문자 그대로 뱀파이어들의 노예라 하겠다.

한편, 계급 중 하수인부터가 뱀파이어의 실질적인 전력으로 취급되며 그들은 D~C-등급 마법사 · 중급~중하급 기사정도와 동등한 무력을 지니고 있다.

또한 여기서 계급이 하나씩 올라갈수록 등급도 마찬가지로 격상된다고 보면 된다. 즉 사도 정도면 최소 중상급 기사, A-급 마법사와 맞먹는 수준이라는 뜻.

그러나 마법적 무위가 아무리 강력하다 하더라도 신체적

강함이 전무하다면 라이칸슬로프에겐 그저 빛 좋은 먹잇감일 뿐이다. 그것은 저번에 하젤린과 김세진을 습격했던 사도와 지금 세진이 생포한 사도가 그러했다.

그가 사로잡은 사도의 이름은 로스라델. 다만 나이가 어려 핏줄이 개화하지 않아 사도임에도 아직 신도의 수준을 뛰어넘지 못했다고.

"……정말입니다!"

자기 입으로 털어놓고 있는 중이시다.

"그럼 네가 아는 정보는 정말 그것뿐인가?"

"예, 예! 현재 이미 벌어져서 세간에 다 공개된 것들과 바토리 님이 진노해서 바락바락 날뛰고 있는 것 그것밖에 저는, 저는 모릅니다아아아아악! 으아아악! 아아아악!"

말을 늘어놓던 사도는 세진이 얼굴을 들이밀자 기겁을 하며 비명을 질러댔다. 그 반응이 웃겨 세진은 괜히 크르렁 헛기침을 했다.

"켁, 케에에에엑."

그러자 당장에라도 기절할 것처럼 게거품을 물기 시작했다.

……늑대의 형상이 그리도 무서운가. 늑대 중에서는 몹시 잘생긴 축에 든다고 생각하는데.

"흠……."

뒤로 물러선 그는 손톱으로 가슴의 갈기를 긁으며 생각했다. 이 사도와 자신의 사이에는 이미 탁기의 고리가 매워져 있다. 라이칸슬로프로 진화하여 그 스킬의 격도 한 단계 상승하였을 테니 이거 잘만 하면 내부 끄나풀로 활용할 수 있지 않을까…….

"한데 현혹 마법에 걸린 일반인, 그러니까 '노예'가 누군지는 파악할 수 없는 건가?"

문득 생각났다. 뱀파이어가 소수밖에 남지 않았음에도 사회적 영향력을 발휘할 수 있었던 이유. 사도라면 그 능력에 따라 최대 5명 정도까지 '지성이 있는 노예'로 부릴 수 있다고 방금 이 사도가 말하긴 했지만, 그 규모가 어느 정도인지는 정확히 듣질 못했다.

"예? 그 누구를 노예를 부리는지 저는 아직 알지 못합니다. 아직 어려 사도들과 교류하지 못했기 때문이지요."

"네 노예도 모르나?"

"아뇨! 아뇨, 아뇨, 아뇨. 제 노예는 당연히 알죠. 당연히 말씀드릴 수 있습니다."

어리기 때문일까. 이놈은 세진이 당황할 정도로 경박스러웠다. 아마 탁기의 고리가 없어도 다 불지 않았을까, 싶을 정도로.

"저는 연예인 오연희, 서울지법 차장검사 김수호, 초선의원 육소한. 저는 세 명뿐입니다."

그러나 사도가 자신이 꼬셔냈다는 인물을 읊었을 때, 세진은 경악할 수밖에 없었다. 한국 최고의 여배우나 다름없는 오연희와 권력의 핵심에 맞닿아 있는 차장검사, 거기에 이번 총선에서 당선된 의원까지.

그 말은 즉 이 세 명까지 딸려온다는 뜻. 생각지도 못한 보너스에 세진의 입가가 살짝 실룩거렸다.

"크흠. 노예는 다 그런 거물들뿐인가?"

"아, 아뇨! 저는 운이 좋은 편이었습니다. 전 이들이 아직 성장하지 않았을 때 현혹 마법을 건 뒤, 제 역량으로 살살 지원해 주었습니다. 그러니 알아서 올라오더군요."

납득할 만했다.

"흥미롭구나. 하지만…… 이제 들을 건 다 들었으니, 너는 이제 쓸모가 없네?"

그는 짐짓 스산한 미소를 지으며 손을 쫙 폈다. 놈의 얼굴보다 배는 거대한 손바닥이 위협적인 음영을 드리웠다.

"아니! 으아아악! 잠깐마아아아안!"

사도는 눈물을 흘리며 몸을 아둥바둥 뒤틀었다. 동시에 찢어질 듯 갈라진 목소리로 제 동료들을 향한 욕설을 뇌까리기 시작했다. 쓸모없는 하수인, 간도 쓸개도 없는 신도와 사도, 마지막으로 자신의 주인 바토리까지.

실로 애설하고 절박한 마음가짐이었다.

"……어이."

세진이 사도의 얼굴을 움켜쥔 채 말했다. 입이 틀어 막힌 놈은 그저 격렬히 고개를 끄덕일 수밖에 없었다.

"죽기 싫나?"

"으브브븝!"

삶의 의지가 강렬한 놈은 혀로 손바닥을 핥기까지 했다.

"그래?"

절박할 정도로 비굴한 놈을 바라보며, 그는 진한 미소를
지었다.

김유린과 약속했던 5일 뒤가 되었다. 그녀는 시간을 칼같
이 맞춰 오크의 부락지 앞으로 찾아왔고 미리 대기하던 김세
진은 영웅 오크의 모습으로 그녀를 맞이했다.

유린은 연신 떠들며 오크와 대화를 하고 싶은 눈치였으나
영웅 오크는 곧바로 대련장으로 직행했다. 대련장이라고 해
봤자 돌과 흙으로 만들어진 흡사 씨름판일 뿐이지만.

하나 대련의 양상은 무대의 허름함과는 정반대, 실전을 방
불케 할 정도로 격렬했다.

대기를 짓뭉개며 휘둘러지는 파격의 메이스와 공기마저
베어내는 말끔한 마나 검격.

콰아아앙-!

스타일은 판이하지만 파괴력만큼은 우위를 가르기 힘든
두 무기들이 서로 충돌할 때마다, 마치 산사태가 벌어진 것

같은 굉음과 진동이 대지를 울렸다.

하나 김유린은 전력을 다하지 않은 것이었다. 물론 특성을 제외한 모든 부분에는 거진 전력을 쏟고 있긴 하지만 그녀의 진정한 진가는 특성에 있었으니.

그러나 영웅 오크, 김세진은 100% 전력이었다. 처음에는 역전의 전사도 사용하지 않았으나, 싸우다 보니 이성을 잃었다.

자꾸 공격을 절묘하게 흘리며 반격을 해오는 김유린을 상대하고 있노라니 순간적으로 분노가 치밀어 결국 역전의 전사도 가동하고 말았다.

오크의 몸에서 붉은 아우라가 뿜어져 나오며 분위기는 급변.

"끄읏……!"

그러나 김유린은 당황도 잠시. 그녀는 무지막지한 메이스의 쇄도를 힘겹게나마 흘려내고서 오크의 품속으로 파고들어 '목적'을 담아 오크의 팔을 내려쳤다.

−탁.

오크에게는 돌멩이가 몸을 건드린 것처럼 가벼웠다. 사뿐히 무시한 오크는 그대로 몸을 날려 소위 말하는 어깨빵으로 그녀를 저 멀리 튕겨내려 했다.

"……!"

하나 발이 땅에 붙은 듯 떨어지지 않았다. 그 찰나 두뇌가 차가워지고 세진은 직감할 수 있었다.

'검에 목적을 담는다.'

성장형 특성이 아님에도 김유린이라는 여인이 최연소 고위 기사가 될 수 있었던 이유.

그녀는 그 특성을 사용했다.

"그쪽이 먼저 기술 썼으니까, 저도 맞받아 친 겁니다?"

김유린은 발을 떼어내려 끙끙대는 오크를 귀엽다는 듯 바라보며, 그의 머리에 검을 툭 내려쳤다.

"제 승리입니다."

'개사기잖아.'

승리를 확신하는 김유린의 그늘 따윈 없는 미소를 바라보며 그럼에도 오크는 분통을 터뜨리며 노력했다.

오크폼으로 있는 이상, 그 본성은 어찌할 수 없었다. 안 되는 걸 알면서도 계속해서 발을 움직이려 시도할 뿐.

전신의 근육이 터질 듯 부풀어 오르고 얼굴에는 핏대가 터질 듯이 섰다

"포기하십시오. 저도 마나를 꽤 많이 소모했으니 쉽게 풀리지 않을 겁니……."

하나 김유린이 예상치 못했던 건, 시스템과 맞물리는 오크의 집념이었다.

[세계가 가하는 불가사의한 힘을 필사적으로 이겨내고자 했습니다.]

[그 집념으로 말미암아 '특수 저항력'을 습득합니다.]

[패시브 스킬이 종족 '라이칸스로프', 특질 '마나 지체', 레비아탄의 고유스킬 '신성'과 동시에 감응합니다!]

['특수 저항력'이 '저항력'으로 격상됩니다.]

[저항력] [F-등급]

-세계의 근간을 이루는 현상과 간섭, 더 나아가 개념과 섭리에 저항할 수 있는 힘.

대련 와중에 얻은 스킬이라고 하기에는 꽤나 많은 글자들이 떠올랐다. 그러나 오크는 그딴 문자들은 재빨리 흩어버리고, 전신의 힘을 남김없이 쥐어짰다.

그러자 투두둑 발가죽이 조금씩 그러나 확실하게 땅으로부터 떼어지기 시작했다.

순간 유린의 얼굴이 짙은 경악으로 물들었다.

하지만.

"……크허어어허억."

역시 김유린의 속박을 F등급으로 이겨내는 것은 무리였던 듯 오크는 기진맥진하며 메이스를 놓치고 말았다.

오크는 마지막 노력이 수포로 돌아간 것을 분개했고, 유린은 말없이 침을 꿀꺽 삼켰다.

그녀로서는 난생처음 경험하는, 그래서 도저히 이해할 수 없는 현상이었다. 마나가 부족하면 부족했지, 한번 활성화된 목적은 단 한 번도 어긋나지 않았었는데…….

"크하아악!"

그러는 와중에 발이 묶인 게 답답했던 오크가 발버둥을 치기 시작했다. 그제야 유린은 정신을 퍼뜩 차리고서 그를 진정시켰다.

"2분만 기다리세요. 그거 3분 동안만 지속되는 거거든요."

대련 이후 휴식시간. 오크는 이마에 흐르는 땀을 닦는 김유린에게 다가가 나무통에 담긴 개울물을 건넸다.

"아. 감사합니다."

유린이 웃으며 화답했으나 가볍게 무시한 김세진은 바닥에 털썩 주저앉아 새로이 얻은 스킬을 다시금 확인했다.

[저항력] [F-등급]
-세계의 근간을 이루는 현상과 간섭. 더 나아가 개념과 섭리에 저항할 수 있는 힘.

이름이며 설명이며 모조리 다 간단하고 모호하지만 그렇기에 오히려 깊게 들여다 보면 들여다볼수록 잠재력이 넘쳐나는 스킬이다.

세계의 근간을 이루는 현상과 간섭, 그리고 개념과 섭리.

이 문장을 두고 그가 떠올린 건 우선 공간이라는 개념 그 다음은 시간이라는 섭리였다.

실제로 이 스킬이 공간을 어그러뜨리거나 시간을 거스를 가능성은 몹시 낮겠지. 무엇보다 고작 '대련' 도중에 얻은 스킬이라는 것이 신뢰도를 확 떨어트린다.

하지만 그 떨어진 신뢰도를 넘쳐나리만치 크게 복구시키는 점은 바로.

[숙련도: 0.000%]

이 숙련도였다. 소수점 셋째자리까지 보이지 않고 자세히 들여다봐야 [0.00075%]라는 정확한 수치가 보인다. 이 정도면 평생을 노력해야 겨우 D~E등급에 이를 정도가 아닌가…….

"……안 궁금하십니까?"

여러 생각에 잠겨 있는데 갑자기 김유린이 말을 걸어왔다. 그녀는 자신에게 도통 관심이 없어 보이는 오크를 퉁명스레 바라보고 있었다.

"뭘…… 아, 맞다."

김한설을 만난 이유. 오크는 고개를 끄덕이고서 그 이유를 물었다.

"안 궁금하신 것 같습니다만…… 그래도 약속이니 뭐."

유린은 헛기침을 하고서 말을 이었다.

"그냥 누군가를 조사해서 보고서를 작성해 달라는 부탁이었어요. 제 부하가 그분 측근이거든요. 왠지 뒷조사 같아서 꺼려지긴 하지만."

그렇게 말하며 오크의 눈치를 힐끗 살핀다. 그 표정은 언제나처럼 험악했다.

"……조사?"

"아 그게 설명하자면 복잡합니다만…… 저희가 행정부 소속…… 아니, 저희 위에 보스가 있습니다. 근데 그분께서는 인물들의 자세한 보고서를 원하십니다. 왜냐면 그래야지 국정…… 일을 하는데 편해질 테니까요. 사실 저도 이유는 잘 모릅니다. 시키니까 하는 거죠. 안 하면 기사단에 누가 되거든요."

듣고 보니 별거 아닌 이야기였다. 뭔가 심각할 것이라 착각했던 오크는 김이 쫙 빠져서는 하품까지 크게 해버렸다.

"아하하하핫…… 뭐야. 오크도 하품하나 봐요?"

그리고 오크의 때아닌 하품을 바라보며 김유린은 아이처럼 웃었다.

김유린에게 한 부탁은 그저 구실이었을 뿐 김한설의 의도는 일주일 뒤에 알게 되었다.

그는 '트릴로지'에 소속된 인물이었다. 심지어 창단멤버이며—물론 장관이 되었기에 표면상으로는 탈퇴했다—과거 불미스러운 일로 곤욕을 치렀을 때 그것을 해결해 준 것도 트릴로지였다.

"김한설의 주도로 길드장님에게 누명을 씌우려는 정황이 포착되었습니다. 하나 그것이 상당히 까다로워서 기사가 터지는 것을 막을 수 없을 것 같습니다."

그러니 이것은 비단 김한설 뿐만이 아니라 어떤 '길드'의 견제이기도 했다. 혹은 그 길드 속에 숨어든 누구도 모를 '종족'의 계략일 수도.

세진은 마지막이라고 확신했다. 뱀파이어가 자신을 급습한 것이 당장 2주 전이다. 우연이라기엔 너무 딱 맞아떨어지지 않은가.

어쨌든 세진은 누명을 쓸 위험에 처했다. 죄목은…… 자세히는 모르지만 세금과 관련되어 있다고 한다.

"이유는 뭐랍디까?"

"김한설이는 오크 대장장이의 세율을 이용하려 하는 것 같습니다. 오크 대장장이는 정체를 밝히지 않고 단체의 이름으로 거래를 하였는데, 여기서 대장장이의 우대세율과 단체의 세율이 확연히 차이 나다 보니 문제가 생긴 것이지요."

확실히 대장장이는 독려의 차원으로 세율이 확연히 낮다

고 들었다.

"지금은 단체 세율을 적용하고 있지만 예전에 단체가 커지기 전에는 판매 대금은 모두 대장장이 세율로 그것도 단체장님의 명의로 된 통장으로 입금되었잖습니까? 그것이 아주 많이 켕기는 부분입니다."

얘기를 듣다 보니 머리가 아파졌다. 뭔가 복잡한데, 그것보다 끌려간다는 사실이 너무 짜증났다. 라이칸슬로프는 당하는 상황 자체를 참을 수 없는 종족이다. 세진으로서도 아주 솔직히, 분노가 치밀었다.

"······그럼 어떻게 합니까?"

"그것이······ 별다른 묘수가 떠오르지 않습니다. 대장장이의 우대 세율을 포기하고 추가 세금을 납부하더라도 그것은 탈세를 인정하는 꼴이 되니······ 게다가 길드 승격 발표일이 한 달도 채 남지 않아, 어떻게 대응하든 결국 마이너스가 될 것 같습니다."

1등은 2등이 치고 올라오자 순 비겁한 겁쟁이가 되었다. 세진은 주먹을 꽉 쥐었다. 우드득 소리가 스산하게 울렸다.

물론, 해결 방법과 관련해서 떠오르는 한 가지 방법은 있긴 하다. 김유손도 자신처럼 떠올랐겠지. 다만 자신이 민감하게 생각하기에 언급하지 않았을 뿐.

"······어쩔 수 없죠. 만약 터지면 제가 오크 대장장이라는 것을 밝히겠습니다. 하지만 막을 수 있다면 최대한 막아주세요."

"최선을 다해 노력해 보겠습니다."

"후…… 예, 근데 거기에 더해서."

세진이 한숨을 내쉬었다. 열기가 다분한 숨결에서는 분노가 진하게 묻어나왔다.

처음엔 그저 온건적인 방법으로. 김한설을 끌어내리기보다는 유백송을 억지로 위로 들이미는 노선을 택하고 싶었다. 그러나…….

"저희도 뒷조사 좀 합시다. 김한설은 물론 그쪽 배후 몇 명도 본보기 삼아서요."

몬스터 용병단의 그림자에 개설된 '정보단'의 규모는 앞서 말했다시피 130여 명에 이른다. 대부분이 고양이과 수인이며 개중 대규모의 정보전에 투입할 수 있을 만한 정보원도 3명은 된다고 김유손이 말했었다…….

물론 국가의 수뇌부가 극비리에 폐기한 일급 기밀은 그들로서도 알아내기 힘들겠으나, 몇몇 사람의 흠을 찾는 것은 누워서 숨쉬기보다 쉬울 터. 그리고 그 흠만 찾아낸다면. 매장시키는 것은 이제 민중과 언론이 알아서 해줄 것이다.

여기서 언론은 더 강한 쪽에 붙을 테니 어쩌면 뒷배 대 뒷배의 싸움. 그러나 결코 전쟁은 아니다. 그들은 누가 김한설을 공격하는지 절대 모를 것이다. 그런 상황에서 김한설의 대체제가 명확하다면 또한 그 대체제가 충성과 복종을 표면적으로나마 맹세하고 능력도 배는 특출한 '유백송'이라면.

그들이 무엇을 선택할지. 손해가 막심한 사고덩어리를 포용할지 아니면 내쳐내고 다른 깨끗한 옥구슬을 품에 안을지.

그것은 불 보듯 뻔하다.

김세진은 그저 당장 이틀 뒤 김한설을 만나는 날이 기다려질 뿐이었다.

"진짜 안 할 거야? 요즘 예능 많이 했으면서…… 왜 이것만 안 해? 이것도 녹화 시간 짧은데……."

여름날의 오후, 복잡한 문제 때문에 가뜩이나 머리가 아픈데 유세정은 예능프로 대본을 하나 들고 와서 징징거리기 시작했다.

"게다가 나랑 같이 출현할 수도 있는데……."

난데없이 출현 요청을 해온 커플 토크쇼 문제였다.

"같이 하면 좋을걸? 왜냐면 이거……."

"세정아."

결국 참다 못한 세진이 낮은 목소리로 그녀를 불렀다.

"으, 응?"

유세정이 몸을 흠칫 떨었다. 그는 그녀에게 시선도 두지 않고서 관자놀이를 문지르며 한숨을 푹 내쉬었다.

"……나중에, 나중에 얘기하자. 나 바쁘거든 지금."

"무슨……."

일인데.

그러나 세정은 다음 말을 잇지 못했다. 그의 표정과 태도는 진심으로 자신을 귀찮아하는 듯했기에.

대신 그녀는 입술을 꾹 다문 채 그를 바라보았다. 서류에 집중한 옆모습이 차가워도 너무 차갑다.

비단 지금뿐만 아니다. 요즘, 그가 자신을 귀찮아하는 것이 피부로 느껴진다. 세진은 아니라 말하지만 분명 그는 변했다.

"……그럼 갈게."

하나 그런 그를 두고 싫은 말을 할 순 없었다. 이 관계에서 갑이 누구인지 세정은 뼈저리게 알고 있었기 때문이다.

문득 후회도 되었다. 그때, 김세진이 자신의 욕망을 참지 못했을 때. 차라리 그때 그에게 안겼더라면…….

유세정은 그런 회한을 하며 문고리를 쥐었다.

"잠깐."

등 뒤로 김세진의 목소리가 들려왔다. 무겁게 가라앉았던 기분이 슬며시 반전되고, 문고리를 잡은 손에 힘이 스르르 풀렸다.

"……세정아."

그의 입에서 나오는 자신의 이름은 언제 들어도 설렌다. 세정은 얼굴을 슬며시 붉히며 고개를 돌려보았다.

"상담하고 싶은 일이 있는데."

"……"

그러나 이어진 그의 말에 유세정의 표정이 살짝 굳었다.

상담. 김세진은 새벽의 힘이 필요하다는 말을 이렇듯 돌려서 말하곤 했다.

"뭔데? 나는…… 언제나 환영이지."

그러나 그저 이용당하는 것뿐이라도 괜찮다. 그것은 곧 그가 자신을 필요로 한다는 뜻일 테니, 언제든 발전 가능성은 있지 않은가. 그저 관계가 발전하도록 내가 더욱 노력하면 된다.

"잠깐 내 앞에 와서 앉아봐."

김세진이 짐짓 미소를 지으며 의자를 가리켰다.

태풍전야처럼 조용한 나날이 흘러갔다.

유세정은 자기도 힘을 써보겠다 말하긴 했지만 동시에 그리 순탄하지는 않을 것이라 했다. 새벽이 개입하게 된다면 곧 반(反)새벽 기업도 이 일에 참전하게 될지도 모르는 일이니까.

그 말은 즉 결국 기사가 터지는 것 자체를 방지하지는 못한다는 뜻이었다.

그렇게 세진이 여러 가지 일로 정신이 팔린 와중에도 고블린 부락은 발전에 발전을 거듭했다. 이제는 '지하마을'이라 불러도 될 규모가 되었다.

"……장관이네요."

김세진은 작은 몸과 발을 가지고 족구를 하는 고블린을 바라보며 헛웃음을 터뜨렸다. 8시간의 노동 끝에 얻은 달콤한 휴식시간을 고블린은 마치 인간처럼 활용하고 있었다.

언뜻 보니 참 귀엽다. 아, 방금 공을 받아치지 못한 고블린이 멋쩍은 미소를 지으며 뒷목을 긁적였다.

……고블린이 몬스터 중에서 IQ와 EQ가 가장 높다는 사실을 이렇게 깨닫게 될 줄은 몰랐는데.

"제가 가르쳤습니다. 생활 패턴이 식음과 수면밖에 없는 것이 안쓰럽더군요."

"좋네요. 약재는 지금 살도 포동포동하니 잘되고 있는 것 같은데 주술 쪽은 어떤가요?"

주술 고블린이야말로 활용도가 어마어마하다. 세간에 알려진 고블린의 주술만 해도 '속박', '초개', '수호' 등등이 있는데 모두 가치 있는 마법이나 다름없을 터.

게다가 고블린은 종족 특성상 혈액을 통해 지식 전수가 가능하다. 그런 주술 고블린이 주술을 만들기 시작한다면, 그것은 오롯이 자신의 것이 된다는 뜻.

"예, 주술을 만들려고 애를 쓰는 것 같습니다만…… 성과는 아직 미진합니다. 아무래도 리더의 부재가 큰 듯합니다."

"그런가요?"

하긴, 지식 전수라 하더라도 주술 고블린도 족장이 부하 고블린에게 하사하는 식이었으니까.

김세진이 아쉬움에 입맛을 다신 순간. 김유손과 김세진의 핸드폰이 동시에 울렸다.

스산했다. 두 사람은 서로를 한번 마주보고서, 재빨리 지상으로 올라갔다.

−더 몬스터의 단체장 김세진 씨의 탈세 정황이 포착되었습니다. 규모는 무기 판매대금 500억⋯⋯.

장관과 만나기로 한 하루 전날 기사가 터졌다. 예상대로 세금과 관련된 문제였다.

마치 짠 것처럼 공중파에 속보로 보도되고 그 즉시 장관과의 만남은 캔슬되었으며 그걸 소스로 2차 기사가 또 터졌다. '장관을 능욕한 김세진' 뭐 이런 식이었다.

'애초에 만날 의도 자체도 없었다, 이건가.'

또한 김세진은 왜 그가 김유린에게 자신의 조사를 시켰는지도 알게 되었다.

−한편 특수경찰국은 국세청, 더 몬스터 단원의 보고를 받아왔

으며…….

　포털 사이트 상위권을 차지하고 있는 기사에 쓰인 이 한 문장.

　이 문장이 대중에게 미치는 파급력은 크다.

　물론 세금과 관련된 것은 아니지만, 보고를 받은 것만큼은 사실이기에 유하린과 이혜린이 뒤늦게 해명을 해도 단지 '기자의 섣부른 판단 잘못'이라고 하면 된다.

　거기에 김세진이 여태 아무것도 몰랐다면 단원끼리 이간질까지 가능하다.

　지금처럼.

　"……저, 저는 정말 아무런 모함도 안 했어요…… 저, 정말 이에요!"

　이혜린은 몸을 덜덜 떨며 단체장실로 들어왔다. 뒤이어 김유린까지 부랴부랴 사옥으로 찾아오고 있다는 소식까지 전해졌다.

　"보고는 그냥 제가 관찰한 김세진 단체장님 하루 일과뿐이었고, 세, 세금 관련된 얘기는 일언반구도 하지 않았는데……!"

　"알아요."

　이토록 당황하고 두려워하는 이혜린의 모습은 처음이었기에, 세진은 그녀의 어깨를 두드리며 진정시켜 주었다.

"저 엿 먹이려고 어디서 수작을 걸고 있는 거 다 알고 있으니까 걱정하지 마요. 이미 그 배후 찾는 작업 시작했거든요."

사로잡은 사도 로스한델을 다시 뱀파이어의 틈바구니 속으로 돌려보냈고 정보원들은 활발히 활동하여 이미 김한설과 그 뒷배를 매장시킬 정보도 차곡차곡 쌓아두고 있다.

그러니 역풍이 부는 것은 시간문제다.

"그, 그러면…… 아! 그리고 김유린 기사님도 절대 그럴 사람이 아니에요."

"그것도 알아요."

이 사건이 터지기 직전 오크폼으로 물어본 결과 그녀는 '다른 사람에게 맡길 바에야 저희가 해야 별다른 왜곡이 없을 테니까요'라고 말했다. 그것은 세진을 믿고 있다는 뜻이었다. 명령에 충실해야 했던 그녀 또한 단지 덫에 걸려들었을 뿐.

"제대로 해명 안 하면 이미지에 타격이 크겠네요."

김세진은 일부러 미소를 지었다. 사실이든 사실이 아니든, 대중들에게 세금관련 문제는 민감하다.

게다가 몇몇 기사에서는 오크 대장장이를 착취하고 있다는 개소리까지 지껄이고 있는 실정이니…….

"김유린 기사님이 도착했답니다."

조한성이 급히 말해왔다.

김유린이 도착하자마자 물론 모든 단원과 더 몬스터의 싱크탱크까지 모여 비상 대책회의를 시작했다. 그러나 모든 정황을 반박하기란 힘들었다.

오크 대장장이와 인간 김세진으로 이중생활을 해오면서 언제나 치밀했던 것은 아니었다. 허술한 점—특히 단체를 처음 창단했을 때—도 분명 있었고 이들은 그 허술함을 찌른 것이었다.

김세진이 오크 대장장이라는 진실을 모르는 몇몇 직원은 실수이시겠지만 몇몇 부분은 탈세로 보일 수도 있다는 말까지 했을 정도이니.

그리고 기사가 터진지 고작 3시간이 지난 지금 여론은 언제나 그렇듯 탈세로 단정 짓고 폭발하고 있었다. 2만 개라는 댓글 개수에 세진은 더 몬스터의 위상을 새삼 느꼈다.

어쨌든 상황이 이 정도 쯤 되면 정정 보도를 내고 뭐다 한다 하더라도 한 세월이고 그동안 김세진과 단체의 이미지는 나락으로 굴러 떨어질 터. 그러니 이 모든 난리와 네거티브석인 기사와 여론을 간단히 해결할 수 있는 방법은 단 하나.

김세진이 오크 대장장이로서의 정체를 공개하는 것뿐.

그가 군이 이중생활을 해온 이유는 혹시라도 생길 잡음과 의심을 미연에라도 방지하기 위해서였다. 오크 대장장이가 무기를 만드는 방법은 평범한 대장장이와 확연히 달라 결코 공개할 수 없으니까.

하나 이렇게 난리가 터진 이상 그 효용은 정체를 밝히느니만 못하게 되었다.

만약, 정체를 밝힌다면 언론과 대중은 필연적으로 '도대체 무슨 특성이냐'라며 무척 궁금해하겠지. 노골적으로 물어보는 사람도 많을 것이다.

……게다가 쪽팔리기까지 하다. 자신은 어쩔 수 없이 비밀로 했다 하더라도, 타인은 기만적이고 건방적인 유희라고 느낄지도 모르니.

"저는 일단 해명부터 하고 왔습니다. 보고서에는 그런 내용이 일체 없다고 하지만 난리가 워낙 커서…… 변명은 하지 않겠습니다. 죄송합니다."

김유린이 침통한 표정으로 고개를 숙였다. 명령이든 아니든 김세진의 뒷조사를 했다는 것은 사실이니까.

"괜찮아요. 괜찮으니까 너무 우울해하지 마시고. 일단……."

이제 어쩔 수 없다. 회의하기에도 머리가 아프고, 실시간으로 올라오는 기사와 댓글들도 짜증이 난다.

"기자회견 좀 준비해 주세요."

맑은 날 오후 기자회견 장소로 선정된 더 몬스터 부지 내
의 정원에는 수많은 기자와 카메라, 방송국 차량들이 득실거
렸다.

참고로 이 기자회견은 국내에 생중계로 송출되기로 했다.

"……진짜 탈세를 했을까요?"

"정황이 복잡해서 미묘한데 나는 그런 것 같아. 근데 그것
보다 오크랑 김세진의 관계가 더 궁금해."

"사실 저도요. 정말 오크는 뭐가 아쉬워서 김세진을 중개
인으로 끼고 활동해 왔을까요? 모든 수익을 다 단체에 갖다
바쳐가면서까지."

"몰라. 애초에 오크 대장장이는 형체만 있고 구체적인 기
록이 없거든. 우대 세율도 공모전 참가 기록으로 적용된 거
고. 그래서 이복형제 관계다, 노예다, 종족이 다르다, 뭐 암
암리에 말은 많이 오고갔긴 한데…… 오늘 그것까지 밝힌다
니까. 제대로 봐야지."

기자들은 서로서로 한창 호기심 어린 대화를 나누고 있
었다.

그러는 사이, 먼저 더 몬스터의 내부 고발자로 추정되는
칠흑기사단의 두 여기사가 등장했다.

플래쉬가 터지고 질문이 밀려들었지만, 그녀들은 '저희는

해명했으니까 일단 정정 기사부터 내세요'라고 말하며 미리 비워둔 맨 앞자리에 참석했다.

그렇게 20여 분이 더 흐르고. 예정된 기자회견은 단 5분을 앞두게 되었다.

긴장이 흐르는 속에서 기자와 방송국은 숨죽인 채 곧 모습을 드러낼 김세진을 기다렸다.

"온다!"

누군가의 외침을 시작으로 플래시가 터지고 카메라가 모여들었다. 정장차림의 김세진이 태가 나는 모델워킹으로 걸어오기 시작했다.

그는 굳은 얼굴로 미리 마련된 단상 위에 섰다. 그러곤 헛기침을 한번 하고서,

"탈세. 그것은 오해의 소지가 있긴 하지만 사실이 아닙니다."

단도직입적으로 말한다.

순간 플래쉬가 파바바밧- 터지고 굉음에 준하는 질문소리가 울려 퍼졌다.

"이유는 무엇인가요?!"

"정황상 거의 확실하다는 소리도 있는데……!"

"새벽의 도움으로 사건을 은폐하려 했다는 소문도 퍼지는데 양심에 가책이 없으신가요!"

라이칸슬로프로 진화하면서 예민해진 시청각에는 이만한

고문이 없었다.

"잠시 진정을……."

세진이 눈을 감은 채 진정하라는 제스처를 취했다. 그렇게 기자들의 광포가 슬며시 잦아든 틈을 타, 김세진은 빠르게 말을 이었다.

"많은 분들께서 오크 대장장이의 정체를 궁금해 하셨습니다."

그는 옆구리에 낀 서류가방에서 종이 하나를 꺼냈다.

이건 제일 처음 오크 대장장이로 데뷔할 때, 공모대회 관계자가 보관용이라고 되돌려준 참가 신청서. 지문은 없지만 사인과 주소가 기록되어 있다.

"이건 오크 대장장이가 공모전을 신청했을 때 제출했던 신청서입니다. 당시에는 오크가 정체를 지금보다 더 숨기고 있었기에 등기가 강원도 도처의 우체국으로 되어 있죠."

계속해서 터지는 플래쉬를 뒤로하고 그는 다음으로 모든 거래 초기의 모든 내역을 스캔한 종이를 번쩍 들어 올렸다.

"오크는 결코 자신의 명의를 이용하지 않았습니다. 저, 김세진에게 오롯이 위임했지요. 여기서 우대 세율과 관련된 문제가 조금 복잡하게 생기는데 주요 문제가 되는 부분은 이것이지요? 또한 여기서 많은 분들이 의문을 제기하시고 이보다 더 큰 논란이 된 부분이 있더군요. '왜 오크 대장장이는 고아로 살아온 당시에는 변변찮았던 김세진에게 자신의 권리를 위임했는지.' 진짜 무기를 만들어서 갖다 바치는 노예인지 뭔지."

그가 한숨을 푹 내쉬었다.

"정확히 말하자면 노예도 아니고 위임한 것도 아니었습니다."

기자들은 그제야 합리적이지 않은 의심을 떠올렸다. 김세진과 오크 대장장이가 동일인물이라는 소문보다 '괴담'에 가까운 이야기.

그것은 근거가 아무리 타당하게 느껴져도 말도 안 되는 소리라고 생각했다. 아니, 불가능하다. 오크 정도의 무기를 만들어내려면 오롯이 대장장이로서의 외길인생을 걸어도 부족할 판국인데.

"더 정확히 말씀드리겠습니다."

심호흡을 한 번 하고 주위를 둘러본다. 경악에 젖은 사람들의 모습이 보인다. 그 속에는 김유린과 이혜린, 주지혁도 포함되어 있었다. 그들에게도 알려주지 않았던 이야기니 당연하겠지.

"제가, 오크입니다."

플래쉬가 터질 줄 알았다. 하지만 그저 적막했다.

기자들은 플래쉬를 터뜨릴 여유조차 없었다.

26장
경과

'제가, 오크입니다'라는 선언으로 인해 한반도는 물론 전 세계가 들끓었다. 오크 대장장이의 명성은 이미 세계를 수놓고 있었기에 김세진은 전 세계의 뜨거운 토픽이 되었다.

주지혁과 이혜린, 김유린 등등 사실을 모르고 있던 단원이나 지인들은 충격의 도가니에 빠졌고 국내 여론과 언론의 반응은 각양각색이었다. 믿지 못하겠다는 사람도 대단하다는 사람도 비판과 비난을 하는 사람도 있었다.

그중에서도 '그간 그는 정체를 숨기며 얼마나 재밌있게, 우월감에 취해 살아왔을까'로 시작하는 비판적인 논평이 세진에게 가장 큰 내상을 입혔다.

무지 쪽팔렸다. 물론 정체를 숨긴 데에는 피치 못할 사정이 있었지만 읽으면서도 등골에 식은땀이 고이고 머리가 띵했다.

ㅡ자료는 모두 모았습니다만…… 아무래도 지금은 기다리는 것이 낫겠지요.

그러는 사이 김한설과 그 배후들에 대한 치부는 모두 파악되었다. 김한설이 자신의 야망을 위해 저지른 부정을 비롯한 많은 정보들. 거의 절반 이상이 공소시효가 지났지만 어차피 여론은 그런 걸 신경 쓰지 않을 터.

"네, 기다립시다."

하지만 지금, 사건으로 사건을 묻기에는 김세진의 기자회견이 일으킨 소란이 너무 거대하다.

전 세계의 유명 신문이나 주간지(가디언, 타임지 등등)에서도 앞다투어 김세진의 진실을 보도하는 판국에 다른 내용의 기사들은 모조리 묻히는 실정이니, 아마 이 기사도 지금 터뜨리면 별반 다를 바 없이 묻히겠지.

"이 난리 꽤 오랫동안 계속되겠죠?"

ㅡ예, 아무래도 그렇겠지요. 몇 번 기자회견을 더 한다고 해서 수그러들 기미도 없으니, 몇 주 동안 그저 편히 쉬고 계시는 게 좋을 성싶습니다.

"편히…… 후우."

김세진은 창문을 바라보며 한숨을 내쉬었다. 집 밖에 잔뜩 모인 기자들의 웅성거림이 잦아들질 않는데, 편히 쉬는 건

도저히 불가능하다.

─그리고 길드장님.

"……네?"

─오늘, 꿈을 꾸었습니다. 한 흡혈귀의 눈으로 로드가 꿈에서 깨어나는 꿈이었습니다.

그 말을 듣는 순간 울대로 침이 넘어갔다. 별안간 늑대의 동공이 개화되고 손톱이 날카롭게 솟았다. 가슴이 자신을 크게 충동질하며 종족적 본능을 돋웠다.

"……어떻게 죽이죠?"

저도 모르게 나온 대답이었다. 마치 무릎반사처럼 그저 본능적이었다.

─……예?

"아, 아닙니다. 나중에 제가 다시 전화 드릴게요."

김유손의 당황한 목소리에 정신 차리고서 재빨리 전화를 끊는다. 그럼에도 심장의 박동은 잦아들 기미가 보이지 않았다. 집 밖에서 웅성거리는 기자들은 지금 특히 더 정신을 사납게 만들었다.

"……아후."

한숨을 푹 내쉰 그는 핸드폰을 집어 들었다. 저 빌어먹을 놈들 때문에 잠을 잘 수가 없으니 어떻게든 방책을 찾아야 할 것 같다.

"……어, 세정이냐?"

수화음이 두 번 채 울리기 전에 연결된 통화. 진심으로 반가워하는 목소리가 들려왔다.

기자회견 이후, 김세진은 약 일주일 동안 두문불출했다. 국내는 물론 외신의 인터뷰까지 '나중에'라고 모조리 거절을 놓은 채.

대신 이상한 야생 몬스터가 목격되었다는 목격담이 김세진 관련 기사 틈바구니 사이에서 솔솔 올라왔다가 금세 묻혔다.

갈기는 영롱하게 빛났지만 시야를 돌리면 언제나 짙은 암흑 실루엣 자국만이 남은 정체불명의 몬스터.

무엇보다 새처럼 허공을 박차며 활공하고 건물과 건물, 산과 산 사이를 도약하는 모습. 그것들은 모두 찰나에 불과한 잔상만이 남았지만 그러나 우연찮게 장면을 목격한 '기사'들은 그 불가사의한 몬스터를 쉽게 잊어버릴 수 없었다.

물론 정작 장본인은 그딴 건 신경도 안 썼다. 지금처럼 바람을 쐬어야 쌓인 스트레스가 풀리는데 굳이 왜 남의 시선까지 신경을 쓰면서 운신을 조심해야 하는가. 그런 건 성격에도 맞지 않는다.

"……흠."

지금 늑대의 형상을 취한 김세진은 몬스터 필드 산의 봉우리에 앉아 지상을 굽어보고 있었다.

격이 달라진 늑대의 시야각에는 한계란 없어 많은 몬스터들과 야간 사냥을 하는 기사들이 동시에 포착되었으며 기사와 몬스터들에게서 뿜어져 나오는 마나의 흐름까지도 선연하게 보였다.

"하암."

하나 뱀파이어라면 몰라도 저들은 굳이 싸우고 싶지 않은 약체들뿐. 하품을 한 그는 손톱을 튕겨, 저 멀리서 기사를 상대하는 리치의 마법을 소멸시켰다.

갑작스레 해제된 마법에 깜짝 놀란 기사들이 주위를 두리번거리다가 다시금 리치를 향해 돌격하는 모습을 마지막으로 그는 천천히 봉우리를 내려갔다.

산책을 끝마친 김세진은 유세정 소유의 저택으로 돌아왔다.

강원도 고성군의 숲속에 위치한 저택은 단순 평수만 200평을 넘기지만 유세정에게는 그저 전망 좋은 별장 중 하나의 수준이었다. 실제로 그녀는 집사가 알려줄 때까지 이 저택이 자기 소유인지도 모르고 있었을 정도이니.

그리고 김세진은 유세정에게 부탁하여 이 저택에 잠시 동안 신세를 지게 되었다.

자신의 집은 이미 점령당한 것이나 마찬가지고 민간인에게 완전 개방이 되어 있는 단체 부지도 별반 다를 바가 없어서 어쩔 수 없었다. (이미 부지 내의 공원과 호텔에는 기자들이 숨어 있는 실정이다.)

물론 숙직실이나 지하 부지 등 여러 장소에서 틀어박힐 수도 있었겠지만. 그러면 늑대나 몬스터 폼을 취하는 데 눈치가 보이고 햇볕도 들지 않는 지하 부지에서 고블린과 함께 생활하기는 싫었다.

그런 여러 이유로 오게 된 이곳은 참 좋았다. 산속 인적이 꽤나 드문 호숫가에 위치한 대저택이라 공기도 맑고 수상한 눈도 없으니.

하나 예상치 못했던 점은 역시…….

"오빠, 어디 갔다 오는 거예요?"

유세정.

그녀는 검은 속옷이 살짝 내비치는 와이셔츠 하나와 짧은 핫팬츠만을 입은 채 수줍게 다가왔다. 방금 막 샤워를 했는지 얼굴은 벌게지고 머리는 촉촉하게 젖어 있다.

"산책. 그것보다 너 아직도 안 갔어? 이틀 동안만 머무른다며."

"……내 집인데 뭘."

그녀는 요 나흘간 라이칸으로 산책을 나가는 게 필수적인 루틴이 될 수밖에 없었던 이유다. 인간으로 있을 수 있는 시간은 15시간 남짓뿐이니, 유세정이 집 안에 있는 이상 9시간 정도는 밖으로 나돌아야만 했다.

"근데 무슨 산책을 그렇게 오래해?

"내 맘이지. 그것보다 현오 씨는 언제 와? 분명 주지혁도 온다고 그랬던 것 같은데. 연락 한번 해봐. 내 핸드폰은 지금 폭사해 버렸거든."

"아 그래? 근데 그건 나도 잘…… 무슨 일이 생겼나? 그쪽도 인터뷰 하느라 바쁠 테니까."

유세정은 그와 눈을 맞추며 천연덕스러운 거짓말을 했다. 문자 메시지 내역에는 이미 '안 와도 돼요'라고 발신한 내용이 있었지만…… 굳이 알리기는 싫었다. 자신은 문자 그대로 '작정'을 하기로 작정했으니

"아침밥 준비해 놨어. 먹으러 가자."

대신 그녀는 세진의 손을 붙잡고 식탁으로 이끌었다.

"맛있어?"

유세정이 초롱초롱 눈을 빛내며 물었다.

"……먹고 말할게."

그러나 방금 막 한 숟갈 뜬 볶음밥은 아직 입 근처에도 다가가지 않았을 따름이다.

나흘 동안 편했지만 동시에 불편했던 이유가 바로 이것이었다.

비록 밤 9시부터 새벽 6시까지. 9시간 동안 바깥을 돌아다니느라 취침시간은 맞지 않았지만 기상시간은 비슷하여 아침에는 유세정이 언제나 아침밥을 준비해 주었고 함께 식사를 했다.

낮 시간도 마찬가지였다. 할 일이 무료하여 같이 대련이나 좀 하다가 TV를 보며 시답잖은 대화도 나눈다. 그러고 있자면 유세정이 은근슬쩍 다가와 스킨십을 한다. 어깨에 머리를 기댄다거나 허벅지를 베개로 삼는다거나.

그때마다 김세진은 굳이 거부하지 않았다.

"음. 너무 짜네."

볶음밥을 몇 번 우물거리더니, 그는 냉정하게 품평했다. 라이칸슬로프로 진화하여 미각이 발달한 탓에 웬만한 음식은 입맛에 영 차지 않는다.

"앗, 진짜?"

그러자 유세정은 당황하며 자기도 볶음밥을 한 숟갈 퍼먹었다. 제 입맛에는 별로 짠 맛은 느껴지지 않았다. 하지만…….

"……아 진짜네. 실수다. 미안, 다시 해올까?"

"아니, 귀찮게 뭘. 괜찮아."

어차피 평생 맛있는 음식만 추구하면서 살 것도 아닌데. 김세진은 대충 볶음밥을 입속으로 퍼다 날랐다. 그렇게 접시는 3분 만에 깨끗이 비워지고 유세정은 감동받은 눈망울로 그를 바라보았다.

"……꺼억."

그가 트림을 크게 했다. 그러나 콩깍지는 이런 모습마저도 멋지게 둔갑시키는 법, 유세정은 솔직하다며 까르르 웃었다.

그렇게 식사가 끝나고 유세정은 현관으로 향하는 김세진의 뒤를 졸졸 따랐다.

"나 잠깐 밖에 좀 다녀올게."

"어? 아직 11시밖에 안 됐는데? 그리고 방금 나갔다 왔잖아."

유세정이 놀란 얼굴로 되묻는다. 곧 있으면 자신이 출현한 예능의 재방송이 시작되는데…….

"5시에 올게."

그러나 세진은 별다른 말없이, 현관에 서서 그저 엷은 미소를 지어주었다.

갑작스러운 외출에 불만스러워진 기분에는 그 정도면 충분했다. 유세정은 그보다 더욱 환하게 웃으며 그를 배웅했다.

오늘의 일과는 간단했다. 몬스터 폼을 골고루 취하면서 몬스터 필드를 거닐다가 조금 강하다 싶은 몬스터가 보이면 죽이고 흡수한다. 그러다가 원래 예정했던 시각에 몬스터 필드로 찾아온 김유손을 만나서 대화를 나누고 뒤이어 영웅 오크

폼을 취해 영웅 오크의 부락지로 향한다.

'흠…… 많이 컸네.'

완연한 마을이 된 영웅 오크 부락지는 볼 때마다 뿌듯하다. 기껏 한글을 가르쳐줬건만 울려 퍼지는 소리는 오크의 돼지 멱따는 소리라는 건 좀 걸리지만, 그래도 부락지는 온순한 오크들이 살아가는 삶의 터전이 되었다.

분업도 확실하고, 오크들이 직접 지은 움집도 봐줄 만하다. 이 규모면 아마 300가구 정도는 넘지 않을까. 이토록 많은 오크들이 자라는 것을 보고 있자니 마음이 소소하게 즐거워졌다.

그때였다.

전혀 예상치 못한 순간에 전혀 예측하지 못한 알림창이 하나 떠올랐다.

[조건 완료: 족장으로서의 마음가짐. (2/3)]

-한 가지 조건을 더 충족하면 오크 족장으로 진화합니다.

-육체에 전사의 영혼이 깃들 수 있는 그릇이 새겨집니다. 전사한 몬스터의 혼을 그 강함에 따라 최대 (1~5)기까지 담아둘 수 있습니다. 몬스터의 혼령은 소유주의 능력에 따라 무력에 보너스를 부여받습니다.

"……음?"

오크가 고개를 갸웃했다.

그렇게 알림창을 훑으며 놀라는 사이 부락지의 문이 쑤욱 열리더니 누군가가 들어왔다.

김유린, 그녀는 원래 자신도 이곳에 거주하는 사람인 양 익숙했다.

처음에는 별 표정이 없었던 그녀였지만 이내 영웅 오크를 확인하자마자 화색이 되어선 종종걸음으로 다가왔다.

"오늘은 대련하는 날이 아니다만?"

영웅 오크가 거리를 벌리며 미간을 좁혔다. 그러자 유린은 배시시 웃으며 자신의 뒷주머니를 가리켰다.

"알고 있습니다. 다만, 저번에 사냥을 나섰다가 다친 오크가 몇 명 있더군요. 그 아이들을 치료해주기 위해 포션을 조금 가져온 겁니다."

"……."

오크가 모호한 눈빛으로 유린을 바라보았다. 그녀의 말은 즉 여태 꽤 자주 오크를 보살펴 왔다는 뜻일 테니.

몬스터를 보살피는 여자, 언론이 알면 아주 좋아라 하겠네.

"그러니까 저도, 별로 당신에게는 관심이 없다는 뜻이죠. 게다가 이 영웅 오크 부락지는 칠흑기사단이 밀렵으로부터 보호하기로 했습니다."

방금 자신의 환하디 환했던 표정은 생각지도 않고 유린은 그렇게 떠들면서 짐짓 냉정히 오크를 지나쳤다.

오크는 피식 웃고서 그녀의 뒤를 따랐다.

'……웬일, 따라오네?'

뒤를 힐끗 돌아본 김유린의 입가가 실룩였다.

밀당은 성공적이었다고 그녀는 생각했다.

김세진은 오크의 부락지에서 김유린과 대련도 하고 함께 오크도 돌보면서 시간을 보냈다. 오크는 강함에 이끌리기 때문일까. 그녀는 참 매력적인 여인이어서 시간을 가는 것도 몰라 헤어지고 나니 이미 늦은 밤이 되어 있었다.

"좋다 좋아……."

구름 한 점이 없는 어두운 하늘, 높게 뜬 보름달의 투명한 달빛이 지상을 적신다.

세진은 달에서 내리는 황홀을 음미하며 발을 움직였다. 파이는 자국마다 달빛이 깊게 남았다.

"……."

그렇게 멍하니 걷다 보니 어느새 저택 현관이었다. 불빛이 꺼진 넓은 저택의 주변으로는 망연한 쓸쓸함이 감도는 것 같았다.

그는 문고리를 잡고서 천천히 밀었다.

끼익.

치가운 소리 너머 휑한 거실이 보인다. 어둠 속에서 보니 새삼 참 쓸데없이 넓구나 싶었다.

탁.

문을 닫으니 인기척이 살짝 일었다. 거실의 소파 쪽이었다. 자는 척인지, 아니면 방금 깬 건지. 김세진은 입가에 미소를 머금은 채 그녀에게로 다가갔다.

"……자냐?"

유세정은 소파에 얼굴을 처박은 채 미동도 하지 않았다. 심장박동이 점점 거세지는 걸로 봐선 자는 척이 확실하다만 늦어서 삐쳤나?

"……흠."

그러나 세진은 냉정하게 제 방으로 들어가려 했다. 굳이 농간에 놀아주고 싶지는 않…….

"으음…… 오빠 왔어요?"

그와 동시에 유세정이 천천히 고개를 들어올린다. 그녀는 방금 막 깨어난 듯 일부러 게슴츠레 눈을 뜨고서 세진의 손목을 꽉 붙잡았다.

"자고 있었어?"

"응, 분명 다섯 시까지 온다고 했던 남자가 지금…… 새벽 1시까지 안 왔거든."

"……."

그는 소파에 앉아 유세정의 머릿결을 훑으며 쓴웃음을 지었다.

짙은 어둠 속에서 내리쬐는 달빛을 조명으로 삼았기 때문일까, 그녀는 오늘따라 특히 더 예뻐 보였다. 게다가 묘한 색

기마저도 느껴졌다. 반쯤 풀린 눈, 발그레한 홍조 그리고 무엇보다 자극적인 옷차림. 그녀는 얇은 원피스형 잠옷을 하나 입고 있었는데 몸을 비틀 때마다 예상보다 풍만한 가슴골이 힐끗힐끗 보였다.

"……왜 이렇게 늦었어? 일찍 온다면서."

여전히 어두운 거실에서 그녀가 힘없는 목소리로 말을 이었다.

"할 일이 있어서 조금 늦어버렸네."

"조금이 아니라 '많이' 말은 똑바로 해야지."

"……."

유세정은 투덜대며 그의 손을 깍지까지 끼고서 꽉 쥐었다. 미안한 마음에 세진은 별다른 저항을 하지 않았고 그녀는 연신 그 손을 꼼지락꼼지락 만져댔다.

"근데 오빠 있잖아. 그거 알아? 우리 처음 만나고서 벌써 2년 넘었다?"

그러다 돌연 생각난 듯 흘러가듯 말한다.

"그렇게 오래 지났나?"

"내가 고2 초봄 때 오빠 만났는데 지금은 스무 살 됐으니까 충분하지."

곰곰이 생각하던 세진은 갑자기 짧은 웃음을 터뜨렸다.

"그래, 예전에 너 싸가지 없었지. 처음엔 기대하다가 내가 사냥꾼이라 소개하니까 표정 확 일그러지고……."

"무, 무슨…… 그, 그랬을 때도 분명 있었지만 그때는 철이 없었잖아. 지금은 많이 다르…… 지 않나? 나, 어디 가서 성격 바뀌었단 얘기 진짜 많이 듣는데 그거 다 오빠 때문이거든."

"지금? 흠……."

그는 일부러 고민하는 척했고, 유세정은 놀리지 말라며 난리를 피웠다.

"뭐야 오빠한테 내 첫인상은 그냥 싸가지 없는 여자였어?"

"아니, 싸가지 없는 부잣집 여자."

"……하."

그렇게 때아닌 한마디로부터 추억이라는 꽃이 알음알음 피워지기 시작했다.

두 사람이 처음 만났을 때부터 같이 사냥을 했던 날, 김세진이 자신의 정체를 밝혔던 순간 등등…….

대화 속에서 시간은 빠르게 흘러 어느새 이제는 '유세정의 성인식' 차례였다.

"그리고 그때 오빠가 나 덮치려고 했을 때 말이야."

"음? 아 그때는……."

"내 말 들어봐. 그때, 내가 오빠가 진심으로 날 좋아하게 될 때까지 기다린다고 말하고 떠났잖아…… 바보 병신 천치마냥."

잠시 말을 멈춘 그녀는 무엇인가 작정을 한 듯 침까지 꿀꺽 삼키고서 그의 옆으로 바싹 붙었다.

"바로 당일 밤에는 나 멋진 거 아냐? 이러면서 도취했었는데…… 바로 다음 주부터 계속 후회했어. 밤마다 떠올라서 후회하고 또 이불차고 또 후회하고…… 오빠도 알잖아, 나 오빠 무지 좋아하는 거. 그때가 절호의 기회였는데 내가 걷어찼다고 생각하니까 도저히 견딜 수가 없더라고."

다소 이상해진 분위기에 김세진은 애꿎은 볼을 긁적였고, 유세정은 심호흡을 크게 한번 했다.

"그러니까 단도직입적으로 말할게. 나 이제는 정말 더 이상 못 기다릴 것 같은데 오빠가 어떻게 좀 도와주면 안 돼?"

"……."

"나 있잖아 과장 조금 보태서 일주일에 일곱 번 김세진이 나오는 꿈을 꿔. 거기서 김세진이 나를 싫어하면 악몽이고 나를 좋아해주면 단잠이야."

담담한 고백을 들으면서도 김세진은 아무런 말도 하지 않았다. 떨리는 목소리에 담겨 있는 애틋함이 피부로 와닿았기 때문이다.

"그리고 오빠가 여자랑 만나다고 하면 내색은 안하지만 그날 너무 힘들어. 잠이 안 오고 자도 악몽을 꾸거든."

유세정은 그를 바라보며, 제 동요를 숨기기 위해 애써 미소를 지었다.

"……그러니까 우리…… 천천히 시작해 보면 안 될까?

그…… 혜린 언니한테 들어보니까 사귀면서 좋아지는 경우도 많대."

지금 그와 눈을 마주하는 그녀의 심장은 미칠 듯이 뛰고 있었다.

"오빠는 아직이더라도 내가 더…… 노력할게. 솔직히…… 나만한 여자 어디 없는 것도 사실이잖아. 안 그래……?"

그녀는 이번 기회에 꼭 하려고 작정했던 말을 조심스럽지만 확실하게 전했다.

하나 김세진은 침묵했고 유세정은 거절당할까 하는 두려움에 몸을 떨었다.

무거운 달빛과 동시에 짙은 적막이 가라앉았다.

그렇게 5분이 지나고 10분이 흘렀다.

그 침묵을 견뎌내지 못한 유세정이 결국 먼저 될 대로 되라 싶은 마음을 담아 다소 저돌적으로 그에게 달려들었다.

그녀는 그의 뒷목을 감싸고서 그의 입술에 입을 맞추었다. 일단 뒤는 생각하지 않고 일을 벌였지만 떨리는 입술은 혹시라도 있을 거절을 두려워하고 있었다.

그러나 천만다행히도 김세진은 거절하지 않았다. 오히려 그는 그녀의 허리를 부드럽게 감싸주었고 그녀는 용기를 내어 열려진 잇새로 설육을 슬며시 집어넣었다.

촉촉하게 서로를 적시며 두 설육이 뒤얽혀갔다.

연애를 글로만 배운 유세정보다는 김세진이 훨씬 능숙하

게 혀를 움직였다. 물론 그도 경험은 없었지만 쾌락에 도가 튼 라이칸슬로프의 본능에 모든 걸 맡겼다.

그는 입을 맞추며 그녀의 실크 잠옷을 매만졌다. 얇기 때문일까, 살갗의 결과 몸의 굴곡이 여실히 느껴졌다. 과연 여기사다운 탄탄하고 매끄러운 육체였다.

"하아……."

그녀는 달뜬 호흡을 내쉬며 몸을 적극적으로 비틀었다. 그가 더 쉽게 자신을 만질 수 있도록 그렇게 어느새 잠옷을 매만지던 그의 손은 그녀의 살결을 파고들게 되었다.

"……후읏."

그가 자신을 탐할수록 그녀는 더욱 그에게 달라붙었다. 그의 귓가에 뜨거운 숨결을 불어넣으며 조금이라도 더 흥분을 돋운다.

그리고 그 의도는 성공했는지 어느 순간부터 세진의 움직임이 상당히 격렬해졌다. 얇은 잠옷은 벗겨지는 것이 아닌 찢겨졌고 그는 마치 정복이라도 하듯 그녀의 나신 곳곳에 자신의 흔적을 남겨갔다.

"……아읏!"

마치 짐승처럼 깨무는 탓에 통증은 심했으나 그녀는 꿋꿋이 참았다. 그러나 그 통증도 잠시뿐이었다. 달아오른 몸은 고통이 머물던 자리를 점점 쾌락으로 대신해 갔다.

달이 높이 뜬 새벽 두 시, 사람이 가장 센티해진다는 시간대.

거실의 소파에서는 서로가 서로를 채우기 위한 야릇한 열기와 타액으로 젖어들었다.

눈을 떴다. 아니, 눈이 뜨였다. 자꾸 품속에서 꼬물꼬물 거리는 한 여인이 잠을 깨웠다.

"……."

창밖을 보니 여전히 세상은 어두웠다.

김세진은 제 품에 꼭 안겨 있는 나체의 여인을 내려다보며 한숨을 푹 내쉬었다. 어젯밤의 기억은 흐릿하지만 감각만큼은 진하게 남아 있다. 결국 욕망이 이성을 이겨 버렸다.

'뭐……'

그러나 후회의 감정은 빠르게 털어버렸다. 어차피 일은 벌어졌다. 물론 일을 벌인 데에는 보름달의 영향도 크겠지만 한 지붕 아래 머물게 되면서 이런 걸 아예 예상하지 않았던 것도 아니었으니 자처한 감도 없지 않아 있다.

그리고 세정이 정도면 충분히 괜찮은 여자이지 않은가. 예쁘고 능력 좋고, 무엇보다 배경이 우리나라 최고 수준이니까.

'……근데 애 표정이 왜 이래?'

김세진이 설핏한 미소를 지었다.

깊은 행복이 묻어나오는 유세정의 얼굴이 인상 깊었다. 분명 자고 있는 것이 확실함에도 입가에는 진한 미소가 드리워져 있고, 연신 흐응 흐응 하는 콧노래 같은 숨소리가 퍼져 나온다. 무슨 좋은 꿈이라도 꾸는 건지…….

그 모습이 괜히 자극적이어서 세진은 그녀를 제 품 안으로 꽉 끌어안았다. 하나 살결이 맞닿는 뭉클한 감촉이 본능이 직접적으로 건드렸다.

유세정은 아직 자고 있고 분명 어제가 처음이어서 힘들겠지만…… 그래도 이토록 행복해하고 있으니 한 번 더는 괜찮지 않을까.

그는 야릇한 미소를 지으며 하반신을 살짝살짝 비틀었다.

2차전의 시작이었다.

……참고로 행위의 도중에 잠에서 깨어난 유세정은 무지 당황하며 그의 등을 거세게 긁어댔다

그로부터 3주가 흘렀다.

3주 동안 세진은 신혼부부가 어떻게 사는지 체감할 수 있었다. 매일 함께 밥을 먹고 거의 매일 시도 때도 없이 사랑을 나눈다. 제약이 사라진 세진은 문자 그대로 시도 때도 없이 달려들었다. 하루에 몇 번인지 세는 것도 어느 순간부터는 그만두었을 정도로.

그는 본능이 치밀 때마다 마치 짐승처럼 격렬하게 그녀를 원했지만 그녀는 오히려 미소를 지으며 그를 받아들였다.

그렇게 3주간의 때아닌 신혼생활은 '연인'이라는 자그마한 관계를 남긴 채 끝났고 김세진은 아쉬워하는 유세정을 뒤로하고서 집으로 컴백했다.

한편 아무리 뜨겁게 끓었던 주제라도 식는 데는 3주면 충분했다. 김세진에 관한 이야기는 어느 순간 점점 자취를 감춰갔고 때를 노려 세진은 폭탄을 터뜨렸다.

[몬스터재해관리부 장관 김한설, 정재계 비리 의혹…….]
[3선의원 김요한, 선거 자금 불법…….]

김한설과 그 배후 재벌, 의원들의 정보가 폭로되었다. 그렇게 거센 역풍은 아주 천천히 시작되었다.

―제가 걸어온 인생을 걸고, 언론의 기사는 모두 사실이 아닙니다!

김한설과 그 배후들은 예상대로의 반응을 보여주었다. 필사적인 부정. 아직 정보의 일부분만을 터뜨렸기에, 저들은 저들 나름대로 '분명 빠져 나갈 구멍이 있다'고 생각하여 저러는 것이겠지. 물론 그럴수록 더욱 진창으로 가라앉을 뿐이지만.

"유백송 씨, 기사 보셨죠?"

―…….

유백송은 아무런 말도 하지 않았다. 그래도 그간 자신이 따라왔던 상관에 대한 예우라는 것일까.

"대답을 안 하시면 곤란한데. 당신 때문에 사건을 터뜨린 거니까."

ㅡ그게 왜 나 때문이야. 나는……

"자세한 건 나중에 만나서 얘기하고 싶네요. 저도 바빠서. 언제 시간 돼요?"

ㅡ어? 나 요즘 바빠서……

"7월 14일 스케줄 없죠? 그때 만나요."

수화기 너머에서 숨넘어가는 소리가 들렸다. 특수경찰국 내부에는 이미 꽤 많은 정보원과 해킹 프로그램이 잠입하여 있으니 이 정도 알아내는 건 누워서 떡 먹기였다.

ㅡ아니, 그, 그게……

"아. 또 전화 왔다. 잠깐만요. 나중에 다시 전화 걸게요."

그는 액정화면에 찍힌 이름을 확인하고서 부랴부랴 통화 상대를 바꿨다.

ㅡ오, 김세진 씨. 다행히도 받으시는구려. 나 김한설인데 3주 전에 중대발표 잘 봤다네. 참으로 환상적이었어.

김한설의 전화였다. 그의 목소리는 제 치부가 드러난 것치고는 다소 태연했다.

"……예, 감사합니다."

김세진도 최대한의 평정을 유지했다.

ㅡ허허. 그래서 그런데, 취소된 만남 약속을 다시 잡아야

하지 않겠는가? 그때는 불미스러운 일이 막 터진 터라 어쩔 수 없었잖나. 내 자네를 위해 여러 선물을 준비해 두었다네.

김세진은 침묵을 했다.

김한설에게서 느껴지던 '중립'은 바로 이런 부류였구나. 자신의 야망을 위해 냉정하게 줄을 타는 것.

ㅡ큼. 이건 비밀인데. 사실 나는 자네가 왜 탈세 사건에 연루되었는지 도저히 이해가 가질 않았다네. 누군가의 의도가 아니었다면 그렇게 수면 위로 드러날 만한 사건이 아니었거든. 그래서 내 측근을 꾸려 조사를 해봤지.

그래서 언제든지 때가 되면 동료를 팔아넘긴다. 김한설은 아마 본능적으로 느꼈을 테지. 지금이 바로 배를 갈아탈 때라는 것을.

"······그렇습니까?"

ㅡ그래. 확실히 정치 공작이었더군. 내가 그 배후를 알아냈으니 약속된 날에 함께 만나서······.

김세진은 그의 담담한 애걸을 한 귀로 흘리며 차가운 조소를 머금었다.

김한설이 작금의 위치로 올라가는 동안 이렇게 팔려진 사람이 몇이나 될까.

그렇게 먼지만큼 남아 있던 동정도 바스러졌다. 그는 대충 대답하며 전화를 끊었다.

ㅡ딩동댕.

전화를 끊자마자 벨소리가 들려왔다.

벌컥.

그가 누군지 묻기도 전에 문이 열리더니, 유세정이 총총걸음으로 들어왔다.

"김세진 씨? 당신 애인이 여기 왔어요."

"……하."

쟤는 스캔들을 내려고 작정을 했나. 김세진은 한숨을 푹 내쉬며 몸을 일으켰다.

뱀파이어들의 제왕, 로드가 깨어나 시간에 여유를 둘 수 없게 되었다.

수명이 얼마 남지 않은 로드를 대신하여 차기 권좌를 거머쥘 제왕을 정해야 하고, 그보다 앞서 몬스터 필드에 생긴 세 개의 사균열을 연결시켜야 했으니.

결국 발등에 불이 떨어진 바토리는 흔치 않은 일을 벌여야만 했다. 바로 뱀파이어 가문 '멜 아스'의 수장, 꼬맹이 '트시로넨'과 힘을 합치기로 한 것.

"아가야, 어차피 네가 자라기에는 시간이 너무 촉박하잖니. 그러니까 우리 함께 힘을 합치되, 로드의 자리는……."

"그 이야기는 나중에 하구요. 일단 수장으로서 저희는 대등한 관계이니까요."

바토리가 이를 까득 깨물었다. 이 꼬맹이가 진짜……

"우선 그쪽은 인조 심장이 없어서 통로를 연결시키지도 못하시지요? 로드가 예정한 날은 이미 다가오고 있는데 말이에요."

"……꼭 그렇다고 볼 순 없잖니?"

"그럼 저희 도움이 필요 없다는 말이시지요? 그럼 저희는 이만 가볼게요."

"……가만히 있으렴. 일단 이야기나 들어보자꾸나."

창백하리만치 새하얀의 피부와 머리, 그러나 그 순백에 극명히 대비되는 새빨간 눈. 같은 뱀파이어가 보기에도 소름 돋는 외면의 트시로넨은 바토리를 앞에 두고도 당당함을 유지했다.

"일단 노스페라투 쪽은 의심쩍으니 우리 함께 힘을 합쳐요. 그래서 통로를 열고 로드의 다음 명령을 기다려요. 다행히도 로드는 6개월 정도 더 연명하실 수 있으시니까요. 나머지는 모두 끝내고서 정해요."

바토리는 이맛살을 찌푸렸다. 어린놈이 권좌에의 욕망이 있는 건지 영 호락호락하지가 않다.

"……후."

하지만 지금으로서는 어쩔 수 없다. 빌어먹을 만큼 무능한 부하들이 일을 그르쳤기에, 한시적으로나마 조력자가 꼭 필요했으니.

　게다가 어차피 수가 틀리면 그냥⋯⋯.

　'죽여 버리면 되니까.'

　바토리는 가볍게 고개를 끄덕였다.

27장
일상의 변화

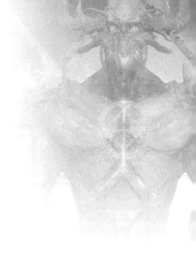

'영광스러운 한국인.'

세계에서 가장 유력한 주간지 중 하나 이번 주차 '타임지'의 중심을 관통하는 주제다.

그 주인공은 김세진. 타임지는 그를 두고 '설명할 수 없을 만큼 다양한 능력을 지닌 인물'이라 평하며 여태 그가 걸어온 궤적을 자세히 소개했다.

물론 으레 국가의 위상을 올리는 일이 그러하듯 김세진의 내용이 중점적으로 실린 이번 호 타임지는 본토인 미국보다 한국에서 폭발적인 반응을 끌어냈다.

한편 그런 전 세계적 유명세를 담보로 더 몬스터는 이번 심사에서 길드로 승격을 했고 덩달아 길드 부지의 땅값은 물론 근처 일대의 관광 가치까지 천정부지로 솟았다.

또한 오크 대장장이로서의 김세진은 보물을 창조해 내는 남자라며 각국의 유명인사들이 직접 한국까지 찾아와 그와의 면담을 요청해 왔다. 심지어 권력이 막강한 거물은 정부인사를 압박하기까지 해가며 김세진을 찾았다.

그리고 그런 만남 요청이 있을 때마다 김세진은 인물의 급을 따졌다. 즉, 사람을 가렸다. 계속 거절을 놓으면 미운털이 박힐 것 같고 모두 만나면 끝이 없을 것 같았기에.

그렇게 약 3주 정도 동안 만남의 행렬은 미국 최고의 기사라는 '로프테스'를 시작으로 사우디아라비아의 제3왕자, 세계적인 엘프 여가수—이건 다소 사심이 섞였다— 등등 그는 수많은 유명인과 인맥을 쌓았다.

처음에는 TV나 뉴스로만 보던 유명인들을 만나는 것이 마냥 신기하기만 했으나 만남이 계속될수록 몸과 정신이 몹시 피곤해졌다.

세진과 만남이 성사된 유명인은 좋아라 했지만, 거절당한 사람은 자신을 탓하지 않고 그를 건방지다 욕을 해댔으니.

결국 그는 단체가 길드로 승격하면서 일이 너무 전문화, 거대화되었다는 이유로 단체장으로서의 일선에서 완전히 불러났고(그래서 길드장 대행으로 '조한성'이 그 자리에 앉았다) 과로로 인한 휴식을 취한다는 핑계로 모든 업무를 내려놓고 저택에 칩거하기 시작했다.

기사들은 오크 대장장이의 무기를 애타고 기다리고 있는 실정이지만 세진은 한동안 애간장을 태우기로 작정했다. 아닌 게 아니라 호의가 계속되면 권리인 줄 아는 놈들이 너무 많기 때문이다.

무기를 세간에 선보이는 것만으로도 감사히 여기지는 않을지언정 한 달에 두 개라는 공약을 파기했다면서 게을러졌다 나태해졌다 뭐다 이 따위 지랄 염병을 떠는 놈들. 그놈들 때문에라도 적어도 3개월 이상은 쉴 예정이다. 때때로 SNS로 정치질도 조금 하면서.

"……흐음."

어쨌든 그렇게 꿀맛 같은 안식기의 이른 오전, 김세진은 길드 사옥이 아닌 자신의 주택에서 커피 한잔의 여유를 즐기며 주간 신문을 훑어보고 있었다.

[자신의 인생을 걸겠다 말하던 김한설, 계속해서 드러나는 비리 사실에 결국 장관직 자진 전격 사퇴.]

[측근 비리에 연관된 인물은 대현생명 부사장 김종혁?]

까도 까도 계속해서 새로운 치부가 드러나는 양파 같은 남자. 김한설은 이제 곧 투옥될 기미가 보이고 다른 배후들도 속속들이 엮여가고 있다. 지금 상황만 보자면, 아무래도 파워게임은 자신과 새벽 쪽이 압도적으로 승리한 듯했다.

[신수계 수인 유백송, 특수경찰국장 사임.]

그리고 그가 기다리던 권력의 승계 또한 토막 글로 자그맣게 쓰여 있었다.

"됐네."

그는 만족스러운 미소를 지으며 신문을 내려놓았다. 이제 길드는 굳이 나 없어도 잘 돌아가고─원래 그랬지만─주제를 모르고 날뛰던 놈은 감옥으로 줄줄이 소시지니까⋯⋯.

남은 것은 하나뿐이다.

뱀파이어와 부모님 그리고 자신에 얽힌 진실.

"다음 주."

유백송을 만나기로 약속한 날, 7월 14일. 세진이 달력을 보며 중얼거렸다.

그때 끼익 문 열리는 소리가 들렸다. 그는 입가에 미소를 머금은 채 곧 자신에게 다가올 여인을 기다렸다.

"⋯⋯또 밖에 나갔다 왔어?"

비틀비틀 걸어와 소파에 앉은 유세정은 김세진의 품에 폭 안겼다. 맨살 위에 오직 와이셔츠 하나만 걸친 터라, 세진에게는 상당히 자극적인 감각이었다.

"아니, 나 자고 있을 때 밖으로 나가는 건 그렇다 치더라도 나 깼을 때만큼은 옆에 있어주면 안 돼?

"일단 옷부터 입고와."

"싫은데요."

그녀는 퉁명스레 대답하고서 그의 목을 앙 깨물었다.

"진짜…… 오빠는 매일 밤마다 어딜 그렇게 가는 거야? 잠자다 깬 내 생각은 안하지? 둘이 있다가 혼자가 되면 얼마나 외로운 줄 알아?"

"……."

찔린 세진은 아무 말하지 않고, 화제전환을 위해 리모콘으로 TV를 켰다.

ㅡ……경상북도 영주시에 '아트라무스'가 출몰했다는 비상 속보입니다.

비상 속보. 때마침 화제를 돌리기에 충분한 주제가 흘러나왔다.

"우리나라는 무슨 난리가 이렇게 끊이질 않지……."

유세정은 뉴스 속보를 보며 걱정스러운 표정을 지었다. 뉴스에서는 괴조 '아트라무스'가 경상북도 부근에 똬리를 틀었다는 소식과 영상이 급하게 전달되고 있었다.

ㅡ이 아트라무스의 몸체는 경상북도에 생겨난 사균열의 규모보다 훨씬 큰 것으로 추정되어, 균열보다 큰 몬스터는 균열에서 나올 수 없다고 추정하던 많은 학자들이 의문을 품

고 있습니다.

아트라무스는 상당히 까다로운 아니, 까다로움을 넘어 특유의 질긴 생명력 탓에 불락(陷落)이라는 이명으로도 불리는 몬스터다.

놈의 최초 출현은 13년 전, 일본의 오사카. 별안간 하늘에서 툭 떨어진 것처럼 갑작스레 출몰한 이 괴조는 특유의 계명성으로 오사카 일대를 혼란에 빠트리고 털을 대신하여 온몸에 난 기이한 촉수로 무려 수만에 달하는 피해자를 발생시켰다.

─아트라무스는 현재 '보스' 등급으로 규정되었고 가장 먼저 발견한 칠흑기사단의 고위 기사 '김유린'을 주축으로 발빠르게 협동팀을 꾸리기 시작했습니다.

'보스' 등급은 문자 그대로 보스다. 게임의 그것과 비슷하여 혼자나 둘의 힘으로는 죽었다 깨어나도 처치하기 힘든 몬스터. 보통 이런 강력한 몬스터는 전 세계적으로 한 국가당 일 년에 한 기 정도 출몰한다.

"우리 집이랑 가깝네…… 별 피해 없이 잡을 수 있겠지?"

유세정은 짐짓 가련한 소녀인 척 그의 가슴팍에 살포시 머리를 기댔다. 세진은 그런 그녀의 정수리를 가만히 바라보다가 한마디를 툭 내뱉었다.

"근데 너 출근 안 하냐?"

"……하, 진짜."

그녀가 이를 꽉 깨물고서 그를 노려보았다. 어이가 없을 지경이다.

세진은 그런 그녀를 가만히 관찰했다. 미간은 좁혀지고 입은 앙다물려 나 토라졌다고 안면 근육이 직접 말하는 듯하다.

그래서 그는 기습적으로 그녀와 입맞춤을 했다. 귀엽기도 했고 그녀를 달래주는 건 귀찮았으니.

빈정이 상했던 그녀는 처음에는 저항했지만 언제나 그랬듯 이내 그의 능숙한 움직임에 점차 매료되어 갔다.

"으음……."

가만히 눈을 감고 이제는 어느 정도 익숙해진 자신의 온몸을 더듬는 그의 손길을 느낀다.

"하아……."

세진은 그녀를 천천히 소파에 눕혔다. 입은 건 커다란 와이셔츠뿐이라 벗기는 건 쉬웠다.

"잠깐, 나……."

하나 창문으로는 오전의 맑은 햇살이 비쳐왔고 유세정은 그 밝음을 부끄러워하며 그를 살짝 밀어냈다.

"……자랑해도 모자랄 몸매인데, 왜 가리려고 하는데?"

그는 그것이 이해가 되지 않았다.

"아니, 그래도…… 밝으면 부끄러워……."

"……."

유세정이 얼굴을 붉히며 두 팔로 제 몸을 가리자 김세진은
미간을 찌푸리고는 커튼을 쳤다.

그녀는 그제야 세진의 품에 안겼다.

그렇게 아침의 일상이 다시금 시작되었다.

다음 날.

"아트라무스는 과거 오사카에 출몰했을 때도 '보스' 등급이었
습니다만 이놈은 그때보다 더욱 강력한 것으로 추정됩니다."

칠흑기사단 1팀의 회의실에는 오랜만에 출몰한 보스 몬스
터를 공략하기 위한 브리핑이 한창이었다.

"생김새가 상당히 그로테스크 한 이 괴조는 멀리서 본다면
그저 거대한 검은 닭 같겠지만 자세히 관찰하면 털 대신 '촉
수' 같은 것이 나 있습니다. 이 촉수에는 농축된 마나가 다량
함유되어 있으며 기사들의 방어구를 충분히 뚫어낼 수 있을
만큼 예리하고 강력합니다."

촉수가 온몸에 나 있으니 놈의 공격 반경에 '사각(死角)'이
란 없다. 그만큼 무지막지하게 까다로운 축에 속하는 몬스터
이나 촉수 하나하나에 소량의 마나석이 함유되어 있어 그 사
체의 값어치 또한 무지막지하다.

당시 경제가 침체기에 있던 일본이 이 아트라무스를 잡고서 얻은 자본으로 위기를 견뎌냈다는 말도 있을 정도이니…….

"그럼 팀은…… 적어도 상급 이상으로 꾸려야겠네요?"

이혜린이 사뭇 긴장한 표정으로 말했다. 만약 이 공략팀에 참여한다면 얻을 수 있는 금전적 보상은 차고 넘칠 것은 확실하다.

하나 문제는 역시 그 위험. 아무리 많은 돈을 번다고 해도 그건 목숨이 붙어 있을 때나…….

"방금 전 고블린 연금술사님께서 괴조로부터 산출될 수익의 소량 부분을 얻는 대가로 필요한 포션을 전부 후원해 주시기로 했으니 그런 걱정하지 않아도 된다."

"저요! 저 할게요."

김유린이 그 말을 꺼낸 즉시 이혜린이 손을 번쩍 들어올렸다. 그런 그녀의 입가에는 환한 미소가 걸려 있었다.

참 바보 같았다. 고블린 연금술사님은 서로 같은 길드 소속인데—물론 김유린은 객원이지만—당연히 도움을 주시겠지.

참 천군마마도 이런 천군마마가 없구나.

그녀는 '더 몬스터'라는 어마어마한 인맥에 새삼스레 감탄하며,

"너는 안 돼."

거절을 당했다.

"……왜, 왜죠?! 저도 상급기산데?!"

"상성이 안 맞잖아. 일초에 수십 개씩 쇄도해 오는 촉수를

네 장검으로 무슨 수로 막는다는 말이지?"

"다, 당연히 막을 수 있죠! 오히려⋯⋯."

"조용히. 이 얘기는 나중에 하고⋯⋯ 일단 다음 브리핑은 제가 하겠습니다."

김유린은 이혜린의 말을 냉정히 끊어내고서 브리핑의 바통을 이어받았다.

서류를 집어 들고 단상 앞에 선 그녀는 일단 헛기침을 한번 했다. 무슨 말을 꺼내려는지 모르겠으나 긴장한 기색이 역력했다.

"우선 팀원은 총 10명. 정도로 예상하고 있습니다. 물론 상급 기사 그리고 그 상급 중에서도 전투실적을 비롯한 종합 능력이 B등급 이상인 기사를 우선적으로 선별하여 의사를 물을 예정입니다."

김유린이 언급한 조건을 충족시키는 기사는 대한민국 내에서도 그리 많지 않다.

상급 중에서도 종합능력이 B등급 이상, 이쯤 되면 고위 기사까지 넘볼 만한 경지이니 당연한 말이겠지만.

"그렇게 선택된 기사는 2팀의 송민유, 주하영 3팀의⋯⋯."

김유린은 총 여덟 명의 인원을 호명하고서,

"그리고 이혜린."

"휴⋯⋯."

이혜린까지 아홉 명의 엔트리를 완성했다.

그러나 그녀는 마지막 한 명의 호명을 하지 않았다. 단지 바싹 타는 입술을 혀로 적셔가며 입을 달싹거리기만 할 뿐.

"……마지막은요?"

이혜린이 의아해하며 물었다. 그제야 김유린은 심호흡을 크게 한번 하더니,

"마지막 자리에는 영웅 오크를 초청하고 싶습니다."

한마디를 내뱉었다.

그녀가 그 말을 꺼낸 순간에는 회의장 안의 어느 누구도 나서지 않았다. 처음에는 무슨 소린지 이해가 되지 않았고 나중에는 수준 높은 농담이겠거니 생각했다.

"……영웅 오크의 역량은 고위 기사 수준에 근접한 걸로 생각되고 상성도 알맞으니 그분이 참가해 준다면 정말 큰 도움이 될 것입니다. 또한 오크는 강자와의 전투를 즐기는 존재. 분명……."

"아니, 아니, 아니, 잠깐. 진심, 진심이세요?"

하나 계속 듣자니 김유린의 태도는 너무나도 진중했기에 이혜린이 나서서 말을 끊었다.

"……요즘 내가 영웅 오크 관리를 맡았다. 직접 부락 내부를 드나드는 것을 본 사람도 많지. 또한 영웅 오크의 안전함은 이미 대한민국 국민 모두가 알고 있고 '한국 오크'라며 좋아해 주고 있는 실정……."

"아니, 그게 문제가 아니잖아요."

혜린이 기겁한 표정으로 고개를 거세게 저었다.

"말이 안 되잖아요. 오크, 몬스터랑 같이 몬스터를 레이드 한다고요?"

"⋯⋯안 될 게 뭐가 있지?"

하나 김유린은 전력을 다한 진심이었다. 그에 회의장에 모인 기사들이 경악한 눈빛을 보냈다.

"게다가 오크의 무기는 꽤나 특이하여서⋯⋯."

하지만 유린은 아랑곳하지 않고 브리핑을 이어갔다.

아니, 이건 브리핑이라기보다는 영웅 오크를 납득시키려는 '프레젠테이션'이라 표현하는 것이 더욱 알맞았다.

"⋯⋯뭐?"

오후.

여느 때처럼 영웅 오크인 채 김유린을 맞이한 세진은 전혀 예상하지 못했던 제안을 받게 되었다.

"도움?"

오크의 표정변화는 요 근래 들어 가장 사실적이었다. 그만큼 김유린의 말이 상식의 선을 벗어났다는 뜻이겠지.

"⋯⋯예, 강력한 몬스터입니다. 오크님께서 도와주시면 혹시라도 있을 인명피해를 줄일 수 있고⋯⋯."

'몬스터'에게 '몬스터'를 다구리 치러 가자는 말을 김유린은 아주 진지하게 늘어놓았다.

오크는 어안이 벙벙한 채 그녀의 이목구비를 찬찬히 살폈다. 그 어디에도 장난기가 엿보이는 구석은 없었다.

"게다가 오크님은 이 괴조의 천적이나 다름이 없습니다. 단 일격으로 가공할 만한 충격파를 만들어내는⋯⋯."

"지금 나보고 사람과 함께 싸우라는 이야기인가?"

인간 김세진으로서도 어이가 없었다.

물론 자신이 나선다면 큰 전력이 될지도 모르지만 단체 사냥─소위 말하는 레이드─는 합 하나하나에 목숨이 달라질 정도로 팀워크가 중요하다. 한데 그 자리에 몬스터가 낀다? 기사들은 물론 민중들까지 나서서 만류할 것이다.

오크가 말한다고 해서 정말 사람이라고 착각을 하는 건지 아니면 철이 없는 건지. 오크는 약간 한심하다는 눈빛으로 그녀를 내려다보았다.

"물론 오크님의 걱정은 알고 있습니다. 하지만⋯⋯."

"집어치워라. 그딴 헛소리나 늘어놓을 거면 썩 꺼져."

김유린의 말이 다 이어지기도 전에, 오크는 냉정하게 끊어냈다.

"예, 예?"

오크는 싸움을 좋아하고 영웅 오크는 인간을 도우며 자신은 그와 어느 정도는 친하다. 그런 이유들로 영웅 오크를 찾아왔던 김유린은 차가운 거절이 당황스러웠다.

"몇 번 어울려주니까 정신이 나가기라도 했나? 썩 꺼지라고 말했다."

그녀는 무어라 대답하려 했지만 오크는 더 이상 할 말이 없다는 듯 고개를 절레절레 내젓고서 자리를 떠나버렸고 유린은 그 뒷모습을 망연히 바라볼 수밖에 없었다.

오크의 시리도록 냉담한 태도에 그녀는 특성을 지닌 누군가의 말마따나 '호감도가 하락했습니다'는 문자가 홀로그램으로 떠오르는 듯한 착각마저 일었다.

한국에 아주 오랜만에 등장한 보스몬스터는 자연스레 세간의 관심을 불러일으켰다. 칠흑기사단이 공표한 공략날짜는 넉넉하게 7월 25일. 그때까지 여러 방송국은 이 커다란 이벤트를 위해 앞다퉈 발을 움직였다.

그들은 우선 공략에 참여하게 된 10인의 기사들의 인터뷰를 차례대로 땄다. 먼저 이혜린을 시작으로 송민유, 주하영, 김유린을 비롯한 상급과 고위 기사들 그리고…….

"예, 저희 길드에서 포션을 지원하기로 했습니다."

김세진까지. 그는 자신도 왜 자신이 인터뷰를 해야 하는지 모르겠다는 표정이었으나 이 PD는 과거 자신과 연이 깊었던 인물이기에 아무 말 않고 인터뷰에 응했다.

"포션뿐만이 아니라고 들었는데요? 이혜린 기사에게 특이한 걸 하나 빌려주셨다고 들었습니다."

"아…… 예, 같은 길드원의 부탁으로 그리핀을 빌려주었죠."

사흘 전, 칠흑기사단에서는 공략을 위해 그리핀을 빌릴 수 있겠느냐고 물어왔다. 처음에는 의아했던 세진이었으나 이내 이혜린의 연락을 받고서 이해할 수 있었다.

그녀는 예전부터 스케줄이 없는 날이면 그리핀을 줄곧 타고 다녀, 주지혁의 '그리핀 라이더'라는 별명을 빼앗아갔을 정도로 그리핀을 좋아하고 잘 다뤘으니 충분히 활용가치가 존재한다. 참고로 빌려주는 그리핀은 머핀이가 아니라 머핀이의 아들이다.

지금으로부터 약 6개월 전 머핀이는 자신보다 조금 많이 연하인 그리핀과 결혼(?)을 했고 그렇게 낳은 자식만 무려 13명이나 된다. 성욕이 유달리 심한 머핀이 탓에 배우자는 날이 갈수록 말라갔지만, 어쨌든.

김세진은 13명의 자식 중 이혜린과 특히 친한 수컷 놈을 빌려주기로 했다.

"역시 대단하시군요. 한데 요즘 그 일로 새벽기사단과 칠흑기사단에 묘한 기류가 흐르고 있는데, 그건 어떻게 생각하십니까?"

"……묘한 기류요?"

"예, 아무래도 길드장님은 새벽과 많이 친밀하셨잖습니까? 근데 이번에 있는 단체 사냥, 일명 '레이드'에 많은 지원을 해주시는 것을 두고 칠흑으로 노선을 바꾸었다…… 뭐 이런 말이 많더군요."

PD는 길드의 영향력을 염두에 두고 조심스레 말했다.

사실 PD가 이런 질문을 꺼내는 것 자체가 '더 몬스터'의 규모가 상상 이상으로 커져 버렸다는 방증이었다. 보통 단체의 경우에는 단체가 기사단이나 마탑의 눈치를 보는데 더 몬스터는 오히려 그 반대로 기사단과 마탑이 혹시라도 미운털이 박힐까 벌벌 떨 정도이니.

"그냥 뭐…… 다 같이 힘을 합쳤으면 좋겠어요. 저는 둘 다 좋거든요."

그 사실을 어느 정도는 알고 있던 세진은 최대한 모호하게 대답했다.

"그렇다면……."

"이제 인터뷰는 이만하죠? 다음 약속이 있어서."

세진은 PD의 다음 질문을 끊어내었다.

오늘은 7월 14일, 중요한 약속이 잡힌 날이다.

"아, 예. 인터뷰 감사했습니다."

아직 질문은 많이 남았으나 PD와 스태프들은 빠릿빠릿하게 일어나 세진에게 악수를 청했다. 예전에 비해 상당히 달라진 태도였고 세진은 만족스레 그의 손을 잡았다.

고작 한 번 방영되는 특집 프로그램이 시청률을 30%를 넘겼을 정도로 세간의 이목이 집중된 레이드가 행해지는 격전의 날.

10인의 기사 그리고 기사단에게 고용된 4인의 마법사는 많은 인파들의 환영과 격려를 받으며 심지어 '리무진'을 타고 괴조가 똬리를 틀고 있는 장소로 바삐 향했다.

그렇게 영주의 초입에 도착한 기사들은 우선 차에서 내려 두 다리로 황폐화된 영주 시내를 걸어 괴조의 둥지로 향했다.

"저기 있다!"

이혜린이 크게 소리쳤다.

수많은 몬스터를 도륙하며 걷고 걸어 마침내 그들은 저 멀리 보이는 검은 닭의 형상을 발견하게 되었다.

"근데…… 예상보다 크네?"

한데 놈을 보고 있자니 뭔가 이상한 점이 하나 있었다. 회의 때 보고 들은 것보다 놈의 몸체가 훨씬 거대한 것만 같은…….

"성장을 했겠지. 그리고 혜린아 지금은 전장인 걸 인지해라."

"……저도 나름 열심히 하고 있는데요."

"그래, 열심히 그리핀이랑 놀고 있지."

"그만. 우선, 마법사 분들 놈의 공격거리와 인지거리는 상당히 긴 걸로 추정됩니다."

고위 기사 송민유와 상급 기사 이혜린 간의 때아닌 밀다툼을 종식시키고서 김유린은 재빨리 브리핑을 시작했다.

"그러니 최대한 멀찍이 떨어져 철저히 몸을 숨긴 채 마법을 사용해 주세요."

마법사들이 고개를 끄덕였다.

"그리고 기사들은 연습해 왔던 대로 합 맞춰왔던 대로 갑니다."

"예."

기사들이 힘차게 대답했다. 오직 한 명, 그리핀의 갈기를 매만지며 여전히 뚱해 있는 이혜린만 빼고.

"이혜린?"

"아, 예. 예!"

"……잘할 수 있지? 네 목표는 눈이다."

수익의 일부분을 양보하면서까지 그리핀을 모셔온(?) 이유는 급소의 공략을 위해서다. 오우거를 두 개 이어 붙인 것보다 거대한 놈이니만큼 머리에 위치한 급소는 검격이나 마법으로는 타격이 힘들 테니.

"그럼요. 맡겨만 주세요."

이혜린이 시원스레 대답하자 그리핀도 날개를 힘차게 후드덕 털었다.

"……그래, 이제 모두 포션을 복용합시다."

김유린은 그렇게 말하며 '고블린의 용기'를 꺼냈다.

이 주홍빛 액체는 신체 강화 부문에서 단연 1등인 포션으로 고블린 연금술사가 제조한 포션 중에서는 회복 포션 다음으로 최고급 취급을 받고 있다. 어느 정도냐면 고블린 시리즈 중에서도 특히 귀해 없어서 못 사는 정도.

"귀하다고 남기지 말고 다 복용하세요. 남은 건 전량 회수

합니다."

그에 몇몇 기사들은 노골적으로 아쉬워하면서도 기어코 포션을 다 들이마셨다. 물론 이혜린을 제외하고. 그녀는 포션을 그리핀과 나눠 마셨다.

"갑시다."

포션의 효과는 역시 명불허전. 포션을 들이켠 모든 기사들은 체내의 활력이 거세게 분류하는 것을 느꼈다.

"오케이!"

"가자!"

"일단 제가 먼저 갈게요!"

"끼에에에엑-!"

합을 맞춘 대로 먼저 이혜린을 태운 그리핀이 괴성을 내지르며 하늘로 활공한다. 그리고 그 갑작스러운 등장에 괴조의 시선이 그리핀에게로 향하는 틈을 타 기사들이 돌격한다.

심상치 않음을 직감한 괴조의 몸에서 촉수가 뿜어져 나왔지만 이혜린과 그리핀은 가볍게 회피해내고서 예리한 장도를 휘둘렀다. 굳이 가까이 갈 필요도 없었다. 무기에 부과된 '굴절'이라는 성질이 장도의 사거리를 극대화시켜 주었으니.

샤악!

이혜린이 휘두른 검은 허공에 푸른 궤적을 새기며 괴조의 눈으로 굴절되며 쏘아졌다. 뒤이어 괴조의 고통스러운 신음이 크게 울려 퍼졌다.

"야호~!"

전투 시작 30초. 소기의 목표를 달성한 그녀가 크게 소리쳤다. 그리고 기사들은 승리를 장담한 미소를 지으며 괴조를 향해 도약했다.

첫 끗발이 개 끗발이라 했던가.

전투가 시작되고서 채 1분도 지나지 않아 놈의 눈을 빼앗았건만, 그 이후의 전황은 오히려 불리하게 진행되었다.

놈의 압도적인 크기가 문제였다. 물론 몸체가 클수록 촉수가 많다는 걸 감안하긴 했으나 이 정도일 줄 몰랐다.

아니, 이것은 결코 촉수의 숫자만의 문제가 아니다. 분명 일본 쪽에서는 3명의 고위 기사가 사태를 종결 냈다고 전해 들었다. 그러나 이쪽은 무려 4명의 고위 기사와 6명의 상급 기사, 거기에 더해 4명의 B등급 마법사까지 있음에도……

"큭!"

그러나 이 상황에서 몬스터의 강함에 의문을 품는 것은 사치일 뿐이었다.

촉수는 마치 해일처럼 찰나의 쉴 새도 없이 밀려들었다. 눈이 약점이라는 생각은 착각에 불과했던 듯 놈은 눈을 잃고서도 한 치의 오차도 없이 정확하게 요격해 왔다.

'도대체……!'

이미 베어 넘긴 숫자만 해도 일 만은 가벼이 넘겼다. 하나 아무리 베어도, 베어도 이 빌어먹을 촉수는 끝이 없었다.

하늘을 가득 메우며 쏟아져 내리는 촉수에 사각이란 없었고 따라서 반격의 기회도 전무했다. 게다가 이 촉수는 마나를 갉아먹으며 몸에 두른 '마나 강기'를 손상시키기 까지 해 섣부른 돌격도 불가능했다.

'근데 마나 강기를 먹는다는 내용은 없었잖아!'

김유린은 검격으로 촉수를 베어내며 이를 깨물었다.

처음에는 그저 우습게 생각했었다. 촉수 또한 저놈의 일부이기에 촉수에 '특성'을 활용하면 손쉽게 쓰러뜨릴 수 있을 것이라고.

하나 모두 착각이었다.

촉수는 괴조의 일부가 아닌, 독립적인 생명체였다. 분명히 '짧게나마 기절한다'는 목적성을 담아 검을 내질렀음에도 정작 본체는 끄떡도 하지 않는 것이 그 증거.

아마 저 촉수들은 놈의 몸에 들러붙어서 상생하는 기생충 뭐 그런 것이겠지.

"……씹!"

그녀가 거칠게 휘두른 검은 반월형의 검기가 되어 수많은 촉수를 산화시켰으나 그럼에도 촉수는 끝이 없었다.

"모두 후퇴한다!"

김유린이 소리쳤다. 촉수 사이사이를 비집고 퍼진 외침은 모든 기사들에게 전달되었지만 안타깝게도 그들에게는 후퇴를 할 여유가 없었다. 수만의 촉수를 쳐내는 것만으로도 버거웠으니.

그리고 김유린도 그 이상의 명령을 내릴 수는 없었다.

"꼬오오오오오오ー!"

순간 정신을 아찔하게 만드는 계명성이 하늘 드높이 울려 퍼졌기 때문이다.

"……끄읏!"

김유린은 촉수에게 찰나의 빈틈을 잡아 뜯겼다. 하나 피가 철철 흐르는 어깨를 대충 마나로 봉합을 하고 다시금 검을 휘두른다.

포기는 하지 않았으나 상황은 명백했다.

전황은 불리하고 도주도 불가능한 최악의 상황.

짙은 패색 속에서 기사들의 마음속에서 좌절이라는 감정이 스멀스멀 피어오르던 때.

ーーー!

어디선가 거칠고 굳센 포효가 들려왔다. 왠지 모르게 익숙한 함성 유린에게는 그것이 그저 구원의 외침처럼 느껴졌다.

콰아아앙!

굉음과 함께 북동쪽에서 굽이치며 터져 나온 거대한 충격파가 하늘을 메운 촉수를 분쇄하며 괴조의 본체로 향했다

"끼엑!"

직격이었다. 괴조는 짧은 비명을 내지르며 촉수를 잠시 거뒀들였고 기사들에게는 천금 같은 여유가 생겼다.

"……하아."

기사들은 모두 숨을 고르며 충격파가 터져 나온 산등성이를 쪽을 바라보았다. 순간 그들은 말을 잃을 수밖에 없었다.

하나도 둘도 아닌, 수십의 오크들이 거센 흙먼지를 일으키며 이쪽으로 돌진해 오고 있었다.

"아…….."

그리고 그중에서 특히 용맹스러운 영웅 오크의 모습에 김유린은 저도 모르게 탄성을 내지르고 말았다.

참으로 멋진 자태였다.

오크 무리의 등장으로 말미암아 전세는 순식간에 역전되었다.

콰아아앙-!

허공에서 터져 나온 충격파에 의해 창천을 뒤덮던 수천의 촉수들이 마치 안개처럼 흩어졌다.

그렇게 촉수의 쇄도가 잠시 끊어지자 자연스레 기사들의 숨통이 트이게 되었고 제 페이스를 되찾은 그들은 나름대로의 반격을 개시했다.

취이이-!

그럼에도 불구하고 괴조의 촉수는 끝이 없었다.

하나 정예 오크들의 일격 또한 만만치 않았다.

그들이 파괴적인 메이스를 휘두를 때마다 수십 수백의 촉수가 재로 스러졌다. 기술이나 기교 따위 없이, 오로지 경악할 만한 힘으로.

——!

수많은 오크 중 특히 위엄 있고 웅장한 오크가 야성의 포효를 내지르며 지축을 크게 박차 허공으로 도약했다.

오크의 각력은 무려 수십 미터를 가뿐하게 뛰어넘어 놈의 닭 볏으로 거세게 쇄도하여.

취이이익!

본능적인 위협을 감지한 괴조의 촉수들이 기묘한 소리를 내며 오크에게로 맹독을 내뿜었다.

하나 오크는 개의치 않고 그저 전신에 레비아탄의 비늘을 최대로 활성화했다.

호기롭게 뿜어진 맹독이었으나 비늘에는 아무 이상도 없었다. 오히려 표면에 달라붙은 먼지를 씻겨냈는지 방금 전보다 반들반들해졌을 뿐.

'조금 부족하다.'

라이칸슬로프가 아닌 이상, 오크의 각력에도 한계는 있었다. 목표는 놈의 약점인 닭 볏이었으나 도약의 한계치는 목젖 언저리.

어쩔 수 없이 오크는 목젖에 강타를 사용했다.

타아아앙-!

타격과 동시에 맑고 청명한 굉음이 울려 퍼졌다. 울대를 공격당한 괴조는 고통에 몸부림을 치면서도 특기인 계명성을 내지를 수 없었다. 이렇게 보니 차선책도 어느 정도 괜찮지 않은가.

취이이익.

괴조와 촉수는 서로 독립적이기에 괴조가 괴롭다고 해서 촉수도 고통에 몸부림치거나 하지는 않았다.

그러나 숙주가 위험에 처하자 촉수들은 이성을 잃고 오직 한 대상, 숙주를 공격한 오크를 향해서만 쇄도했다. 그리고 그것이 곧 최악의 패착이 되었음은 두말할 것도 없었다.

"모두!"

김유린은 시간이 아까워 단 한 단어를 외치고서 곧바로 도약했다.

기사들은 모두 그녀와 같은 마음이었고 10인의 기사 전원이 괴조를 향해 뛰어올랐다.

하나 굳이 10명까지도 필요 없었다. 김유린이면 충분했다. 그녀는 전신의 마나를 쥐어짜내 마나로 번뜩이는 검에 자신이 할 수 있는 최강의 목적성 '깨지 않는 기절'을 담아냈다.

-…….

유린의 일격이 명중함과 동시에 괴조의 몸이 스르르 쓰러졌다.

"허으……."

그리고 마찬가지로 유린도 다리를 비틀거리며 바닥에 주저앉았다.

남은 마나가 부족했던 탓에 고작 10초가 최대였으나 그 10초면 충분하다.

촉수는 여전히 반응하지만 정작 무너져 내린 괴조는 그저 치킨 그 이상 이하도 아니었으니.

무너진 치킨 위로 오크의 무리와 기사들이 달려들었다.

그렇게 김세진은 기분 좋은 알림을 받게 되었다.

사실 김세진이 일부러 정예 오크들까지 이끌고 이곳으로 온 이유는 단 하나였다.

여태까지의 실마리로 보아 오크들과 함께 무리 사냥을 하면 혹시나 족장으로 진화할 수 있지는 않을까, 하는 추측.

그리고 그 예상은 기분 좋게 적중했다.

[조건 완료: 무리 사냥. (3/3)]
[포밍 몬스터가 오크 대전사에서 오크 족장으로 진화합니다.]
[능력치가 대폭 상승하고, 몸의 털이 길어집니다.]

'……털?'

무슨 털? 머리털이 스킬과 동급이라는 뜻인가?

그는 처음에는 실망했으나, 이내 상태창을 확인한 순간 입을 떡 벌리고 말았다.

마나 친화력과 마력을 제외한 모든 능력치가 100 이상씩 뻥튀기 되어 있었다.

라이칸슬로프의 본능을 억누를 수 있는 시간―인간형의 김세진으로 존재할 수 있는 시간―도 무려 18.5시간으로 늘었으니…… 더할 나위가 없다 하겠다.

이제는 족장이 된 오크가 괴조의 닭 볏을 뜯어냄으로써 전투가 끝나자 광활한 대지를 가득 메우는 것은 적막이었다.

10인의 기사들은 기진맥진 숨을 고르며 영웅 오크들을 바라보기만 했다.

"……."

그 와중에 먼저 움직인 것은 역시 김유린이었다. 그녀는 오크족장을 향해 천천히 발자국을 뗐다.

황량한 바람이 나뒹굴며 발목을 간질이는 속에서 유린은 두 손을 가슴에 가지런히 모은 채 오크를 올려다보았다. 그녀의 입가에 걸린 엷은 미소가 지금의 감정을 대변하는 듯했다.

"와주셨네요. 안 오신다더니."

그녀가 수줍게 말을 이었다. 오크는 고개를 살짝 비틀어 그녀를 내려다보았다.

얼굴은 땀과 정체모를 검은 혈액으로 범벅되어 그 본연의 아름다움을 잃어 있었다. 게다가 예민한 후각에는 시궁창을 연상시키는 악취마저도 솔솔 풍겨왔다.

"……아, 저……."

그러나 자신의 실태를 모르는 김유린은 뚫어져라 쳐다보는 오크의 시선이 부끄러운 듯 몸을 배배 꼬았다.

"……."

오크는 헛웃음을 터트리고서 등을 돌렸다. 족장이 되었으니 이미 얻을 만한 것은 모두 얻었다. 시궁창 냄새를 견뎌내야 할 이유는 어디에도 없다.

"저, 오크 씨!"

김유린은 냉정하게 멀어지는 그의 뒤를 쫓으려 했으나 어디선가 나타난 누군가가 그녀의 팔을 붙잡았다.

이번에도 이혜린의 방해였다. 유린은 얼굴을 굳히고서 팔을 뿌리쳤다.

하나 혜린은 아주 현명하게도 별다른 말 대신 깨끗한 검면을 보여주었다.

검면에 맺힌 유린의 얼굴은…… 말 그대로 가관이었다.

"……아."

그녀는 자신의 처참한 몰골에 입을 떡 벌린 채 충격에 빠졌다. 순간 정신이 아찔해졌다.

레이드가 끝나 기사들이 모두 무사 귀환함과 동시에 엠바고가 풀렸고 아주 멀리서 레이드 광경을 지켜보던 언론들은 일제히 보도를 시작했다.

다른 무엇보다 레이드에 영웅 오크가 끼어들었다는 소식이 일파만파 퍼져갔다.

여론은 예상을 아득히 뛰어넘은 괴조의 강함에는 관심을 두지 않고 오롯이 오크가 레이드를 도와줬다는 사실만을 대서특필했다.

그 관심 집중에 처음부터 오크와 레이드를 할 수 있다는 가능성을 제기했던 김유린이 재평가 되었으나 그녀는 왠지 모르게 시무룩한 채 기자회견을 했다.

─저는 영웅 오크의 부락을 감시하는 임무를 맡았고, 그러면서 영웅 오크 족장과 친해지게 되었습니다. 레이드를 계획하는 순간부터 저는 영웅 오크와 함께 레이드를 하고 싶었지만 그는 처음에는 거절하였습니다. 하지만 막상 당일이 되니 찾아와주었습니다…….

그녀의 기자회견으로 오크는 뭇 여인들에게 폭발적인 반향을 일으켰다.

여자들이 반하는 나쁜 남자의 전형이라나 뭐라나.

한편 여러 학자들은 이 일을 두고 세계의 역사에 기록될

'신기원'이라며 뜨거운 흥분을 표출했고 이 대사건을 주제로 수많은 논문이 쓰이기 시작했다.

하나 막상 그 난리를 야기한 김세진은 8월이 처음 시작하는 날, 꽤 의외의 장소에 출석해야만 했다.

"숫자는?"

강원도에는 하늘의 저편까지 아득히 솟은 탑이 하나 있다.

현대 빌딩 마천루의 숲 사이에서도 단연 압도적이면서 동시에 가장 이질적인 탑.

이 탑은 기사의 성지라 불리며 '에덴'이라는 이름을 가지고 있다.

"최종예선까지 통과한 사람은 총 205명으로 꽤 많습니다."

"꽤 수준이 아닌데?"

에덴은 매년 시험을 통해 기사를 뽑고 그들의 등급을 심사하는데 오늘은 하급 기사 즉 전국의 기사단에 배정될 정식 기사를 뽑는 날이다. 그리고 보통 이 시험에는 기사 아카데미의 생도들과 특성 개화자들이 참가한다.

생도들은 특성이 없더라도 아카데미에서의 성적을 제출하면 시험에 참가할 자격이 주어지고 특성 개화자들은 간단히 자신에게 '유의미한' 특성이 있다는 것만 증명하면 된다.

"비율은?"

"거의 전부, 아니 한 명을 제외한 모두가 생도 혹은 재수생도입니다. 생도 중에서는 10명만이 특성을 지니고 있고요."

"주목할 만한 인물이 있나?"

"예, 세 명 있습니다."

부하기사가 상사에게 차트를 건넸다.

"먼저 이유진. 성별은 여자로 마나를 다루는 능력이 몹시 특출합니다. 벌써부터 능숙하게 검기를 다루는 것이, 포스트 김유린 혹은 유세정이라 불리게 될 것 같습니다."

"……요즘은 재능이 좋은 여기사는 얼굴도 예쁜 게 트렌드인가?"

"하하. 어쩔 수 없지 않습니까. 여성이 마나를 다루다 보면 필연적으로 피부가 고와지고 골격이 이상(理想)적으로 잡히니까요."

상사의 입가에 조소가 그려졌다. 아직도 그딴 미신을 믿는 바보 같은 놈이 있다니…… 한심할 따름이다.

"다음은?"

"다음은 김명한. 성별은 남자로 특성이 희귀합니다. '아수라'라고 주변의 마나를 제 마나처럼 부릴 수 있다는군요."

"호오……."

"그리고 마지막으로 유일하게 생도가 아닌 인물인데 노숙자 출신입니다. 꽤 오래전에 길거리에서 동사하기 직전 특성을 얻어 지원했다는 군요?"

상사가 이맛살을 찌푸렸다. 매번 있는 사례지만 들을 때마다 짜증 나는 소리다.

노력 따위 없이 오직 특성의 도움만으로 기사가 되려는 빌어먹을 양아치들…….

"이름이 뭔데?"

"진세한입니다."

"……잘 기억해 뒀다가 뭔가 이상한 짓할 것 같으면 알아서 퇴출시켜."

　진세한.

　사실 그것은 김세진이 위장한 신원이었다.

　그가 키워온 첩보원들만으로도 신상 하나를 위조하고 생성하는 것쯤은 눈감고도 가능한데 거기에 유백송의 도움까지 받아서 만든 완벽한 신원.

　가장 큰 문제인 외모도 '부분 야수화'로 해결했다.

　물론 전체적인 틀은 김세진인지라 닮은 건 어찌할 수 없었지만 눈매와 콧대, 턱선을 늑대의 그것처럼 굵고 날카롭게 변용하고서 턱수염까지 길게 해놓으니 명백히 다른 사람처럼 느껴질 수 있게는 되었다.

　문제적인 향기는 악취를 풍기는 신기한 아티펙트로 최대한 억제를 했다. 그리고 그가 외면을 변용해 가면서까지 에덴의 기사 시험에 참여한 이유는,

　지금으로부터 약 4주 전, 7월 14일로 거슬러간다.

　평범한 오후, 김세진이 길드의 사무실에서 유백송과 만난 날이었다.

국장의 자리를 내려놓은 유백송은 뭔가 시원섭섭한 얼굴이었다.

"장관 취임은 언제 하시지요?"

"몰라. 언젠가 정해지겠지."

김한설은 뇌물수수 및 공여 등등…… 여러 명목으로 재판을 받고 있다.

그러는 와중에도 자꾸만 김세진에게 연락을 하면서 어떻게든 활로를 찾아보려 하는 것 같지만 세진은 냉정했다.

"만약 그 위치까지 올라가면 제가 말한 정보를 열람할 수 있는 거겠죠?"

"……이미 알아봤어."

유백송의 말에 김세진의 눈이 화등잔이 되었다.

"그, 그……."

"하나 네가 기대하는 그런 게 아니야. 정보는 나조차도 열람이 불가능했어."

"……뭐요?"

그러나 순간의 기대는 빠르게 식어 실망으로 돌변했다.

"왜냐면 나도 자격이 없거든. 그래서 나는 그 정보가 어디에 묻혀 있는지만 알았어."

유백송이 한숨을 내쉬었다.

"······그게 어딥니까?"

"에덴의 중상층부 중 하나, '이급 기록물 보관실' 아마 네 아버지가 에덴의 기사였었던 것 같아."

"······."

"너도 알겠지만 에덴은 범세계적인 기구이다 보니 거의 독립적인 나라나 다름이 없어. 물론 그 나라의 실정에 따라 시스템이 다르게 적용되긴 하지만 내부인사가 아닌 이상 정보를 빼내는 건 거의 불가능하지."

김세진은 이내 괴로워하며 얼굴을 감싸 쥐었다.

여태 벌여왔던 게 다 허투루 돌아가 버렸으니 실망과 허무함이 이루 말할 수 없었다.

실망 다음은 분노였다. 아버지가 에덴의 기사였다는 추측은 그렇다 치고 도대체 무슨 진실이 숨겨져 있기에 에덴의 이급 기록물이 되어 중상층에 보관된 건지.

"······그럼 그걸 빼내려면 에덴의 기사가 되어야 하겠네요."

"이론상으로는 그렇지. 근데 지금 와서 누가 어떻게 에덴의 기사가 될 수 있겠어? 평범한 기사도 되기 힘들다고 징징대는 실정인데."

에덴의 기사가 되기 위해서는 '지망'을 포기하고 '자원'의 형식을 택해야 한다.

즉, 시험에 합격했으면서도 다른 기사단에 입단할 수 있는 기회를 버리고 오직 에덴만을 선택해야 한다는 뜻.

게다가 국내로 한정된 것이 아닌 전 세계가 대상이다 보니 그 기준이 하급 기사 치고는 무지막지하게 높으며 '자원'의 기회는 평생 단 한 번 밖에 없다.

그래서 그 빈도수는 한국 한정 3년에 한 명 꼴.

그만큼 에덴은 앞으로의 재능과 가능성을 중요시 여기는…….

"……."

"……."

순간 김세진이 유백송을 바라보았다. 유백송 또한 김세진을 보고 있었다.

그렇게 두 사람의 사이에서는 왠지 미묘한 눈빛이 오고 갔다.

하나 김세진 본인은 '사냥꾼'이 된 전력이 있고 또 너무 유명하기에 신념을 중시하는 아덴의 기사가 될 수 없다.

"너, 아티펙트 만들 줄 안다고 그랬지?"

유백송이 먼저 말했다. 외모를 한정적으로 변용시키는 아티펙트는 흔하지는 않지만 있기는 하다.

"그럼요."

말과는 다르게 사실 그에게 아티펙트는 필요가 없었다.

"에덴의 기사는 출퇴근도 자유롭다면서요?"

"그렇지. 에덴은 다른 기사단이나 국가의 의뢰를 받는 족속들이거든. 그래서 시간적 여유가 많지."

김세진이 음흉한 미소를 지었다.

정말 딱 맞는 조건이 아닌가.

"근데 너 싸움 좀 하냐?"

"제 특기 중 하나입니다."

물론 대련의 특성상 전력으로 마나를 다루는 기사들과 대련을 해보지는 않았으나 인간인 상태로도 중급 중에서도 실력이 빼어난 기사와 동등할 정도는 된다.

"시간이 좀 오래 걸릴 텐데 괜찮은가?"

"······시간이 왜 오래 걸립니까? 기사는 철저한 실력주의인데."

혹시라도 있을 합숙 시험. 그것만 제대로 조심하면 된다.

그렇게 해서 김세진은 '진세한'으로서 에덴에서 벌어지는 기사 시험에 참석하게 되었다.

"모두 반갑다."

에덴은 매 시험마다 꽤 명성 높은 기사를 임시 교관으로 두는데 이번의 교관은 김세진도 익히 아는 사람이었다.

주지혁.

그는 자신이 낼 수 있는 최대한 엄숙한 모습으로 좌중을 휘어잡는 척했다.

"자네들은 앞으로 일주일 동안 하루에 한 번씩 탑으로 참석하여 여러 시험을 거쳐야 한다. 그동안 에덴의 탑 1층에

구비된 기숙사에 머물 수도 있고 집에서 출퇴근을 할 수도 있다…….”

‘……하아.’

그를 바라보며 세진은 속으로 깊은 한숨을 내쉬었다. 언더커버 보스도 아니고, 지금 이게 도대체 무슨…….

“일단 모두 앉아서 대기하고 있는다, 실시.”

그렇게 자괴감에 빠져 있는 사이 주지혁의 일단연설이 끝난 듯했고 김세진은 순간 당황할 수밖에 없었다.

“……뭐야.”

예전부터 서로 알고 지냈던 지망생들은 동기, 재수, 지연 등등…… 끼리끼리, 삼삼오오 모여들었다.

마치 빗장수비 같은 그들을 뚫을 틈은 존재치 않았고 심지어 204명의 생도들은 이미 좋은 특성빨로 편하게 시험을 통과했다는 소문이 파다한 세진에게 경멸 어린 시선을 보내기까지 했다.

그렇게 그는 무려 3초 만에 왕따를 당하게 되었다.

“저 남자지?”

“뭔 특성인지는 모르겠는데 대단한가 봐?”

“우리 엄마가 말하는데 노숙자였대 노숙자. 저 수염 봐. 더러워 죽겠네.”

예민한 청각으로 모든 대화를 엿들으며 김세진은 한숨을 푹 내쉬었다.

기사라고 해봤자 역시 어린 건 변함이 없구나.

"근데 수염 자르면 얼굴은 꽤 잘생길 것 같은데?"

"……그러면 뭐하냐. 그냥 아무 노력도 없이 로또 맞은 놈이나 다름이 없는걸."

그는 자신을 칭찬하는 대화는 귀신같이 캐치해 내었고, 거의 반사적으로 고개를 돌렸다.

그곳에는 한 쌍의 남녀가 있었다. 선남선녀라고 할까. 둘은 그저 둘이었으며, 그들의 주변에는 아무도 없었다.

"어? 여기 본다. 이리로 올 것 같은데?"

남자가 흥미롭다는 듯 말했다.

"오면 꺼지라 해."

하나 여자는 냉소적이었다.

'안 간다, 안 가.'

스리슬쩍 가능성을 엿봤던 김세진은 고개를 절레절레 내저으며 바닥에 철푸덕 주저앉아 턱선을 따라 길고 빼곡하게 자란 수염을 쓰다듬었다.

뭔가 중독적인 감촉이다.

to be continued